ドラゴンさんは友達が欲しい！

V 原初の竜編

Dragon want a Friend!

道草家守 Yamori Michikusa

白味噌 illust. shiromiso

登場人物◆PERSONS

ネクター◆
元人間の高位精霊。
ラーワの旦那様。
ラーワ◆
古代神竜。
女子大生だったが、
ドラゴンに転生した。
カイル◆
ネクターの親友。
魔族として甦った。
アール◆
ラーワと
ネクターの子ども。
新たなるドラゴン。

リグリラ
魔族。ラーワの友人。
仙次郎
狼人。リグリラと両思い!?
美琴
狐人の少女。魔導学園に留学中。
フィセル
木精。ラーワの育ての親。

THE STORY SO FAR

ぼっち女子大生の“わたし”は、
ぼっちを克服すべく新歓コンパに行く途中、
異世界でお一人様万歳な最強種族の
古代神竜《エンシェントドラゴン》に転生してしまった。

…友達欲しいのに意味無いじゃん!!!

などと文句も言いつつ、要《かなめ》の竜として
世界の魔力循環を守護していた“わたし”《ラーワ》は、

ある日、拘束衣につつまれ
捨てられた謎の青年ネクターと出会う。
そのネクターを助け、彼の国の危機を救い、
いつしか恋におちて……やがて、
二人の間にアールも生まれました。
魔導学園のトラブルを解決したり、
昔なじみを魔族として転生させたり
隣の国のお嬢さんと
その国の危機を救ってみたり。
今では友人も増え、旦那様、
そして可愛い子供《アール》と一緒に
充実した毎日を送っています♪

そして、友人たちや新しい仲間と協力して、
絶体絶命の“蝕の大氾濫”から東和国を
守り抜いた“わたし”《ドラゴンさん》たちなのですが……

CONTENTS

第1話　ドラゴンさんとお祭り準備

私はドラゴンである。

友達が欲しくて新歓コンパに行く矢先、バナナの皮ですっころがって死んだあげく生まれ変わっちゃった、元女子大生なドラゴン様である。

……何も言わなくて良い。めちゃくちゃ間抜けだっていうのは私が一番わかっているから。

しかも追い打ちをかけるように、生まれ変わったこの世界では、ドラゴンが最強とはいえぼっち上等な種族で泣いた。火山が噴火するくらい泣いた。

けれども私は頑張った。すんごくすんごく頑張って、友達はもちろん、かけがえのない伴侶に恵まれて、可愛い子供まで生まれてくれた。

何で生まれ変わっちゃったんだよこんちくしょう！　と半べそだったのも昔のこと。

今は、守りたい人が沢山いる。失いたくないものもいっぱいできた。

だから願う。

なるべくなら、この今が長く続きますように、と。

◇　◇

『アールさん。そこは、ひい、ふう、みい、で九十度身体を回します。ちょうどテンと真逆です』

『はいっ』

分社にある板張りの広間で、白の髪と狐耳の真琴がぴしりと指摘すれば、アールははきはきと返事をした。二人とも、分社の巫女達が普段着にしている、緋色の袴と白い小袖姿だ。

そんな緋袴の裾をさばいたアールは、亜麻色の髪を翻してステップを決める。

真琴の表情が柔らかくなるのに、アールは額から大粒の汗を滴らせながら、達成感に満ちた顔をした。

その隣では、黄金色の髪の美琴が容赦なくテンに檄を飛ばしている。

『テンさん、腕はきっちり伸ばさなきゃだめですよ』

『わ、分かったよ。みこっちゃん』
10、11歳くらいの外見年齢になっているテンは美琴に若干ひるみつつも、おとなしく言われたとおりにこなしていた。が、ちょっと動きはぎこちない。
『では二人とも、もう一度合わせてみますよ』

『『はあい！』』

真琴の号令で、アールとテンが所定の位置につき、アールは常緑の枝に鈴が付いたもの、テンは鍔《つば》に鈴のついた短剣――鉾先鈴《ほこさきすず》というらしいそれを構えた。

すかさず私は平べったい箱にラッパ状の物体がついた魔道具……ありていに言えば蓄音機に似た機械にそっと魔力を送る。

少しのノイズのあとに、雅やかな笛の音が聞こえてきた。

それに合わせて、アールとテンが手首をひねればしゃんっと鈴が鳴り、それぞれの祭具から長く伸びる、色とりどりの布を揺らめかせながら舞い始める。

「アール……」

真剣な面持ちで習った振り付けをこなしていくアールに、私のとなりに居るネクターが早くも涙ぐんでいた。

「ネクター、魔鎮祭《まちんさい》までまだ一週間はあるんだよ」

「わ、分かってますっ」

ちょっと気恥ずかしげに小声で言い返してくるネクターに、ふふふと笑いつつ、私は一生懸命舞うアールに見入った。

アールとテンが練習しているのは、巫女達がつかう術式の一つ〝神楽舞《かぐらまい》〟だ。

なんで二人がまじめに学んでいるかと言えば、一週間後に催される魔鎮祭の舞台で、真琴を含めた四人で舞うことになったからだった。

◇　◇

東和国で白の妖魔による大災害が起きて、総出で収拾し、疲れ果てた私が目覚めてから数日が経っていた。

復興は未だに続いているけれど、私たちがお世話になっている分社の周りの村落は、徐々に普通の生活に戻っている。

確かに、分社は人里からは離れた場所にあり、妖魔に直接襲われた人たちが少なかった。それでも多くの被害が出た中で、一番復旧が遅れているのが分社だというのは驚異的なことだ。

という訳で帝さんは、復興の次の段階として、魔鎮祭を執り行うとお触れを出した。

白の妖魔が出現した地域の分社では討伐のあと必ずやる儀式で、張り巡らせた術式を巫女達が舞うことで活性化させて、淀んだ魔力を浄化するのだという。

人族が魔力を整えるとかびっくりなんだけれども、そこでちょっと問題が起きた。

六つの分社に必要最低限の大社の巫女を配置した結果、私達のお世話になっている分社で舞える巫女が足りなくなったのだ。

舞うと同時に細密な魔力操作をしなければならないから、神楽舞は大社の巫女でないと舞えない。

ほかの分社での儀式を終わらせた巫女さんに来てもらえば良いのだろうが、同時にやるからこそ、最も効果があるのだという。

うん、わかる。魔力の流れを活性化させるにはそっちの方が良いもん。

美琴が死ぬ気で思い出すことで一人補充できるとはいえ、あと二人足りない。

どうしたものかと分社の人々が悩む中で、真琴が言い出したのだ。

『アールさん、舞ってみませんか』って。

なんでも、大社に居る間、アールは巫女達から一通りの作法や技術を教えてもらっていたのだという。

その中には舞の練習も入っていたから、いけるのではと話を持ちかけてきたのだ。

舞の振り付け自体はそれほど難しくなく、問題は魔力操作の方だから、ドラゴンであるアールならできると踏んだらしい。

確かに私たちは、ある程度復興するまで東和国に居ようと思っていたし、シグノス魔導学園はすでに長期の夏休みに入っていて、幸か不幸かそれほど急いで帰らなくても良い。

だから、魔鎮祭はめどとしてもすごく良いな、と思っていたところなので問題はなかった。

けれど、巫女でも何でもないアールに降って湧いた話に、私とネクターが戸惑うのは当然だろう？

……あ、別に、性別が女性じゃないといけないとかはないらしい。大社の巫女が女性ばかりなのはテンの趣味だったらしいし。をい。

まあともかく、だってその話をされた時点で準備期間は一週間だ。いくら簡単でも形にするのはすごく努力が必要だろう。

だが意外なことに、アールはすこぶるやる気だった。

「ぼく、やりたい。頑張ってみたい」

「いいんですよ、ほかの方法を考えることだってできるんですから」

「ううん。ぼくが、助けたいと思ったからやりたいんだ」

その時のアールのまなざしにはしっかりと意志の重みがあって、強い声音で言い募られたネクターは軽く息を呑んでいたほど。

なんだか、知らない間に急に大人になったような心地がしてちょっと寂しくなるけれど。

「とうさま、かあさま、良い？」

アールが適任なのは確かで、私たちの心配だけでアールを引き留めるのは良くないことだ。

そう思った私は、ネクターと目顔で意見を交わしてからうなずいた。

「わかったよ、でも無理だけはしないこと」

「うんっ！　ありがとうっ」

私が承諾すれば、アールはたちまち花のように表情を明るくした。

そういうわけで、アールが舞手に決まった横で、真琴がにっこりテンにほほえみかける。

『アールさんが大丈夫でしたら、もう一人はテンが適任でしょう。頑張りましょうね』

『うぇっ、あたし!?』

『当然です、この神楽舞は四人必要なんですから。竜脈と霊力の流れはあなたが一番知っていますでしょう。今からやれば大丈夫ですよ。ずっと観てこられたのですから』

『観るのとやるのとでは全然違うと思うんだけど！』

確かにいきなりやれ、と言われれば戸惑うし不安になるのは当然だと思うのだが、それにしては妙にうろたえている気がしておやっと思う。

そんなテンに、今まで黙っていた美琴がじと目を向けた。

『テンさん、まさか、初心者のアールが頑張るのに、この国の守護者だったあなたがなにもしないんですか？』

『うぐあっ』

妙な声を上げたテンは、ためらいがちに真琴を見上げた。

『で、でも、今回舞うとしたらあれだろう？』

『はい、天絶舞《あまたちのまい》ですね。物語調で覚えやすいですし、何より妖魔討伐の折に必ず舞うこととしたのはテンでございましょう？』

『いや、そうなんだけどね。めっちゃ覚えがあるけどね。あたしが舞ったら超笑われそうというか……いや、わからないか……？』

ぶつぶつ独り言を漏らしながらぐずぐずと渋るテン（外見10歳児）に、真琴が赤い瞳を残念そうに伏せた。

『神楽舞の衣装は、テンに似合いそうだと思ったのですが、だめでございましょうか』

『あっう、うんいやだめではないのだけれど！』

慌てたように言い募って了承を示したテンに、真琴がほっと微笑んだ。

『嬉しゅうございます。民衆へテンを自慢するにはちょうど良い機会ですもの。意匠は決まっておりますが、テンにぴったりのものを用意してもらいますね』

『う、え、あ、そうなるの……』

テンはうきうきとする真琴へ、なんとも言いがたい目を向けつつもあきらめていた。

なんか、テンが真琴に対して態度が変な気がするんだけど、こう、距離を測りかねているというか、何というか。

ただ、私もそれほど彼女たちの関係を知っているわけじゃないし、真琴がすごく自然だから、これが彼女たちの距離なのかもしれない。

まあともかく、そうして真琴と美琴にアールとテンは神楽舞の猛特訓となり、私とネクターは復興のお手伝いの合間を縫って稽古を見学させてもらっているのだった。

◇　◇

午前中のお稽古が終わると、真琴とテンは当日の術式の調整があるからとその場で別れた。

魔鎮祭まで一週間だから、いくら練習しても足りないってのもあるんだろうけど、かなり予定を詰め詰めでやっている。お疲れさまって感じだ。

「かあさま、とうさま、どうだった？」

「また上手になったねえ」

あれだけハードな稽古だったにもかかわらず、まだまだ元気があるらしいアールが快活に駆け寄ってくるのを受け止めて、亜麻色の髪を撫でてやった。

実際、魔力操作は私だってできるから代われないかと思ったけど、あの振り付けを今から覚えるのは無理だ。簡単って絶対嘘だ。子供の吸収力はすごい。

ネクターも汗取り用の手ぬぐいを渡しつつアールに言う。

「ええ、美琴さんや真琴さんに後れを取らずによくできていましたよ」

嬉しそうに笑うアールのとなりに美琴が並び、西大陸語で言った。

「アールは、物覚えが良いから、助かる」

「あーうん、テンは割と大変そうにしてたからねえ」

今の体格じゃ見栄えが悪いからと、ほかの分社の竜珠をもらって10歳児になったテンは、美琴にせっせとしごかれている。

物覚えは悪くないんだけど、急激に成長した身体のバランスがうまくとれないようで、音楽とのタイミングが微妙にずれるのだ。

まあ、何度も繰り返せば必然身体になじむだろうが、割と美琴も真琴もスパルタだからなあ。

身体に慣れるまでは苦労することになるだろう。がんばれ、テン。

密かにテンの健闘を祈っていると、思いっきり身体を動かして腹ぺこな美琴とアールは、どこでお昼ご飯を食べるか相談していた。

そんなさなか、広間に柔らかい緑の香りが流れてきた。

「おや、ちと遅かったようじゃのう」

ひょいと、顔を見せたのは、白い髪とひげをたくわえた木精のおじいちゃんだった。

フィセル、という名前を知ったあとでも、結局はおじいちゃん呼びのままだ。

今日も白い髪とひげに褐色肌のしわも麗しいおじいちゃんに、アールが喜色を浮かべて駆け寄る。

「おじいちゃんっ、見に来てくれたの？」

「おう、アール坊の奮闘ぶりを応援せぬ訳にはいかんじゃろう」

「じゃあじゃあ一緒にご飯行こうよ。縁日の屋台の人がね、もう来てるらしくて、みこさんと一緒に行こうって言ってたんだ」

声を弾ませるアールの提案に、美琴は若干ひるんだように狐耳と尻尾を揺らした。

「あ、私は別に……ほかで」

「ええ、だって、屋台のご飯全部制覇しようね、って言ってたじゃないですか」

美琴が恥ずかしさのあまり顔を真っ赤にしてうつむくのに、私は同情した。

見てくれも結構威厳のあるおじいちゃんが力ある精霊だと知った美琴は、もの凄く畏敬の念を抱いているらしく、顔を合わせるたびに緊張に身を硬くするのだ。

そういう人に庶民的な屋台飯に付き合わせたり、ましてや食べ物を制覇したりする姿を見せるのは、乙女心と相まって抵抗があるだろう。

けれど、おじいちゃんは完全に狐耳を伏せて恥じ入る美琴に、柔らかく声をかけた。

「お嬢さんさえよければ、このおいぼれも同席させてもらえないかの」

「いえ、ですが……」

話しかけられた美琴はびくっとして言い返しかけたが、くうっとなかなかに良い音がした。

もちろん、美琴の腹の虫である。

「大事なお役目の待っているお嬢さんを、腹へらしのままで置いておくわけにもいかぬでの」

かあっと頬を赤く染める美琴が小さくうなずいたことで、私たちは、外の出店に繰り出すことになったのだった。


魔鎮祭が開催されるとお触れが出されてから間もないにもかかわらず、分社の周りにはどこからともなく商売人達が集まって露店や出店が始まっていた。

それを目当てに人も集まり、すでに分社へ続く参道は縁日さながらの賑やかさだ。

生活用品を扱う露店も混じっているところが、未だに復興中な感じはするけれど、それ以上にリンゴ飴っぽかったり、イカ焼きっぽいものや、串に刺した焼き肉だったりの食べ物屋さんが立ち並び、そこかしこから良い匂いが立ち上ってきている。

お好み焼きやらたこ焼きらしきものを見つけて、私までそわそわしてしまうのはしょうがない。

アールは特に顕著で、亜麻色の髪を楽しげにゆらしつつうきうきと左右を見渡していた。

「やっぱりすっごい、いろんなのが並んでる！」

「当日になると、夜でもちょうちんに明かりがともって、もっと賑やかになる。けど私達は観られないから、今のうちに回る」

はじめおじいちゃんにめちゃくちゃ緊張していた美琴だったけれど、食べ物の屋台を前にした瞬間、目が狩人になっていた。

本当にお腹が空いていたんだろうなあ。

舞は静かな動きが多いけど、足腰にすごく力を使うようだから、見た目よりも体力を使っているようだった。練習でもわずかに魔力を使っていたからさらに疲労しやすいだろう。

「みこさんっ、まずはあれ、行きましょうっ！」

先にお小遣いは渡していたので、アールと美琴がたちまち屋台の一つに突撃していった。

「子供はいつの世も、元気なものじゃのう」

しみじみとつぶやくおじいちゃんを、私はそっと窺った。

アールと美琴が楽しげに品さだめをしていく姿を眺めるおじいちゃんは落ち着き払っていて、ほほえましげに表情を和ませている姿は、何一ついつもと変わらない。

あんな話を明かしたあとだというのに、その図太さが少しうらやましい。

顔には出さないけど、ひそかにそんなことを思っていると、ふいにネクターがおじいちゃんに問いかけた。

「御師様の、準備のほうはいかがですか」

「うむ、良き資材には目星がついたぞ。あとは陣を組んで作業を始めるだけじゃ」

案の定何でもないことのように語ったおじいちゃんは、ネクターに向けて片眉を上げて見せた。

「気になるかの？」

「もちろんですとも。蝕《しょく》をその身に封じた竜を再封印するものなのですから大変にそそられます！」

「いつも通りだねえネクター」

私は顔を引きつらせたのだが、ネクターは大いに青い双眸を危ない感じに光らせていた。

「私から探究心をとったら何が残るというのでしょう！　急がねばならない理由がなくなったのですから、御師様の秘術を盗むことに全力をかけられます！」

「素直な弟子を持ったものじゃのう」

さすがに少々呆れた風になるおじいちゃんにも、ネクターは怯まなかったが、興奮は去ったようで落ち着いた面持ちで言った。

「もちろん、リュートが晦冥《かいめい》の封印を解き、原初《げんしょ》の竜を目覚めさせようとしていることも、封印を解けば、原初の竜がその身に封じていた蝕があふれ出ることも理解しています。リュートの思惑を鑑みるになるべく早く、たどり着かねばならないでしょう」

ネクターはうっかり我を忘れることも多々あるけれど、締めるところはきっちり締めるんだよなあ。

つい先日、おじいちゃんとテンは、この分社に居る私やネクター、カイルに対して、晦冥の封印について、そしてリュートが何をしようとしているのか話してくれた。

5000年前に、メーリアスや東和ですら比べものにならない蝕の大災害があったこと。

あふれ出した蝕を封じるために、原初の竜が封印の要となってなんとか収めたこと。

竜から願われて、おじいちゃんが封印具であるリュートと、もう一人の絵筆の女性、パレットを作り上げたことも。そして、テンからはリュート達の思惑まで。

ネクターもカイルも、おじいちゃんがその時代に居合わせたことを、何より古代人と古代魔術が断絶した理由を知って絶句していた。

おじいちゃんは肩をすくめつつも、ネクターに応じる。

「リュートの正体は、当時の技術の粋を集めて創られた自動演奏式魔術封印具じゃ。器物の精霊は本体の存在意義に反した行為はできぬからの。封印具として作られたあやつに、晦冥の封印は解けぬ」

「原初の竜……アドヴェルサでしたか。リュートが彼の解放を望んでいるのなら、ただ封印を解くだけでは意味がない。そのために、晦冥の封印を移せる可能性のあるラーワを求めたと、いうことなのでしょうね」

真摯に表情を引き締めたネクターがこちらを向いて、私はちょっと居心地の悪い気分を味わう。

そんな私の隣でおじいちゃんは、深く頷いて補足した。

「当時氾濫した蝕は、原初の竜が身のうちに取り込み、晦冥の封印で眠りにつくことで収められた。しかし封印がほどけかけていることが、今回の連続する蝕の災害の要因じゃろうて。なにせ自動演奏器によって定期的に更新されていたとはいえ、５０００年前じゃったからのう。緩んでいたのに気付かなんだのは不覚じゃった」

白いひげを撫でつつ言うおじいちゃんに、ネクターがなんとも言いがたい表情になった。

「御師様が、その封印に関わっていたのも驚きなのですが……。疑問がいくつか」

「話したときでさえ散々質問しておったくせに、まだあるか」

うんざりした顔を隠さないおじいちゃんにも一切頓着せずに、ネクターは問いかけた。

「晦冥の封印によって眠りにつくアドヴェルサの代わりとなるものを、リュートが探していた。そこまでは分かります。人々の間で眠りについた竜のことが忘れ去られていたのも、500年の月日が流れているのでしたら無理もないことです。ですがなぜ、竜たちは蝕と共にその存在を忘れていたのでしょう。さらになぜラーワだったのでしょう。ほかのドラゴンでも良かったのでは」

「竜どもには、蝕の耐性を持つ竜と持たぬ竜がおった。じゃが偶然こやつはアドヴェルサと同じく蝕に対する耐性を持っておった。ゆえにリュートはこやつに目を付けたのじゃろうなあ」

「私も、何でかわかんないけどね。ただ、ほかの竜が忘れていた理由は、ドラゴンネットワークのせいじゃないかな」

私が付け足せば、ネクターはすぐに思い至ったようだ。

「なるほど、共鳴現象ですね」

魔力の循環とレイラインの整備をするために、ドラゴンたちは、ドラゴンネットワークによって、意識と記憶を共有させることができる。普段は、素早く正確に情報をやり取りできる大変便利なものなのだが、深くつながっているからこそ、意図せず魔力や色んなものを通じさせてしまう。

たとえ意識的に遮断していたとしても、存在を認知しているだけで、ドラゴンネットワークを通じて、眠っているアドヴェルサを刺激してしまうのだ。

たとえアドヴェルサが目覚めることがなくても、蝕がにじみ出て感染してしまう可能性がある。

縁が深ければなおのこと。だから、古いドラゴンたちはアドヴェルサと蝕を忘却した。存在をないことにしたから、私やアールみたいな若いドラゴンには受け継がれなかったのだ。

と、私とおじいちゃんは念入りに口裏を合わせた。

「私は、原初の竜を直接知らなかったから、縁も薄い。アールにも言ってネットワークは切ってるから当面は大丈夫だと思う」

念のために名前だけは呼ばないように気をつけているし。

「それは安心しました。つまり、結局、蝕の正体は御師様にも分からないのですね」

ほんの少しだけ、身体がこわばったことは気付かれなかっただろうか。

そっと窺えば、ネクターは残念そうにしつつも、少々わくわくとした雰囲気を醸し出していた。

「まあ、それが妥当なのでしょう。私もすべてが分かるとは思っておりませんし、でなければ探求しがいがありませんから。……それで、当初の質問に戻りますが、御師様の晦冥の封印の再強化はどのような媒介を利用するのでしょう！」

「おぬしの知りたがりも大概じゃのう」

すちゃっとノートとペンを取り出すネクターに、おじいちゃんは顔を引きつらせながらも答えるようだ。

「まあのう、媒介についてはちぃと聞かねばと思っていたのじゃ。……とちょうど良いな」

おじいちゃんがつぶやくのに惹かれて顔を上げれば、ぱたぱたとアールと美琴が戻ってくるところだった。二人とも、幸せ一杯の表情で両手一杯に食べ物の包みを抱えている。

「かーあーさーまー！　これ持ってて、向こうにもおいしそうなのがあったからもう一回行ってくるっ」

「あっちに、座れる場所、あるので待っててください」

どうやらまだ買い込む気満々の美琴に苦笑しつつ、私は提案した。

「いやいや、美琴のほうがお腹空いてるでしょ。教えてくれれば買ってくるから、先食べてなよ」

「ですが……」

遠慮と空腹の間で揺れ動く美琴をどう説得しようか迷っていると、ひょいとおじいちゃんが進み出た。

「お嬢さんや、ちいと聞きたいことがあっての。食事がてら、この老いぼれの話し相手になってくれんか」

「私で、よろしければ」

おじいちゃんは、美琴の葛藤を見抜いた上で、受け入れられる言い回しでやんわりと承諾させていた。

……もしかしておじいちゃん、ほんとにぶいぶい言わせていた時期があるのかな。

ともあれ、私もアールを向いて言った。

「じゃあ、一緒に待っててね」

「わかった！　じゃあそことここととあそこでお願いね」

快活にうなずいたアールから、思念話経由で買ってきて欲しい屋台飯を教えてもらったのだが、

そのおびただしい数に若干顔を引きつらせた。

わあお、多いな!?

まあ、食べる分には胃袋は沢山あるから大丈夫だろけど、物理的に持ちきれるだろうか。

「私もご一緒いたしましょう」

「助かる」

真剣に悩んでいれば、同じ思念話を受け取っていたネクターが言い出してくれたので、私はアール達と別れて二人で歩き始めた。

「うむ、聞きたいのはほかでもない、舞の音楽に使われておった楽器でな。笛の音が混じっておったじゃろう」

「龍笛《りゅうてき》のことでしょうか」

「ふむふむそう言う名であったか……」

どこから回れば一番都合が良いか考えていると、ふとおじいちゃんと美琴の声が風に乗って聞こえてきた。

そっか、おじいちゃんは、それにするんだ。

「ラーワ」

「ん、なに?」

振り向けば、ネクターがなんとなく迷うように薄青の瞳をさまよわせて言った。

「その、御師様は、晦冥の封印を施す際にラーワの手が必要だと、おっしゃっていましたが。本当に私はなにもお手伝いできないのでしょうか。あなたに無理がかからないかと」

「大丈夫大丈夫。おじいちゃんあれでも慎重派だからね。できると踏んだこと以上のことはやらないよ。私も、概要を教えてもらったけどそんなに難しいことはなかったから」

おじいちゃんから、コツは教えてもらった。

ごまかすときは、若干の真実を混ぜること。そうすれば、ある程度信憑性を持たせられるから。

「ただ、準備に時間がかかるから、本格的に動き出すのは魔鎮祭が終わってからになるだろうねえ」

「そう、ですね。ほかの魔術師の魔力が入れば、だめになってしまう儀式もありますから」

ネクターは、なんとか納得してくれたようだ。

よかった、これだけは本当のことを言うわけにはいかないから。

「さてと！　まずは温かくなくても大丈夫なやつから買って回ろうか」

「そうですね、……ただ、美琴さん、本気でこの分量を食べきるのでしょうか」

さっき買っていたのも合わせるとかるーく十人前はあるもんね。

いつもの雰囲気に戻ってくれたネクターが若干心配そうな顔をするのに、私はわははと笑って見せる。

「まあ、なんとかなるでしょ、私もアールもいざとなったらいくらでも食べられるわけだし。ほらっ行こっ」

私はネクターの手を取って、軽く引いた。

ネクターが薄青の瞳を丸くしながらも、反射的に握り返してくれて、ほんのりと胸の奥が温かくなって。改めて決意が宿る。

このぬくもりを、失いたくない。

だからそのためなら、何でもするよ。

そうして私は一軒目の屋台を探すために前を向いていたから、ネクターがその時どんな顔をしていたかは知らないのだった。

ちなみに、美琴は私たちが買ってきた分をきっちりとお腹に納めて、心底幸せそうな顔をしていたのは余談である。

第2話　ドラゴンさんと眠りの病

東和国で復興のお手伝いをするといっても、私は大工ができるわけじゃないし、炊き出しは必要とする人が少なくなってきたので、ちょっと前に終わってしまった。

ただ私が作り上げた大浴場は、そのあとも分社名物として残るらしいけど。……え、別に残さなくて良いよ？

まあ要するに、人里には私の役割はほぼないわけでして。

ネクターは薬師として治療所の仕事があるし、アールは舞のお稽古があり、カイルすら魔族の折衝がある。

そのため、私が主にやるのは、アールとテンが舞で拘束されている間、レイラインの整備で外を巡ることだった。お世話になっている分社近くの森を中心にせっせと魔力循環を整えつつ、久々のドラゴンらしいお仕事だと若干うきうきである。

蝕によって傷ついたレイラインをつなぎ直したり、ドラゴンの姿のまま、空を飛んだり大地を歩いて回って巡りをよくしたりとやることには事欠かない。

大きな作業はこの土地に慣れたテンに聞いてからにするためその所在地だけ覚えて、せっせとこなしていくのだが、単調なぶんだけ思考は脇にそれていくのが常だった。

縁日でのお昼ご飯のあと、おじいちゃんはテンをおど……もとい交渉して、この国の楽器である龍笛を入手していた。

龍笛は、竹っぽい植物の空洞を利用して創られた笛で、東和の術的に言うと、魔力の世界と現実世界を音で通じ合わせる効力があるのだという。

「これほど今回の術式にふさわしいものもなかろう。ちいと面積が狭いがなんとかなるじゃろうて。音も気に入ったしのう」

上機嫌なおじいちゃんは、ネクターたちにはそれを再封印のために自動演奏器へ変換するのだと説明していた。

「それまで早くて一週間か、長くて二週間くらいじゃろう。それまでに心の準備をするのじゃぞ」

最後に付け足されたのはさりげない言葉で、ありふれた言い回しだったけど、それで私には十分に意味が通じた。

晦冥の封印について、ネクターには言えないことがある。

あの夜にしたおじいちゃんとテンの対話で、私は知った。

そして私にしかできないことなのはおじいちゃんの説明で理解できたから、納得している。おじいちゃんが５０００年考えて出した結論なら、それ以上の答えはないのだろう。

私も守りたいって思った。守るためなら何でもするって決めた。

あとは私が踏ん切りを付けるだけなのだ。

おじいちゃんの覚悟を無駄にするわけにはいかないんだから。

「うーあー、湿っぽいのはやめやめ！　ネクターに怪しまれたらまずいんだから！」

ドラゴン姿の私は、じたばたして振り払って、再び大きく翼を広げた。

うだうだしてしまうときは、思いっきり空を飛ぶに限るからね。

そして翼を羽ばたいた矢先、思念話がつながれる気配を感じた。

思念の主はネクターだったのだが、かなり焦った様子でまくし立ててきたのだ。

《すみませんラーワ、助けてください。リリィさんとカイルが大乱闘ですっ》

「はあっ!?」

◇　◇

超特急で指定された分社の離れへ戻ってくると、その室内ではふてくされた感じのリグリラと、もの凄く険しい眼差しのカイルがにらみ合っていた。

カイルはハンマーを構えたままだし、ネクターが張り巡らせた結界の内側は惨憺たる有様。外に影響が出ていないのが不思議なくらい、よくぞここまでって感じに破壊されていたから、一発やらかしたあとなのはすぐ分かった。

その上リグリラのとなりで困ったように立ち尽くす仙次郎は、やんわりとリグリラをけん制しているからけっこうな修羅場だったのだろう。

ネクターがすごく申し訳なさそうに私を見ているけど、判断は正しかったよ。無理だよこれ。むしろ良く被害を抑えてくれたぐっじょぶ。

とはいえ、私も冷や汗をかきつつ話しかけた。

「ええと、とりあえず、二人ともお帰り。で何があったの」

リグリラと仙次郎と会うのは数日ぶりだ。彼女たちは一番遠い分社からせっせと妖魔退治をしながら帰って来ていたのだし。

まずはこの挨拶から入るのが良いだろうと思いつつ説明を求めれば、仙次郎は救いを見つけたような顔をしながらも、律儀に頭を下げてくれた。

「ただいまにござる。いや、その何というかそれがしも分からぬのだが」

「ただ単に久しい顔を見ましたから挨拶をしようと思いましたの。そんなに怒ることではないと思いますのに」

全く頓着しない様子でいうリグリラに、カイルがぐっと眉間にしわを寄せた。

「いきなり戦略級の攻撃魔術をぶっ放すのが挨拶なのか？」

「あなたが防いでは意味ありませんのに」

「リグリラ殿っ」

リグリラが肩をすくめれば、仙次郎が諌めたが遅かった。

カイルのこめかみに青筋が浮いて、焦げ茶色の髪が紫電を帯びる。

え、なんでカイルこんなに怒っているの？

しかりはするけれども、滅多に怒らないカイルが本気モードな理由が分からず、私はネクターに助けを求めかけたのだが、その前にカイルの背後に麦穂色の頭を見つけた。

警戒しながらも髪と同色の瞳を困惑にゆがめて、カイルと私たちを交互に窺う彼女は、リュート達の下から連れ出したベルガだった。

リュートに逃げられたあの日に捕まえた彼女は、精霊が本体からそれほど離れることができないのを利用して、本体の魔術銃を預かることで拘束している。

魔術銃はカイルが持ち歩いているから、最近のベルガは、本体を取り戻すために隙を見つけてはカイルに襲いかかるという攻防戦が繰り広げられていたのだが。

そういえば、リグリラにも、思念話でベルガがこちら側にいることを教えていた。

……若干読めてきたぞ。

「ただちょっとベルが精霊になって強くなったと聞いたから、遊んでみたかっただけですのに」

「リグリラぁ……」

案の定、ぶつぶつと文句を漏らしつつも魔力を引っ込めたリグリラに、私は思いっきり脱力した。

やっぱりリグリラがベルガに喧嘩をふっかけたのか！

私のじと目に気付いたのだろう、リグリラは当然のごとく訴えてきた。

「だって、面白いじゃありませんの！　あのベルが魔力も段違いで、わたくしが少し挑発しただけでおびえるどころか臨戦態勢を取ってきましたのよ。しかも風雷のを毛嫌いしているなんて突っついてみたくなるじゃありませんの！」

「リグリラ殿、今回ばかりは趣味が悪いでござる」

仙次郎に語気を強めに諌められて、リグリラは自覚はあるのかむっすりと口をへの字に曲げた。

「……ついでに、刺激を与えれば、思い出すかも、と思っただけですの」

ぼそりと紡がれた言葉は、意外に大きく室内に響いて、私はリグリラもかなり気にしていたのだと気付いた。

そうだった、私よりもリグリラのほうが、ベルガとの付き合いが深いのだ。

まだ王都へ遊びに行っていた頃、私はよくベルガを連れ出していて、リグリラも誘って女子会と称して三人で飲み歩いたり、お茶会したりしていた。

そうしているうちに彼女たちは、同じ王都に住んでいるよしみで、私抜きで会うようになっていたのだ。リグリラが魔族だってことも、初回の飲み会で酔っ払ったリグリラが自分でベルガに暴露していたし。

ベルガ、二回目に会うときめちゃくちゃどぎまぎしつつも、リグリラと魔道具談義に花を咲かせていたなあ懐かしい。

そんなことを思い出して、私がつい頬を緩ませていると、室内の空気がふっと緩んだ。

理由は、カイルが紫電を引っ込めて杖を下ろしたからだった。

「てめえのはいつも過激すぎんだよ」

ため息をつきつつ、自分の焦げ茶色の髪をかき混ぜるカイルに、リグリラはふんと笑ってみせる。

とりあえず、リグリラに言って聞かせなきゃなと思いつつも、私はベルガの様子に気を引かれた。

いや、まともに顔を合わせるのは初めてだったりするからさ。

ベルガはちょうど初めて出会ったときと同じくらいの背格好をしていて、敵意とよそよそしさにじっと黙り込んでいる。

手には魔術銃を持っていたけれど、精霊の彼女は自分の本体をほぼ無制限に増産できるらしいから、それで作り出した複製品だろう。

ただ、ベルガは私の視線に気付いた様子もなく、カイルとリグリラの気安いやりとりを眺めていた。その表情に揺らぐものが見えた気がして、私はおやっとなる。

「興がそがれましたから、今日はこれくらいにしときますわ。ねえベル」

金砂の巻き髪をはらったリグリラに、不意に話しかけられたベルガはびくりと肩をふるわせた。

けれどリグリラの紫の眼差しに険がないことに気付いたのだろう、表情が困惑に変わる。

「その身体になった経緯がどうあれ、あなたが舞い戻ってきたことをわたくしは歓迎いたしますわ。今度は旦那がいないところで遊びましょう」

「っ?」

すんごく語弊がある物言いをして仙次郎とカイルをきょどらせたリグリラは、艶然と微笑むときびすを返して歩いて行く。

私はリグリラのさばさばっとした物言いに、すこし救われたような心地がした。

そっか、記憶がなくても、ベルガがそこにいることを喜んだって良いんだ。

だから私はこの際だからと、困惑する彼女に話しかけた。

「奥さん……あ、そっかもういいのか。ベルガ。窮屈な思いをさせてごめんね。でも君にまた会えて嬉しいよ」

「……私を捕まえてるくせに、なにを」

案の定、ベルガにはもの凄く眉間にしわを寄せたけどしょうがない。

すでにリグリラは気は済んだとばかりに伸びをしていた。

「ねぇラーワ、旅の埃を落としたいのですけど、どこかに浴場はありませんこと？」

「それならいいとこが」

『あなたたち……』

言いかけたとき、煮えたぎる怒りを押し殺した東和国語が聞こえてきて振り返る。

そこにいたのは銀髪に褐色肌の女性……東和の魔族のカルラさんがわなわなと震えながら仁王立ちしていた。

『部屋を破壊してなにをやっているんですかー!!』

部屋はとっちらかるどころか、柱は傷つき、漆喰の壁は剥げ、調度品は吹っ飛び、畳や襖はえげつないくらいにめちゃくちゃになっている散々な有様だった。

あ、忘れてた。

その場にいるほぼ全員の心の声が一致しつつ、私はなんでカルラさんがいるんだろうと、心の中で首をかしげたのだった。

◇　◇

『まったく、何の襲撃かと思いましたよ！』

とりあえず参道に出ている、甘味処へ連れ出して事情を説明すれば、カルラさんは大きくため息をついたのだが、気が収まらないようだ。

けれど、注文されたものが運ばれてきたとたん、眼鏡の奥の琥珀の瞳を輝かせた。

白い陶器の器に盛られているのは、黄色いきな粉がたっぷりまぶされたわらび餅だ。渡された時の衝撃だけでぷるぷると震えている。彼女は嬉々として、添えられた楊枝でわらび餅をすくう。

そしてはむりと口にいれたとたん、相好を崩した。

華陽滞在中に彼女が甘いものが大好きだと知って以降、それとなく貢いでいたけれど。

よかった、今回も機嫌を直してくれそうだ、と私はネクターと視線を交わしつつほっとした。

この場にいるのは私と、ちょうど仕事が休憩中なネクターだ。

リグリラはふてくされながらもおとなしく荒らした部屋の片付けをして、仙次郎はそれに付き合っている。カイルはベルガをつれて、また周辺の森へ巡回に出て行っていた。

私達がわらび餅に手を付けている間にも、カルラさんは陶器のコップをこくこくと傾ける。

……確かあれ、中身は冷たい甘酒だったと思うのだけど。さすが超甘党である。

若干私とネクターが引いていれば、満足げに息をついたカルラさんは眼鏡を直してきりっとした。

『今回の早すぎる白の妖魔の氾濫の原因がわかり、解決方法も見つかったということですが』

『うん。今準備しているところだ』

　と言っても、準備はほとんどおじいちゃんが主体で進めているから、私は起動するための術式を教えてもらうだけだった。

　テンが時空の向こうへ封じていて、今回氾濫した蝕は、アドヴェルサの目覚めに呼応して活性化したのだろうというのがおじいちゃんとテンの見解だ。

　帝さんにもカルラさんにも無関係じゃなかったから、概要だけは思念話を通じて話していた。

『そうですか、それは安心しました』

　ほっとしたように息をついたカルラさんだったけど、まさか、それを聞くためだけにこっちまで来たのだろうか。

『カルラさん、もしや、用向きはほかにあるのでは』

『ええ、その。我が盟約者が、あなた方に頼むのが良い、と言うものですから』

　ネクターの催促に歯切れ悪く答えながらも、カルラさんは覚悟を決めたようだった。

　彼女がぱちんっと指を鳴らしたとたん、声が周囲に漏れないよう簡易の結界が張られた。

『少々気になる報告が上がっていまして、あなた方のご意見を伺いたいのです』

『なんだい』

『眠ったまま目覚めない病《やまい》を、ご存じでしょうか』

　困惑気味のカルラさんに、私とネクターは顔を見合わせたのだった。

亜空間につなげているのだろう、カルラさんが袖から取り出した紙を受け取った私たちは、その数字の羅列に目を見張る。

この手のものになじみ深いネクターが先に声を上げた。

『これは何かのグラフ……？　人ごとと村単位、でしょうか』

『その通りです。これは華陽で確認された眠ったまま目覚めない人間と、彼らの共通項を調べて羅列した図表です』

カルラさんを横目に私は、じっくりとその表を読み解いていった。

『少なくないね』

人の欄に書かれた数字は、華陽だけでも二桁になっている。多いとは言いがたいけれど、無視できない数だ。

『その眠り病、というのは具体的にどのような症状があるのでしょうか』

ネクターが訊ねれば、カルラさんは紙をめくって示しつつ口を開いた。

『症状としては単純です。ある日突然眠り込み、そのまま何をしても目覚めない。叩いても揺すっても、巫女の禊《みそ》ぎ祓《はら》えの術式を施しても効果はありません。それ以外は呼吸も正常で、本当に眠っているだけのようなのです』

困惑するカルラさんはさらに続けた。

『はじめに発症者が確認されたのは妖魔災害から三日後。華陽へ出稼ぎにやって来た大工です。眠ったまま起きてこないという相談が、近くの診療所に持ち込まれました』

その大工さんは大酒飲みで、相談を持ち込んだ人もただの二日酔いだと思っていたらしい。

けれど、大工さんは揺すっても投げても水をぶっかけてさえ起きなかったのだ。

呪術をかけられている可能性も考えて、術者にも相談に行ったけれど、まったく分からなかった。

『そして、同じ症状の人間達が、種族を問わず見つかりだしたのです。復興のかたわら調査してこの数字ですから、潜在的にはもう少しいる可能性もありえます。問題は、これが村落単位で蔓延している可能性があることです』

『どういう意味だい』

眼鏡を直して、カルラさんは困惑する私たちに告げた。

『私どもも復興で手を割けないとはいえ、できる限りの人員を用意して調査に当たりました。ですが発症した人間の共通項は華陽に来て日が浅いという以外ないため、分かるだけの彼らの故郷と足取りを調査して、術者と医師を派遣したのです。発症者の出身地の村人は、全員眠りについておりました』

すこし、夏の暑さが遠のいた気がした。

ただ、眠るだけの、病と称することもためらう現象。

けれど、渡された資料に書かれている眠り病で眠っている村落は、華陽のそばだけで二つ。

私の知らないところで静かに忍び寄ってきていたそれに、さわさわと落ち着かない心地がした。

『我が盟約者は復興に注力するため、民には未だにこの事実を伏せています。ですがほかの分社に居る同胞や、巫女達にも秘密裏に確認を急がせている最中です。そして発見されている発症者は、少しずつ着実に増えています』

カルラさんの愁いを含んだ琥珀の瞳の、形容しがたい表情で、私は彼女も似たような気分を味わっているのだろうと察した。

『噂は遠からず民草に広がるでしょう。今までの妖魔災害には、このような影響はありませんでした。新手の魔力災害なのか、流行病なのか、ドラゴンの見地から意見をうかがえないでしょうか』

さっきまできりっとしていたのに、急にこわごわとなるカルラさんには苦笑してしまう。

カルラさんのドラゴンに対する苦手意識はテンに散々振り回されたからとは知っているけど、私咬まないよー怖くないよー？

まあともかく、この眠り病はとても気になる。

ただの病気なのか魔術的な何かなのか。それとも……いや、断定するのはまだ早い。

私は真剣に資料を眺めるネクターを振り向いた。

『なんとも言いがたいけど。ネクター、どうだい？』

『私は医術は専門外ですし、薬師の立場からしても、実際の患者を診てみないと断定はできません。よく調べられておりますが、資料が少なすぎます』

『うん、同意見だ。じゃあ、ちょっと行ってみるかい？』

『そうしましょう』

『じゃあ、カルラさん、ここから一番近い発症した村落を教えてくれないかい』

ネクターの了承を受けて、私が訊ねればカルラさんはびっくりしたような顔になった。

『い、いいんですか？』

いや、カルラさん私のことなんだと思ってんだよ。

『私は、割と融通は利くから適任だろうし、君たちが復興で調査の手が回らないんなら、猫の手ならぬドラゴンの手を貸すのもやぶさかじゃないさ。というかそこまで薄情じゃないつもりだけど』

『その、嵐刻竜《らんこくりゅう》には延々と「自分で何とかしなよ」と言われ続けていて、我らで解決すべきという意識がありまして。……そもそも盟約者に言われるまで、あなたに頼むという選択肢がすっぱりと抜けていたと言いますか』

意外な所でテンの影響を見つけて、やっぱりテンのスパルタは真琴や美琴に受け継がれているのでは、と密かに思いつつ一応言っておく。

『強いて言うんなら、日帰りで帰れる、なるべく近場の村落を紹介してくれるとありがたい』

アールを放っておくのだけは嫌だからね。

ネクターもきっちり要望を出した。

『診療所のほうも、私の代わりになる人員を都合していただけると嬉しいのですが』

『分かりました、調整いたします。場所に関しても、一カ所、発症者がいる村落が近くにありますから。一度行けば、あなた方でしたら日帰りもできると思います』

一度実際に行ってみないと危険とはいえ、私もネクターもレイラインを通じて空間転移ができる。

調査にどれくらいかかるかわからないが、ちょっと大変なのは一日目だけで、二日目三日目はぐんと楽になるだろう。

ほっと息をついたカルラさんは、銀の髪を揺らして頭を下げた。

『よろしくお願いいたします』

というわけで、私とネクターは、眠り病の調査に行くことになったのだった。

◇　◇

アールには出かけることを告げて、翌朝早くに、私とネクターはくだんの村へと飛び立った。

念のため、おじいちゃんにもなるべくアールのそばに居てもらえるように言付《ことづ》けたから大丈夫だろう。

というわけで、ドラゴンに戻った私は背にネクターを乗せての遊覧中だった。

「ネクター寒くない？」

《問題ありませんよ。東和の衣装は風を通しますが、今は夏ですしあなたの背は落ち着きます》

「それ全然関係な……みゃっちょ、ネクター！　その撫で方はやめてくれっ」

《嫌ですか？》

「嫌じゃないんだけれど、ぞわってするんだぞわって」

《では地上でやりましょう》

「分かってやってるね？」

ネクターと思念話で他愛なく話して、というかじゃれ合うのは、なんだかすごく落ち着いた。

《ラーワ、御師様が今されている作業は、封印維持用の自動演奏器づくりなんでしょうね》
だからか、世間話のようにさりげなく投げかけられた言葉に、私はふつうにうなずける。
「あれ、すごいよね。自動演奏の術式にくわえて封印の上書き用の術式も追加してるんだもん」
《ええ、今とはまったくアプローチが違っていて、ちらりと盗み見るだけでも勉強しがいがあります。ただ、具体的な再封印の準備はしていないようなので、一体なにをされているのかなあと》
「あれで、おじいちゃん、５０００年しか持たせられなかったことを気にしてるからねえ。それでも、こういうことはありえると思ってたみたいだから、封印用の術式は元々用意してたんじゃないかな」
《そうで、しょうか》
「うんうん。音楽とか楽器はその時その時で親和性の良いものを選びたいというか、好みもあるだろうしって、あえて決めてなかった節があるから」
愁いを含んだ思念に、やっぱりネクターには分かるよなあと、私は苦笑いをこらえる。
少し、会話が途切れた。
さて、そろそろカルラさんから教えてもらった村の近くなんだけど。
《ラーワ……》
「あ、あれじゃないかな。例の村。降りるねー」
《……待ってください、その勢いのままで近づいたらっ！》
「ぴぎゃっ!?」

ネクターの制止の思念が届くのとほぼ同時に、前方に結界が張り巡らされているのに気づき。

私は避ける間もなくごちんと頭をぶつけたのだった。

いひゃい。


よろよろしながら、私達は村の外れにある田んぼと田んぼの間に通されていた、太めの道に注意深く降りた。

とたん、土下座で平謝りしてきたのは簡素な作務衣《さむえ》みたいな服を着た獣人の青年と、人間の巫女さんだった。

『まことに申し訳ございませんっ。まさか空から来られるとは思わず、流行病であることを考慮して結界で封鎖していただいていたのです』

『申し訳ありません申し訳ありません！　竜神様になんたるご無礼を』

『うん、いいよいいよ。うかつだった私が悪いから』

カルラさんから向こうの人に連絡を入れてもらっていたとはいえ、村の巫女さんは村を守るために未確認の人外生物には防御態勢を取ることを忘れていた私が悪い。

青年の頭頂部には小さな丸い耳が、腰からは先端が丸みを帯びてふっくらとした尻尾がある。

一体なんの種族なんだろうと思いつつ、私の石頭で割ってしまった結界を直せば、巫女さんはもはや泣き出しそうな勢いだ。

巫女さんは榛名《はるな》さんという、20代後半くらいの女性の人間だった。

黒い髪をゆるく束ねているどこか気弱そうな彼女は、よく見れば帝さんに初めて会った時、結界を張っていた巫女さんの一人だ。あれだけの規模の蝕の白い霧を阻んで持ちこたえられていたくらいだから、かなりの実力者だろう。

さらに言えば、となりに居る作務衣の青年もどっかで見たことがある気がするんだけど……。

すると、ネクターは青年に意外そうな眼差しを向けた。

『咲間《さくま》さんがこちらの調査に派遣されていたのですか』

『はい、お久しぶりであります』

『誰なんだい？』

『彼は帝様の側勤めの術者です。〝門〟の制作時にも助力をいただきました』

道理で見覚えがあるはずだ、と改めて彼を見ていれば、咲間さんは少し照れたようにふっくらした尻尾を揺らしつつ頭を下げてくれた。

『狸人《りじん》の咲間であります。このたびの妖魔災害を収めてくださり、まことにありがとうございました。さらには調査にまでご協力していただいて、感謝の念に堪えません』

『君たちが国を、大事な人を守ろうと奮起したからこそ、あの災害は収められたんだ。そんなにへりくだらなくても良いんだよ』

榛名さんと共に深々と頭を下げた咲間さんに、私はなんとも身の置き所のない感じを味わう。

「ラーワ、あなたはそれだけのことをしたのですから、感謝の気持ちを素直に受け取って差し上げるのも優しさですよ」

「そうは言ってもね、なんか恥ずかしいというか照れるというか」

ネクターに西大陸語で突っつかれてもごもご言っていれば、咲間さんが顔を上げつつも曇った表情で言った。

『この眠り病についてまったく分からない中で、増援が来てくださるのは本当にありがたいんです。ここは自分の故郷なので』

『そうだったんだ』

彼が、悲しみに満ちた表情で村の方角を見るのに、私とネクターは当初の目的を思い出して表情を引き締める。知り合いや家族が目覚めなければ心が穏やかでいられるわけがない。

さらに榛名さんが、

『それに、今朝新しい発症者が出てしまいまして……予断を許さないのです』

『もしや、三人目の調査員が居ないことと関連しておりますか』

ネクターに問いかけられた榛名さんは、こくりと頷いた。

『ともかく見ていただいたほうが早いかもしれません』

榛名さんと咲間さんに促されて、私たちはくだんの村へと足を踏み入れた。

◇　◇

咲間さんの故郷だという咲間村は、狸人が中心となった小さな村らしい。

都市部からは離れているので、いつも情報が届くのも遅く、おそらく白の妖魔の大氾濫も終わったあとに知っただろうと、咲間さんが歩きながら話してくれた。

米作りが盛んで、子供達があぜ道で遊ぶ声がひびく、のどかで豊かな村なのだという。

だけど、その村はしんと静まりかえっていた。

真昼で、晴れた青空が広がっているにもかかわらず、水に沈んだ砂のような不思議な空気に包まれている。

淀む、のとはまた違う、なんとなく息苦しさというか、そう澄み切りすぎて逆に圧迫感を覚えるような感じだ。薄く、白い霞が漂っているせいもあるのかもしれない。

……いや、ちょっと待て。

『今日の朝から、こうしてもやが出てくるようになったんです。最初は山から霧がおりてきたのかなって思ったんですけど』

『こんな時期に霧が出ることなんてありませんし、日が高くなっても消えないなんてことはありません。しかも、今日の朝は一緒に調査に来ていた守人が眠ったまま目覚めなくなりました』

『あなたたちはどうなのですか？』

口々に言う榛名さんと咲間さんにネクターが訊ねれば、咲間さんが言った。

『自分たちも、朝からとても眠かったのですが、村から離れてお二方に出会ってからは通常通りです』

『一応、私が作った魔除けの護符を持っていますが……』

あんまり効果がないようだったのは、二人の顔を見れば分かった。

『なるほど、ともあれこの霧が関係しているのは間違いなさそうですね』

『ねえ、君たちは魔族、神々と盟約していたりするのかい？』

ネクターが考え込む横で、私が質問すれば、榛名さんは不思議そうな顔をしながらも黒髪を揺らして首を横に振った。

『先の災害では、神の一柱と契約をさせていただきましたが、その場限りのことでありました。それが、何か』

『自分も同様です』

咲間さんも同じ答えで当てが外れたけれど、ネクターは私の考えたことが分かったらしく、顔色を変えた。

『ラーワ、もしやこれは蝕なのですか』

『今まで遭遇した蝕とは違う気がするけど、似たようなものだと思う』

とたん、東和の人である咲間さんと榛名さんが青ざめた。

目の当たりするたびに感じていた負の思念が混じっていないし、先に調査をしていた榛名さんと咲間さんがどうして無事かというのも分からない。

けれどこの薄もやが、蝕と同質なことは確かだった。

もしかしたらこれだけ薄いからこそ、生物への影響が変化している可能性もある。

とはいえ、ともかくこのままじゃまずいと、東和の人である二人が青ざめるのを横目にしつつ、私は西大陸語に切り替えてネクターに聞いた。

「なあネクター、一時的に二人と契約させてもらってもいいかい？」

「……そうですね、私ではこころもとありませんし、それが一番確実でしょう」

ため息をついたネクターが、ちょっと不本意そうなのはしょうがない。

「ありがと、あとで君とのつながりも強化しようね」

私とネクターは誓約で結ばれているとはいえ、蝕に対抗するものとはまた違ったものだ。

先の蝕災害の時は私が全力を出さなきゃいけなかったから悩んだ末にやらなかったけど、東和の盟約方法を応用した術式自体は作り上げてあった。

あれをやれば、ネクターも濃い蝕に触れただけで消滅ということはなくなるだろう。

「そうですね、私にも必要ですよね！　仕方ありませんやりましょう」

ちょっと現金なくらい機嫌を直したネクターに、東和国の二人が目を白黒させていた。

発動キーをキスにしただけなんだけどねえ……。

肉体的な接触や象徴的な行動の方が、契約を結ぶときには適しているというただの利便性なんだけれども。いつもやっているくせに何でそんなに喜べるのか、不思議というかなんというか。

私のあきれた視線を察したのだろう、ネクターが大真面目な顔で言った。

「何を言っているんですか、愛情を確かめ合う行為はいつだって歓迎！　なのです！」

「そんなに強調しなくてもいいよ！」

熱くなる頬を感じながらも、ネクターが亜空間から引っ張り出した杖の葉っぱをもらった私は、そこに術式と私の魔力を乗せた。

咲間さんのああ、そういう的な反応は見えない、見えない！

『はいっ。私は木の葉が枯れるまで、君たちと縁を結ぶことを望むよ！　ラーワ、と名前を呼んでくれ』

私はそう宣誓をしつつ、葉っぱをちぎって彼らに差し出した。

簡易の契約は今の所、葉っぱを持って宣誓をし、お互いの名前を呼ぶことで成立する。

そして、同じ葉を半分に切ってお互いが持つことで、その葉を持ち続ける限り、あるいは葉が枯れるまで絆が結ばれる仕組みだ。

榛名さんと咲間さんははじめ盛大に遠慮したものの、最後にはちゃんと受け取ってくれて、一時契約を受け入れてくれた。

『すみません、ラーワ様、ネクター様、あくまでこの場限りだとは重々承知しておりますから！』

『いや榛名さん、そう気にされると逆に恥ずかしいかな!?』

榛名さんが顔を真っ赤にしながらそう言うのに、私はその赤さが移った気分で叫んだ。

彼女の挙動不審さは、ネクターと私の盟約のために口づけをかわしたのを見たせいだ。

物陰に隠れてっていうのも変だし、私的にもあんまり抵抗がなかったからさらっとしてしまったけど、改めてこう反応されると気恥ずかしい。

やばい。だいぶ毒されているぞ、日本人の恥じらい的なものはどこ行った!?　……ってもう彼方だった！

　やや気まずい雰囲気の中、こちらも若干顔が赤い咲間さんが、あからさまにこほんと咳払いをして話題を変えてくれた。

『それにしても、なんだか急に身体が楽になった気がします』

『契約したあとの変化でもありますから。やはり、これは蝕の別の形なのかもしれませんね』

　応じたネクターは当たり前のように平常運転だ。

　知ってた。分かってた。恥じ入ることでもない訳だし、恥ずかしがるのが変なのか……と私が思ってしまうほど普通である。

　いや、ネクター並みに羞恥心を忘れてしまったら何か大事なものを失う気がする。

　っと、思考がそれたけど、まずは村の状態の確認だ。

　一応の対策を終えた私たちは、村の中を歩いていた。

　契約をして、さらに私の魔法で蝕を一掃してみたが、空気の重苦しさは変わらない。

　やはり契約はして良かったと思う。

　藁ぶきの家々は街みたいに密集していなくて、畑の間にぽつぽつとある感じだ。

　けれど、日が高いにもかかわらず、煮炊きの音もしないし畑に出る人も居ない。生活の気配がない村々の中を歩くのは、不思議な気分だった。

『とりあえず、眠った人たちは各戸の家に横にしています。一カ所に集めようかとも思いましたが、多すぎて手が回らずそのままにしております』

　咲間さんが淡々と説明をしてくれているが、隠せない悔しさや悲しみ、やるせなさがにじんでいた。

『とりあえず、村長の家、自分の実家にご案内いたします。一番霧が薄いですし、そこに、今朝もう一人の仲間……篠哉《とうや》が眠っているので。自分たちが確認した発症者なので何か分かるのではと』

そうして私達は、村の一番奥にある大きな屋敷の大広間に通された。

旅館の宴会場のように広々とした畳敷きの室内には、一面に布団がしかれ、屋敷の住人だろう人種も年齢も性別も様々な人たちが寝かされていた。

咲間さんと同じ狸人が多いけど、人間もほかの獣人も居る。一様に、健やかな寝息を立てながら眠る姿は、事情を知らなかったら平和な光景に思えたかもしれない。

けれど、実際に目の当たりにした眠り病の患者達に、私は異常を如実に感じ取っていた。

『汗をかいておりませんね。これだけ暑いさなかですのに』

さっそく患者のかたわらに膝をついたネクターの指摘に、咲間さんが答えた。

『彼らは眠っている姿を確認されてから、今日で一週間です。なのに一度も排泄を確認しておりません。水分だけは湿らせた布で取らせていますが……』

『夏場ですから、それでは足りません。なのにこの方達は脱水症状も起こさずに、健康そのものに見えます』

言いつつ、ネクターはてきぱきと寝かされている人々全員を診て回った。

脈を取り、まぶたを開けてのぞき込み、口元に手を当てて呼吸を確かめる。みんなとても健やかそうに見えるけれど、なんの反応も示さない。

　そうして、一通り終えたネクターは、杖を構えた。

『眠りよ覚めよ、あるべきことをあるべき時に。目覚ノ禱《カースディスペル》』

　魔力が杖先に集まり、古代語によって定義された魔力は大広間全体に降り注ぐ。

　それは強力な意識回復の魔術だった。呪いが原因なら百年の眠りでも吹っ飛ぶようなやつだ。

　けれども私には、その術式が眠っている人たちを素通りしているのがよく見えた。

　ネクターも分かっていたのだろう、難しい顔で考えていたかと思うと、ふと、雨戸の開け放たれた縁側へと出る。

　そこには、日よけ代わりだろう朝顔に似た植物が、幾本も棒を伝って花を咲かせていた。

『どうやら、人間だけではないようですね。植物も、同じ症状になっているようです』

『えっ、そうなのですか』

　榛名さんが驚いたように目を丸くして近づいていく間に、朝顔へ触れたネクターがこくりと頷く。

『先ほどからひどく静かな理由がようやく分かりました。植物たちの声はおろか、精霊たちの声も聞こえません。著しく生命活動を落としている……いわば仮死のような状態になっているようです』

　ネクターの言葉で、私もようやく違和感の正体に思い至った。

　ここでは分社の近くではうるさいくらいに鳴いていた、蟬っぽい虫の鳴き声がしないのだ。

『ということは、森の中の動物も……うわっ！』

　言いかけた咲間さんが、驚いて身体をびくつかせた。

私がいきなり魔力を放出して探索の手を伸ばしたせいだろう。勢いに驚いたらしい榛名さんが尻餅をついてしまっていて、ちょっと申し訳ない。

けれど、今ので村から近い山のほうまでおおざっぱに探ることができた。

『生き物の気配がひどく薄くなっている。これだけ緑豊かな山ならもっとうるさいくらい賑やかで良いはずなのに、まるで何も居ないみたいに薄いし、魔力の流れも鈍くなっている』

人が足りないのと、あちこちで蝕に喰われたレイラインがあることで、私ですら今の今まで気付けなかった。

はがみしつつ、私もしゃがみ込むと、眠っている一人にそっと触れて、体内魔力を調べてみた。

この世界に存在しているものならば、必ず保有している魔力の流れだ。

無機物なら無機物の、生き物なら生き物特有の魔力の流れがあるのだが、ネクターの言うとおり、魔力が著しく停滞していた。

詰まっているのではなく、全体的に流れが鈍っている感じだ。限りなく死に近いくらい。

『人だけではなく植物や昆虫類まで被害が広がっているとは……』

榛名さんと咲間さんが衝撃を受けて青ざめていた。

それこそ白の妖魔に引けを取らない災厄を、肌でひしひしと感じているのだろう。

実際、これはあるいは蝕よりも厄介な事象だ。

私の心に冷たいものが滑り落ちてくる。

この光景は、おじいちゃんが話してくれた５０００年前の出来事によく似ていた。

まるで、あきらめて覚悟を決めろと、言われているような気分になる。

『……もし、白い霧が原因の病だとしたら』

ぽつりと、榛名さんの声が響いて、全員が彼女の方を向いた。

『治す手段は、ありません、よね』

布団に横たわる人々を見下ろす榛名さんの横顔は、諦観に満ちていた。

最前線で戦っていた巫女だから、理解できてしまうのだろう。

蝕はすべてを無慈悲にさらって、なかったことにしていく。

そして、東和では蝕を〝倒す〟方法は確立されていても、蝕によってなくなったものを〝治す〟方法は見つかっていない。

彼らが眠っている原因がこの薄もやのような蝕なのだから、彼らは一生このままなのだ。

勝手に拳に力が入る。痛みはない。ぐずぐず悩んでいる暇はなかった。

『ひとまず、薄いとはいえこの蝕からはなれよう。今は大丈夫でも、このまま居れば、君たちもいつ眠ることになるか分からないから』

私の言葉に、ネクターが応じた。

『そう、ですね。それに目覚めないとしても、なるべく早く白いもやのない場所に移動させた方が良いでしょう』

『じゃあ、とりあえず準備が終わるまで、蝕を阻む結界を……』

言いかけた矢先。

『ふ、うぁあ～あぁ。よく寝たあ。というか、まだ眠いぃ……』

のんきな声に、その場に居た全員が振り返る。

声の先では大広間の一番端っこに寝かされていた大柄な青年が、眠たげに目をこすりつつも身を起こしていて、不思議そうな顔で私たちを見返していた。

『……て、あれなんでみんなそんな辛気くさいの？　てかなんでこんなところで寝てんの俺』

『と、篠哉くうぅうんんっ！』

『わっなんすか榛名さんっ!?』

起きないはずの人が起きた。

とたんに飛びついた榛名さんを受け止めながらも混乱する青年に、私とネクターは驚きに顔を見合わせたのだった。

◇　◇

『俺、守人やってる一馬《かずま》篠哉っす！　篠哉でお願いしますっ！』

ひとまず予定を変更して、屋敷に蝕を阻む結界を張ったあと、空いている部屋に集まって起きた青年……篠哉君を囲んだ。

篠哉君は、日に焼けた肌が若々しい、体育会系の快活さを感じさせる青年だった。

短く髪を切り、身体は大きいけれど年齢的にはエルヴィーと同世代か少し上くらいだろう。

眠っていたとは思えないほど元気である。あれ、眠っていたからこそ元気？

『とりあえず、初めまして。私がラーワ、こっちがネクターだ、けど!?』

悩み込みつつも、簡単に自己紹介をすれば、ずずいっと籐哉君がにじり寄ってきて面食らった。

『その金色の瞳とか赤い一房とかすっげえかっちょええし美人っすね！　是非お近づきになってくださいなりましょうっ。たぶん運命だと思うっす！』

唐突過ぎる愛の告白に、私は目を丸くした。

『う、え？　はいっ!?』

『あ、でももしかして神の一柱っすか。ならなおさらぜひに！　俺将来有望株っすよ。いつかは十《じゅう》牙《が》の一振りになる予定の男っすから！』

確か、十牙は守人の称号で、心技体を極めに極めた守人が帝から下賜される、名誉なものだったはず。

名づけは数字とその人の得意とする武器できまり、有り体に言っちゃえば、数字が若いほどめちゃ強いというランキングだ。術者、武芸者両方いるけど、魔物の群れを一掃したり、魔族を一人で相手取ったりとおおよそ人間離れした功績がないとまず無理で、大半が魔族との盟約者だという。

ちなみに、仙次郎は「四槍《しそう》」という称号をもらっていたらしい。

盟約した魔族がいないのに入っていたとか、すんごいじゃん、仙次郎。

とまあ、そんな風に思考を逃がすくらいには、がんがんまくし立てられて私がうろたえていれば、隣で不穏な気配がふくれあがった。

直ぐさま篠哉君が飛び退くのはさすが守人だと思ったけれど、振り向けばネクターが笑顔で杖を構えていた。もちろんその目は笑っていない。

『とりあえず、もう一回眠ってもらいましょうか』

『待って、ほんと待ってネクターせっかくの生還者だからっ！』

『え、なんす……いでっ!?』

私がネクターを抑えていれば、きょとんとしていた篠哉君にげんこつが振り下ろされた。

『篠哉っ。お前はなんたる無礼を！』

『そうよ、篠哉君。この方達が例の協力者なんですよ、昨日の夜教えたでしょう!?』

咲間さんと榛名さんに口々に怒られた篠哉君は、頭を押さえつつも首をかしげた。

『そういえば、そんなことも……？　俺、腕立て伏せに夢中だったもんだからぜんぜん聞いてなかったっす！』

『篠哉くぅぅぅうん……』

榛名さんがどっと疲れた風に肩を落とす横で、咲間さんが眉間をもみつつ言った。

『この方々は、先の妖魔災害の時に、神々との契約式を作り上げ、白の妖魔の大本を駆逐してくださったのだ。お二方とも神々であり、さらに言えば夫婦でいらっしゃる』

『その外見で人妻っ!?』

目を丸くして驚く篠哉君に、ネクターの笑顔がひくついた。

『そろそろ東和流にお灸を据えた方が良いでしょうかね……？』

『私は気にしないからとりあえず流そう』

『私が気にするんですっ。ラーワは美人ですが、可愛いも含まれてるんですからっ！』

『そこ大事かい!?』

『そうか、人妻っすか、運命だと思ったたっすのに……』

妙なところで怒っているネクターを私がどうどうとなだめている間にも、残念そうに落ち込む篠哉君だったが、今度はネクターにきらきらした眼差しを向けていた。

『けど、旦那さん、海向こうのまじゅつしとか言うやつっすよね！　すげえ、ほんとにひねくれ賢者みてぇっ』

『篠哉っ！』

さすがに狸耳の毛をピンと逆立てて気色ばむ咲間さんにも、篠哉君は唇を尖らせて続けた。

『えー咲間さんだって、ひねくれ賢者っぽいって絶対に思ったたっすよね。咲間さんめっちゃあこがれて術者になったたって言ってたじゃないっすか』

『そんな場合じゃないだろ！！！』

湯気が吹き出そうな感じで顔を赤らめた咲間さんだったが、瞬間、篠哉君へ雷が落ちたのだった。

悪い子じゃなさそうなんだけど、どうにもうかつだなあ。

とりあえず、一通り咲間さんに篠哉君がお説教をされている間、私は榛名さんにひねくれ賢者について聞いてみた。

『百数十年くらい前に、この東和に流れ着いたという、海向こうの術者のことなんですよ。いい人には試練を与えて乗り越えさせ、悪い人はもっと悪いことで懲らしめる。色んな人を助けるのに、やり方がひねくれてるってことで、〝ひねくれ賢者〟と呼ばれていたんです。各地に物語も残っているので、東和人が海向こうと聞いて真っ先に思いつくくらいには、有名です』

へえ、そんな人が居たのかあ。そんなにすごい魔術師なら、西大陸でもどっかで話を聞きそうなものだけど。

ネクターは知ってたのかな、と聞こうとしたのだが、咲間さんのお説教が一段落したので、そっちの話を優先することにした。

『籐哉君。本当に、身体はなんともないのかい？』

『あっはい。さっきまでの眠さも咲間さんに怒鳴られてる間になくなったっす……』

確かに、ちょっとよれてるけど、彼を見る限りまったく影響は残っていないように見える。

全然まったく、自分が命の危機に瀕していたのがぴんときていないようだ。

けれど、彼が唯一無二の手がかりとなったのだ。

さっきネクターは一人一人丁寧に容態を確認していたし、なにより籐哉君が横たわった大広間で魔術を使ったときにも目覚めなかった。だから、今大広間で未だに眠る人々と同じものに冒されていたのは間違いない。

けれど、彼は目覚めた。何がきっかけだったのか、眠る人たちと何が違うのかを解明できれば、この眠っている人たちを起こせるかもしれないのだ。

『お前、眠る前に何か変わったことや異変を感じなかったか、それか目が覚める前になにかを感じなかったか』

『篠哉君だけが頼りなのよ』

咲間さんと榛名さんが必死の形相で迫る中、篠哉君は若干身を引きながらも記憶をさかのぼる風だ。

『といっても、俺、全然。昨日寝る前はすんげえ眠かったなあと思ったくらいで。というか誰かにすげえ優しく寝ろっていわれたような……？　あ、でもすんごく真剣な声音で、起きてって言われた気がしたんで起きてみたっす！』

『全然、参考にならないわ……』

がっくりと肩を落とした榛名さんだったけど、あっけらかんとした篠哉君は残念そうに私を見た。

『その起きてって声が、ラーワさんの声と雰囲気と一緒でびびっときたもんっすから、運命だと思ったんすけどねえ。やっぱ四槍の兄貴みたいにはいかねぇや』

……なんだって？

とたんに一斉に三対の視線が集まるのに私はびくっとした。

『ラーワ、呼びかけられたのですか？』

『さっき探索の手を伸ばしたときに、そういう思念がまざったかもしれない』

できれば、そうであって欲しくないって、必死な気持ちが紛れていたかも。

もしかして、私が何かのきっかけ？

私が考える横で、ネクターが視線を虚空へさまよわせている。

ネクターがもの凄く思考を回転させている証だ。

そう時間はかからず、凄く気にくわないという雰囲気で篠哉君を見た。

『あなたは、最近華陽で活躍していた黒髪に赤の房が入った神のことを知っていましたか』

『かわら版読んだっす。すかっと可愛いっすよね！　あそっかラーワさんだったんすか、すげえ！』

篠哉君に混じりっけのない笑顔を向けられて、私はうぐあっと胸を押さえた。

帝さんに任された岡っ引き仕事が、方々のかわら版屋に記事にされたんだよなあ！

出来事に間違いはないものの大仰に書き立てられたもんだから、なんというか全身がむずがゆい感じで恥ずかしい……。

『ですが、今の今までラーワとの接点はありませんでしたね』

『竜神様だとも知らなかった……し、知りませんでした』

にらまれて言い直す篠哉君をおいて、ネクターは次に咲間さんを見る。

『こちらの村の方々は、先の妖魔災害を知らなかった可能性が高いのでしたね』

『ええ、その通りです。眠った時期も時期でしょうから』

『そして、あなた方二人は、ラーワをあらかじめ知っており、実際に対面したこともあった』

『お会いした、というには弱い感じですけど……』

それぞれ咲間さんと榛名さんが言うのに、そこでネクターは言葉を区切って私たちを見渡した。

『二人が蝕に冒されていなかったのは、ラーワが理由かもしれません』

ネクターの仮説に、東和の三人は、驚愕に目を見開いた。

うすうす、もしかしたらとは思っていたけど、ネクターも同じ結論に達したのか。

『そんな、ことがあるのでしょうか？』

『現在判明した情報で、眠っている人々と、起きているあなたたち、そして一度眠りながら目覚めた一馬さんの違いを比較すると、そこに行き着きます』

咲間さんがいぶかしそうにするのにネクターはそう答えて続けた。

『一馬さんはラーワに直接会ったことはありませんでした。ですが、ラーワとは知らずとも情報を目にし、前夜にあなた方から話を耳にしていた。そのため、眠りが浅く、ラーワの呼び声に呼応して目覚めることができたのではと』

にわかには信じられないし、私も正直驚いてるけど、確かに筋は通る。

『縁っていうのは特別なものだ。直接認識していなくとも、影響を与えることだって普通でもよくあることだし。私の何かが、この蝕を祓う要因になっていたことはありうるね』

私がそう言えば、ネクターがこちらを向いた。

もの言いたげのような、もどかしいようななんとも形容しがたい感情が見えた気がする。

けれど何か話しかけられる前に、おずおずとした榛名さんの声音が響いた。

『もしかして、その。竜神様だからこそ、存在を知るだけで、盟約のような効果が生まれていた、ということでしょうか』

質問されたネクターは、凜と研ぎ澄まされた賢者の表情に戻った。

『仮説に仮説を重ねておりますが、可能性は高いです』

『つまりは、彼らを目覚めさせられるかもしれないと！』

興奮を抑えきれない様子の咲間さんに、私はうなずいて見せた。

『魔力の停滞の理由はわからなかったけど、あの軽い呼びかけで籐哉君は目覚めた。なら、試してみる価値はあるかもしれない』

『ぜひ、お願いしますっ』

咲間さんと榛名さん、そして籐哉君が深々と頭を下げるのに、私は気を引き締めたのだった。


まずは、この大広間から試してみることになった。

みんなには魔力の流れが気にならない位置まで下がってもらい、ゆっくりと呼吸を繰り返す。

そうして、少しずつ魔力を広げ、あの重苦しい張りつめるような気配を、私の魔力で塗りつぶしていった。いきなり魔力濃度を上げれば、起きた瞬間魔力中毒で死ぬ恐れもあるからだ。

様子を見ながらなじませていき、広間に横たわる一人一人に魔力を細く伸ばし、糸を結ぶイメージを持つ。

赤い房の混じった黒髪が、魔力をはらんで虚空に揺らめいた。

おおざっぱにやってはいけない。ドラゴンの強すぎる魔力は、耐性のない人にはそれだけで毒になる。

呼びかけるのは、彼らの魂。

目覚めない原因は、魂の活動が停滞しているからだ。

おじいちゃんから教えられたこと。５０００年前に起きたことの一端。

これは、この世界の神さまが、世界を終わりにするために振りまいた現象なのだから。

今でこそ、蝕、という悲しみにゆがんだものになっているけど、本来の蝕はとても静かで、残酷なものだった。本来なら、この世界で生まれた生き物が拒めるものではないのだという。

それでもあらがう者がいた。

それがおじいちゃんで、原初の竜だというアドヴェルサで、……私もその中の一人だったらしい。

正直、そうあって欲しくなかったと思う部分がある。

けれど覚悟を決めなきゃいけないのだろう。守りたいのなら、未来もこのままでありたいのなら。

さあ、まずは彼らを起こさないと。

私の存在が、この世界へつなぎ止めるくさびとなるなら、みんな、私の知り合いになってしまえば良い。

だから十分に魔力が行き渡ったことを肌で感じた私は、目を閉じたまま彼らへ向けてつぶやいた。

『私は溶岩より生まれし夜の化身だ。起きて、君の名前を教えてくれ』

古代語によって定義された魔力は、細くつながれたパスを通じて、彼らへと降り注ぐ。

彼らを縛り付けるそれをやんわりと払い、取り除き、この世界の本来の魔力で満たしていった。

『きれい……』

榛名さんの陶然とした声が聞こえて、ふと、目を開いてみる。

大広間には、炎のような燐光が舞っていた。

濃密な魔力によって生まれたそれは、ゆらりゆらりと漂いながら、ふんわりと横たわる人に降りていき溶けるように消える。

すると、狸の耳と尻尾をもった壮年の男性が、まぶたを震わせて、ゆっくりと目を開いた。

『親父っ！』

その男性に、咲間さんが矢も楯もたまらず飛びついて。

それを皮切りに、大広間で眠っていた人々が不思議そうに目を開け始めるのに、私はほっと息をついたのだった。

第3話　ドラゴンさんと魔鎮祭

大広間で咲間さんのご両親や使用人の人々を目覚めさせた私は、村中の人々を起こした後、カルラさんに報告した。

そして翌日から、私は方々の村を巡って眠ってしまった人々を起こして回ることになった。

カルラさんは、ほかの調査でも体内魔力の停滞までは特定できたのだが、それを取り除くことがどうしてもできなかったと教えてくれた。

盟約者を目覚めさせようとして、逆に眠りに引きずり込まれてしまった魔族もいたらしい。だから、確実に目覚めさせることのできる私が行った方が良い。

一気に忙しくなる中で、こっそりおじいちゃんとテンに眠り病の原因になった蝕について話をした。

「カルラさんには、ごまかして話したから分からないと思うよ」

「そうか。気取られることも避けたいのう。あやつらが危うくなるでな」

平静なおじいちゃんの言葉に私は複雑ながらうなずくと、10代前半位になったテンが表情を暗くしていた。

「ごめんよ。手伝いたいのは山々なんだけど、君に任せるしかできない。あたしに資格がないのが悔しい」

テンが歯がゆそうに顔をゆがませ拳が白くなるほど握るのに、首を横に振って見せた。

「しょうがない。おじいちゃんは術式の構築があるし、君じゃ取り込まれてしまうだろうからね。私が適任だ」

けど、どうにも疑問に残るのが一つ。

「何で私の魔力で起こすことができたんだろう。だって、この死出の眠りって二度と起きないんだろう？」

「わしにもそれは分からぬ。じゃが、お前さんのこの世界への影響は未知数な部分が多い。あれの干渉が弱かったために、引き戻せたのやも知れぬ。それでも干渉を完全に阻むことはできなかろう」

「そう、だよね……」

一瞬、もしかしたら大丈夫なのかもしれないと思ったのだけど、おじいちゃんの言葉に肩を落とす。するとおじいちゃんは、表情を柔らかくした。

「そろそろリュートが晦冥の封印の上書きを終えた頃じゃから、死出の眠りは収まるはずじゃろう。今すぐ飲み込まれることはあるまいて」

慰めるような言葉に、私はもやもやしたものを覚えつつもうなずいた。

ネクターには言えなかったけど、今蔓延している眠り病――死出の眠りは、５０００年前にも起きたことだった。

おじいちゃんがたった一人で抱えていた秘密は、うかつに話せば、相手を消滅させてしまう危険をはらんでいた。

ドラゴンたちでさえ、いやドラゴンたちだからこそ、その存在を忘れていなければ、取り込まれてしまう恐れがあったほど。だから話すにしても、相手を吟味しなければいけなかったのだ。

なんだけど、ある程度冷静に考えられるようになった今では、あの夜にはできなかった質問が口をついた。

「そういえば、ドラゴンたちはこれを聞いたらまずいんだろう？　けど、なんでテンは聞いても大丈夫だったの？」

首をかしげてテンを見れば、彼女は緑髪を耳にかけつつ言った。

「ドラゴンのあり方は忘却したことで、本来のものから変質している。けど、眠ってるやつも、知らないやつでも、まだ外側との接続が切れてないから〝覚えている〟ことがくさびになっちゃう。だけど、あたしはもうドラゴンであってドラゴンじゃないからね。影響は薄いしあたしの時繰りでかわせるんだよ」

ただ、とテンは不思議そうににぎにぎと自分の手を動かして続けた。

「それにしては、なんか避けるのがすんごい楽なんだよなあ」

「ともあれ、要するにこやつは盛大に爆死して弱くなった結果、きゃつの眼中になくなったということじゃな」

「うわあフィセルひどい！　お前あたしの後輩のくせに口悪くないか⁉」

「そもそもの、いつからわしがお前さんの後輩になったのじゃ」

「この世界の生き物としては、あたしのほうが断然長生きだもんねー！　控えおろう控えおろう！」

どやあっと、小さな身体で胸をはるテンに、おじいちゃんの深緑の瞳が心底呆れた風になった。

「お前さんよ……わしの前身を覚えておってよく言えるのう」

「ふっふんあたりまえだろう？　君はその前身を捨てて今になったんだ。友達なら、全力で歓迎してやるのが筋ってもんさっ」

楽しげに嬉しげにのたまったテンと、おじいちゃんの気安さには新たな一面を垣間見るようだった。なんだかんだで仲がいいよなあ。

だけどテンはふと遠くを見るような眼差しになる。

「彼も、そうだったんだけどね」

「気にしても仕方あるまい」

テンはもの言いたげだったけど、淡々と口にしたおじいちゃんは私を向いた。

「そろそろ、封印具に詠唱演奏を読み込ませるめどが立ったぞ。あと一週間もかからなかろう」

「……そっか」

とうとう明確な期限を告げられて、それでも私は平静を保とうとしたけれど、おじいちゃんにはバレバレだったらしい。

困ったように眉尻を下げつつ、おだやかな表情で言った。

「お前さんを巻き込んですまないの。最後まで苦労をかけるが、もう少しの辛抱じゃ」

「それは、もういいんだ。きっかけはバナナの皮を踏んですっころがったって死因だけど。最初はどうあれ、こっちに来られて今はすごく楽しいから」

「バナナの皮とな？」

「ええと、こういうの。地面に白い面が下になっていると、めちゃくちゃ滑りやすいんだ」

バナナの皮って、どれくらい滑りやすくなるかってのが研究されて、表彰されていたなあ。

思念話経由でバナナの皮を見せれば、おじいちゃんは酢を飲み込んだような変な顔になった。

「……なんというか、すまぬの」

「ばっ、バナナのっ皮っ！　それは、浮かばれない……っ！」

もの凄く神妙に謝ってくれたおじいちゃんの隣で、同じく思念話でバナナの皮を見たテンが、割れた要石をばしばし叩いて笑い転げていた。

我ながら情けない死に方だし、もはや笑い話にしかできないんじゃないかって思うけど、改めて他人の反応を見ると切ないなあ。

すると、おじいちゃんが間髪容れずぽかんっとテンの頭をはたいた。

「笑いすぎじゃ、テン。それこそ後輩を笑いものにするのは、先輩の所業としては最低の部類に入るのではあるまいか」

「うぬぬ、ご、ごめん」

わかりやすいくらいに反省するテンに、私は肩をすくめるだけで応じる。

おじいちゃんは息をつくと私を向いた。その深緑色の瞳は、凪のように静かだ。

「わしには5000年悩む時間があったのじゃ。お前さん達の未来を得られるのなら、十分すぎる見返りじゃよ」

私はおじいちゃんの意志の固さを改めて目の当たりにして、のど元まででかかった言葉が、迷子になってしまった。

「アール坊の神楽舞を見られるのは僥倖《ぎょうこう》じゃ。後は頼むぞ。黒竜や」

おじいちゃんが上機嫌に言うのに、テンがぎくりと肩をふるわせたけど、突っつく余裕はなかった。

それでも、言葉をかき集めて、私はおじいちゃんに言った。

「……私はさ、ちょっと嬉しかったんだ。おじいちゃんと実際に縁があったってことが。だから私はこの世界を守るよ」

だからこそ、こんな風に踏ん切りがつかないのかもしれないけれど。

でも、この中で覚悟を決めていないのは私だけだ。

こうしてひょうひょうとしているテンだって、納得して沈黙している。

胸の奥に沈殿している澱のようなものは、私が未来を勝ち取るために背負わなきゃいけないものなのだ。

だからぐっと飲み込んで笑えば、おじいちゃんは少しの間瞑目したあと、目を細めて微笑したのだった。

そんな会話もあったとはいえ、朝早くに飛び立って、村での治療を終えたらとんぼ返りする日々は目まぐるしかった。

え、行った先で泊まれば良い？　アールの顔を見ないことには一日が終わらないから却下で！

というわけで、アールに舞のお稽古の話を聞いて一緒にご飯を食べる時間は確保していたけれど、自然とネクターとの会話の機会は減る。

アールが大変そうでも楽しげだったり、ネクターが試しにと作ってみた東和風の料理を食べたりするのは心がほぐれたけれど、話す時間の少ない忙しさが、ほんの少しありがたくて。


そうして、私は魔鎮祭の当日を迎えたのだった。

◇　　◇

鮮やかな夕日の橙《だいだい》と、幽遠な紺青が混じり合う黄昏《たそがれ》だった。

炊き出しやら配給があった分社の広場は、今は綺麗に片付けられ、まっさらな板の舞台がしつらえられている。その四隅の柱をつなぐようにまっしろの紙手が下がった縄が張り巡らされていた。

舞台の周囲や満員の観客席の間には、魔力によって灯された灯籠や提灯の明かりが揺らめき、あたりを照らしていたけれど、所々暗がりが残り夜の気配を忍ばせている。

日差しが隠れて夏が潜み、涼やかな風が流れる中、私は観客席の最前列に座って、となりのネクターと共に、今か今かと演目の始まりを待っていた。

……用意された席が帝さんのすぐそばだったのは気にしない！

カルラさんに、治療の代わりに良い席を用意してくれないかと交渉したのがまずかったのか。

いや、でもね、しょうがなくはある。

私を知っているだけでも、眠り病への耐性ができると分かってからは、帝さんは積極的に私が妖魔大災害の功労者であり、竜神……つまり、大社の神と同格の存在であると広めるようになったのだ。

いちおうテンにも私にも許可を取ってからだったし、ネクターも人助けだからとしぶしぶながらも了承したし。この良い席もその一環だろう。

ただ、それを知ったリグリラがめちゃくちゃ張り切って、私のために突貫で作った東和風とバロウ風の折衷な服を着せられていた。相変わらず磨きのかかった可愛いデザインなんだけれども、一人だけ目立っている気がして死ぬほど恥ずかしい。

まあ、帝さんもカルラさんも正装だし、ネクターも西大陸の人ってことで注目浴びているし、これも気にしない方向でいた方が精神安定に良さそうだ。

だから四方を囲む東和の人たちから視線をもらう気がするのを努めて無視していれば、観客席の間にもうけられた通路から、上等な衣装を着た巫女や楽人達がしずしずと歩いてきた。

「どうやら、始まるようですね。アール、大丈夫でしょうか」

「さっきの様子からすると、緊張はしてないみたいだから大丈夫だと思うけど」

隣に座るネクターの心配そうな声にそう答えた私だったが、彼の手にきっちり撮影機が構えられているのを見て苦笑した。絶対記録するんだ、と帝さんにまで交渉していたからなあ。

そうしている間にも、舞台のそばにもうけられた所定の位置に腰を落ち着けた彼らが、それぞれの楽器を構える。あたりに静寂が満ちて。

宵闇を透き通るような音色が通った。

高く伸びやかな笛の音が、始まりを告げる。

様々な弦楽器、鳴り物が重なるその音楽は、前世で聞いた雅楽のような雅さがありつつも、太鼓でつけられるリズムは心が躍るような高揚を感じさせた。

そして、舞台に現れたのは、黄金と白の髪と狐耳をした少女二人。

美琴と真琴だ。

それぞれ巫女服をより彩った華やかな衣装を身につけ、いくつもの鈴がついた神楽鈴を片手に掲げている。

柄についた引きずりそうなほど長い色とりどりの細い布をたずさえ、しずしずと舞台に上がる二人はこの世のものではないように美しい。

手を滑らせ、五色の布を揺らめかせる彼女たちの寸分乱れぬ動きに、観客が陶然と魅入られるのが分かった。

しゃん。

彼女たちの手首がひるがえり、連なる鈴が鳴ったとたん、周囲の魔力が鳴動した。

これが、儀式の真骨頂なのだろう。

この天絶舞《あまたちのまい》は、古いふるい、物語を元にした儀式魔術なのだ。

四人の巫女は、人族役と、神様役に別れて、神との決別までを描いた物語をなぞることによって、魔を絶つ、つまり大地に残った蝕の影響を断ち切るのだという。

今回、美琴と真琴は人族役を、テンとアールは神様役をやっていた。

実は、最近の忙しさのせいで、最初から最後まで通して見たことがないから余計に楽しみにしていたりする。

しばらく美琴と真琴が舞台を巡るように舞うと、すうっと、舞台に現れたのは小さな人影。

羽衣のような布を肩にかけ、美琴達とはすこしデザインの違う華やかな巫女服を纏《まと》っているのはアールだ。

赤の混ざった亜麻色の髪を結い上げて、化粧を施した顔を真摯に引き締めていた。

額に、花のような紅を塗って飾るのは、人あらざる者であることを表すのだという。

アールは美琴達に見守られるなか、滑るように中央へ歩くと、捧げるように持っていた深緑の葉もみずみずしい枝を、片手に構える。

しゃん。


枝についていた鈴が鳴った瞬間、また魔力が鳴動した。

それが始まりの合図のように、アールが美琴たちと楽しげに舞い始めた。

戯れるように立ち位置を入れ替え、手を翻せば羽衣が優美に空へ遊ぶ。

単純でいながらも美しい光景に見入っていれば、ずびっと鼻をすする音が聞こえた。

ちらりと横を見れば案の定感動の涙を流すネクターで、私は用意していたハンカチをあげる。

こうなると思って、何枚も準備しておいたのだ。

「あ、アールがこんなにっ、せい、成長してっ」

「そうだねえ。こんなに綺麗な魔力操作ができるようになってるとは思わなかった。でも、涙で見えなくなったらもったいないよネクター」

「わ、わかってますっ」

ハンカチで涙をぬぐいながら、目に焼き付けるかのように凝視するネクターを可愛いなあと思いつつ、私もアールには感心していた。

今、舞台の術式を起動させようとしているのは舞台に上がっている三人だ。

だけど、身体の奥まで震えるようでいて、浸っていたくなるような心地よい魔力の流れは、アールが作り出している。

アールが、テンやおじいちゃんに魔法のいろはを教えてもらえるように願ったことは知っていた。けれど、この短期間で、見違えるように上達していたのかと素直な驚きと感動がわき上がった。

ちょっと泣きたいような気分は、全部ネクターに先越されちゃったけどね。

舞台上で仲良くするように舞っていた三人だったけれど、不意に曲調が変わった。

テンポが速まり、躍動感に溢れた、けれど不穏な音色に。

そう、これは四人で舞う演目だ。

現れたのは、アールと同じくらいの背丈のテンだった。

けれど、ほかの三人と比べて、衣装は色味を抑えて硬質な雰囲気で、さらには美しいけれどどこか恐ろしい面をかぶっている。


しゃん。


鳴らす鈴は、手首と足首についた輪飾りと、手に持つ鍔に鈴の連なった短剣——鉾先鈴《ほこさきすず》だった。

手首を翻して五色の布を舞い散らせ、一歩、足を踏みならすたびに鳴る鈴は、脈動するような太鼓の激しいリズムとも相まって、周囲を圧倒するような恐ろしさをもたらしていた。

神様役にふさわしい迫力である。

神様ってことは、魔族だよね。東和でも、昔はこんな風に怖く思われていたのかもしれない。

ん、いや、でもこれは……。

私が何かをつかみかけている間も、仮面を付けたテンが、人族役の美琴と真琴に剣をかざして迫る、その時。

しゃんっ。


深緑の枝を翻して阻むのは、もう一人の神様役であるアールだ。

そうして、美琴と真琴を巻き込むような、四人の舞が始まる。

彼女たちが音楽に合わせ一歩足を踏み出すたびに、手を翻すたびに、そして鈴を鳴らすたびに、魔力が鳴動し、術式が活性化する。空気が震える。

いつしか可視化するほどの濃密な魔力の光があふれ、彼女たちを彩るように乱舞した。

舞台で激しく立ち位置を入れ替えながら舞う彼女たちに見入っていた私は、不意に悟った。

ああ、これは戦っているのか。

テンが鉾先鈴を無遠慮にかざす中、アールが深緑の枝をテンに向けて一閃する。

断ち切ったのだ。

瞬間、膨大な魔力が術式を通じて拡散していくのを肌で感じた。

音によって清められ、舞によって練り上げられた清涼な魔力が天高く上っていき、花吹雪のように舞い散った。

まぶしいくらいの魔力光のなか、テンが舞台上から降りる。

いつしか音楽もゆったりしたものに変わり、いたわるように美琴と真琴が囲むなか、アールが枝を舞台中央において。

音楽が終わった。

誰もしゃべらない。誰も動かない。

顔を上げたアールが、不安げな顔をする。

沈黙を破ったのは、となりの帝さんだった。

『見事な舞を見せた巫女達に、敬意を』

朗々と声が響いたとたん。

観客から、爆発するような拍手と賞賛の声が上がったのだった。

◇　◇

巫女達が一礼をして下がったあとも、しばらく万雷の喝采は鳴りやまなかった。

私もネクターも手が痛くなるほど拍手したあと、真っ先にアールをはじめとする巫女達の控え室へ駆けつける。

顔パスの私たちが室内に飛び込めば、少し疲れた様子だったアールが、金色の瞳をたちまち輝かせた。

「かあさま、とうさま、ぼく最後までできたよ！」

私は興奮のまま、誇らしげな顔をするアールの会心の笑顔ごと、思いっきり抱きしめた。

「すごかったよ、アールッ！」

「ええ、とても、素晴らしい舞と魔力操作でした」

またぼろぼろ泣くネクターにも抱きついたアールは、ほんの少し目を潤ませながらも笑顔を浮かべた。

「えへへ、ぼくもちゃんとみんなの役に立てたよ。災害の時はなんにもできなかったけど」

思わずこぼれたアールの本音に、私とネクターは息を呑んだ。

「そんなこと、考えていたのかい？」

問いかけながらも、アールがあれほど積極的に舞手になろうとした理由がわかったような気がした。

予想通り巫女の衣装のままのアールは、私たちから少し離れるとまじめな表情で言った。

「あの災害の時、かあさまもとうさまも、みこさんもまこさんも、テンさんも、お世話になった巫女さんも、カルラさんも、帝さんも、知らない人も、みんな東和を、大事な人を守ろうとしてた。けど、ぼくだって守りたい人が居たのに、できることが少ないから見てることしかできなかったのが、とても悔しかったんだ」

カルラさんの話では、アールは城の中で様々な人々の手伝いをしていたのだという。

ほぼ休み無く働く人たちに食事を配るのを手伝い、看護の手が足りなければ手を握りに行く。

カルラさんは、城からは離れずに魔族達の戦力が偏らないように調整をしていたのだが、思念話を遠くまで飛ばせるアールの存在はとても助かったと言っていた。

そのことを私とネクターは褒めたのだけれど、それでも、アールは悔しいと思っていたのか。

けれど、悔しそうにはしていても、アールの黄金の瞳に曇りはなかった。

「ぼくはドラゴンだ。けど、ぼくが生まれて過ごした時間は人族のみこさんよりも少ない。だからできることが少ないのが当たり前なんだって気付いたの」

真摯で、透き通るような表情は、化粧のせいかすこし大人びて見えた。

「だからぼくは、色んなことを知りたい。色んなことができるようになりたい。大事な人を守れるように、困っている誰かを助けられるように。けど、すぐに全部は無理だから、一つずつぼくにできることを増やしていこうと思ったんだ」

風が吹き抜けていく。

そう言って、晴れやかに笑うアールを、私はただ抱きしめた。

アールがテンに願ったのは、予想通りドラゴンに必要なレイラインの調整方法や魔力循環の整え方を教えてもらうことで、私の手伝いを早くできるようになるためだという。

それを知ったときは、やっぱり早くできるようになりたいのかな、と考えていたけれど、私が思うよりも、アールはずっと考えていた。

どんどん、私の手がいらなくなっていくのが寂しいけど嬉しくて、それ以上に、

「ありがとう、アール」

大事なことに気付かせてくれて。

「どうしたの、かあさま。大丈夫？」

私をなだめるように、小さな手が背中を撫でていくのに、こみ上げてくるものをこらえて身体を離す。

「うん、大丈夫になった。さってと！　アールは着替えても良いのかい？　テン」

「えっあ、えーと」

振り返れば、アールとはちょっと違う祭儀服を着たテンは、こっちに振られると思ってなかったのか面食らっていた。ちょっとそわそわしていたり、しおれている感じなのは、まあ私の心中を察していたりするせいなのだろうなあ。

ちらっと、今まで何も言わないネクターを見上げてみれば、すでに泣き止んでいて、私と目が合ったけど、やんわりとそらされたような気がした。

「まこっちとみこっちが、魔鎮祭の挨拶回りに行ってくれたから、もう子竜ちゃんは大丈夫だって……って、うげ」

しどろもどろになりつつも言いかけたテンが途中で引きつった顔になる。

後ろを振り返れば、入り口にはしかめっ面のおじいちゃんがたたずんでいた。

「ちょ、ちょっとあたし用事思い出したっ」

「**螺旋を描く嵐の刻**《エアヘリキステンボリウスウトテンペスターレ》。まったくお前さんはなんというものを後世に残しておるのじゃ！」

わかりやすく逃げようとしたテンを、ひっつかまえたおじいちゃんの一喝が部屋に響いた。

割と大まじめに怒るおじいちゃんに私たちがびっくりしている間にも、襟首を捕まえられたテンはじたばたしていた。

「みゃー！　なんで見てるんだよ馬鹿ー！」

「当たり前じゃ、アール坊の晴れ舞台じゃぞ見るに決まっておろう！」

「君が丸くなってるのちょっと嬉しいけど理不尽だー！　ただのおとぎ話だし、そっちの言葉で言うんならフィクションだし！　形くらい残したかったんだもん！」

ぶーすかだだをこねるように抗議するテンの言葉で、私があの舞台で感じたことが正しいと分かった。

やっぱりあれ、５０００年前におじいちゃんとテンが体験した史実だったんだ。

道理で既視感があるはずだと思っていれば、かなりあきれ果てた様子のおじいちゃんが深くため息をつく。

「その心意気は買ってやる」

「ならっ」

「じゃが、それとこれとは別じゃ。徹底的にお説教じゃぞ」

きらっと表情を輝かせたテンを絶望に突き落としたおじいちゃんは、テンの襟首をひっつかんだまま部屋の隅へと引きずっていく。

「なんでそうなるんだよー！」

じたばたするテンの声が遠のく中、ネクターが苦笑を浮かべてこちらを見た。

「とりあえず、アール、着替えて縁日を見に行きましょうか」

「わーいやったー！」

「ラーワも、それでいいですね」

「うん」

ネクターの窺うような問いにうなずきつつ。

私は、うきうきと着替え始めるアールを前に、もやもやとした感情と気持ちが定まりつつあるのを感じていたのだった。

第４話　ドラゴンさんは唯一に願う

深く眠りについたアールに、薄い布団を掛けてやった私は、そっと部屋を出た。

少し前まで着替えたアールとネクターと共に、昨日よりもずっと多い、人でごった返す参道に立ち並ぶ夜店を思いっきり満喫していた。

アールは化粧を落としていたけれど、亜麻色の髪で気付く人も居たらしく、すれちがう人がこそりこそりと話していたり、視線を向けてきたり。

直接声をかけてくる人もいて、アールはびっくりしつつもはにかみながら東和国語で応じていた。

正直、この国でアールは外国人に当たるから、こういう伝統芸能に当たるものに参加して反発がないか心配だった。

けれど、この反応と聞こえる声に耳を澄ませると、東和の人々はアールを西大陸の巫女だと認識したらしくかなり好意的のようだ。

東和の人たちのおおらかさにほっとしつつ、私はアールと全力で遊び回った。

縁日ならではのお菓子とかご飯はもちろん、射的とか、輪投げとか、お化け屋敷や大道芸みたいなのもあって、私でも見るものやるもの目新しかったり懐かしかったりした。

思い切り笑って、思い切り遊んで。

けれど、すぐにアールが眠そうな顔をし始めたから、早々に切り上げて間借りしている部屋へ戻ったのだった。

あれだけ頑張ったあとだから、無理もない。

魔力はそれほど消費していないけれど、あれほど複雑な魔力操作をしたのだ、朝まで眠るだろう。


眠るつもりのない私が縁側に出れば、夜の空は満天の星々で飾られていた。

日が沈んで空気は冷涼になっていたけれど、先ほどまで盛り上がっていた祭りの熱気が混ざっている気がする。何より風に混じる魔力が朝とは見違えるように澄んでいた。

ネクターはどこへ行ったのか、と視線で探すまでもなく、彼は縁側に腰掛けていた。

毛先が薄紅に染まった亜麻色の髪を、ゆったりと背中に流している。

傍らにある盆には、涼やかなガラスの徳利が数本と使われていないお猪口があった。

「ネクター、アールは寝たよ」

「ありがとうございます。ラーワ、一杯おつきあいくださいませんか」

振り返るネクターの問いかけに、うなずいた私は彼の隣に座った。

すでにネクターの手にはお猪口があったから、先に少し呑んでいたのだろう。

使われてないお猪口を手に取れば、ネクターが徳利のお酒を注いでくれた。

「儀式に使われた御神酒のお裾分けだそうです」

「そっか。——おいしいね」

小さなお皿のようなお猪口を傾ければ、甘みにも似たかぐわしい香りが鼻孔をくすぐって、とろりとした酒精が喉を滑り落ちて行く。

ぽかぽかとお腹の中が温かくなるような感覚にほうと息をついた私は、ネクターの透き通るような、寂しげな眼差しを正面から受け止めた。

「ネクター、あんましお酒に酔ってないみたいだね」

「……酔いたかったのですがね」

横により分けられているガラスの徳利は空だったから、それなりに呑んでいるのはすぐにわかる。

ちょっぴりからかうように微笑して見せれば、ネクターの表情はますます沈んだ。

ほんの少し、申し訳なさはある。もう彼は、私が隠し事をしているのに気付いているだろう。

そのことには触れず、私は頭上を見上げた。

夜色を打ち払うような明るい星空だ。冬のほうが空気が澄んでいてよく見えるというけど、夏の今でも十分すぎるほどに彩られている。

「こんな夜だったねえ。私がアールを産んだの」

「ああ、そうですね。埋め尽くすような星の空でした」

月でさえ霞む明るい星は、この世界では様々な可能性を表している。

この世界には宇宙がない。

宇宙の代わりとでも言うように、この空の向こうには黄泉とも言うべき異空間が広がり、根幹に戻っていった力の塊が星として瞬いているのだ。

世界の根幹に還ったドラゴンも、空で眠っている。

死んだ人々はお星様になる、というのが比喩でもなんでもない世界なのだった。

私は、今から十一年と少し前、力が大きく流動する数百年に一度の大流星群の中、アールを産み落とした。

「眷属ではなく、竜を宿したかもしれないと知ったときは、心の底から驚きました。いえ、そもそもあなたが子を宿せると打ち明けられた時も驚きましたが」

「あのときのネクターの驚きっぷりはすごかったなあ」

天地がひっくり返っても、ああは驚かないいんじゃないかってくらいだもん。

「でもすごく喜んでくれたよね」

「当たり前です。私とあなたの子ですから。世界で一番の幸せ者だと思いました。ただ、青天の霹靂だったのは確かです」

大まじめな顔で言ったネクターに、私は救われたのだ。

当初私は、ネクターから受け取った魔力と、自分の魔力を練りあげて、眷属を作る予定だった。

レイライン整備を手伝ってもらうための、精霊に似た存在だ。

それでも、ちゃんとネクターに相談してからにするつもりだったし、その分の魔力が足りるまで、何年先になるかなあというものだったのだ。

だというのに、この世界は不思議なもので。

「私だってまさか、ネクターと私の魔力に引き寄せられて、竜の核が私に宿るとは思わなかったんだよ。へんだなーなんか魔力がいつもより練り上げられないぞ？　と思ってたらお腹に子供が居たんだもんねぇ。びっくりしたびっくりした」

ドラゴンは、この世界のあちこちに散らばっているドラゴンの素みたいなものに、長い年月をかけて力が集まることで生じる。

だから理屈の上では高魔力体であるドラゴンに宿ってもおかしくないのだけれど、まさかそんなことが起こるとは誰も思っていなかったのだ。

「眷属ってことは私の分身に近い。それじゃあ私の意志に縛られてしまうからね。できればこの世界を自由に愛して、謳歌できる子でいて欲しいとは思っていたけど、あのときのドラゴンたちの驚きようは見物だったねえ」

「本来ならあり得ないことだと散々否定してくれやがりましたのには、何度魔術をお見舞いしてやろうかと思いましたけれど。胎教に悪いじゃありませんか」

「あはは……」

当時のことを思い出したのか、顔が険しくなったネクターに、私は顔を引きつらせたのだが、彼はすぐに愁いを含んだ表情になった。

「ですが、日に日に弱っていくあなたを見るのはとてもつらかった」

「そりゃあ、ドラゴンの身体を形作るんだもん、大量の魔力やドラゴンを構成する要素を分けていたからね。むしろ、おじいちゃんは十年で済んで僥倖だったたって言ってたし、私もそう思うよ」

世界の深い懐に抱かれてゆっくりと構成されるはずのものを、ほぼ私一人でまかなっていたのだから、それも当然だ。

私に宿ったアールが生まれるまでの約十年は、方々のレイラインから魔力を分けてもらうために放浪していた。

一つのレイラインから魔力を吸い出し続けたら、その土地が死滅してしまいそうだったからだ。

後半は移動も大変だったし、正直意識がもうろうとしていたけれど。

ネクターは自分にできる限りの魔力を分け与えてくれたり、おじいちゃんは私が休めるようにレイラインを整えてくれたりした。リグリラまで、自分を守る力すら残っていなかった私を、ほかの魔族や魔物や強力な幻獣から守ってくれて、心の底から助かったし、何より。

「堕ろそうかって、一度も言われなかったことは、すごく、すごく嬉しかった」

「そのようなこと、誰が言うものですか！」

気色ばむネクターに本当にその意志がなかったことが分かって、私は笑みを深めた。

宿った命は、魔力の供給を絶つだけでほどけて消えるほど儚《はかな》いもので、私も不安定だったから、言われていたらきっとかなり揺らいでいただろう。

声が大きくなったことを恥じるように口をつぐんだネクターは、手元のお猪口に視線を降ろした。

「あなたの苦しみを共に背負えないのはとてもつらかった。けれど私は、私の存在をつなぐ誰かがいるというのが、あれほど幸せなことなのだと思わなかったのです。それを手放す勇気が無かったのかもしれません」

「むしろ、そう思ってくれていたことが幸せだ。アールに、私たちはもちろん沢山の人に祝福されて生まれてきたんだって、胸を張って言ってあげられるから」

ネクターが心の底から望んでくれたからこそ、私は産み落とせた。

そうしてアールは生まれた。この世界の幾多の可能性を宿したドラゴンとして。

「夜を彩る炎の華」というアールの真名は、この世界での流星、幾多の可能性の塊であることを意味している。

今までは星の降る夜に生まれたからかな、と思っていたけれど、おじいちゃんの話を聞いてようやく理解した。

どうして、アールを産んだとき、おじいちゃんが涙を流して喜んだのかも。

それは私の子供であり、何よりこの世界のためのドラゴンだったからだったのだ。

アールは色んな所に、変化の可能性をもたらしてくれた。そして今の私も、アールのおかげで変われる。

私は、綺麗に飲み干したお猪口を盆において、ネクターに向き直った。

応じるように、ネクターも姿勢を正す。

「あのさ、ネクター」

「はい」

「たぶん、気付いているとは思うんだけど。君に言えてないことがある」

「……はい」

少しの間がありつつも、ネクターはうなずいた。

薄い唇は何かをこらえるように引き結ばれている。何度も聞きたいと思ったことだろう。

「そのことを口にするだけで、私は君を失うかもしれない。それが怖くて言い出せなかった。なにより、これはおじいちゃんとテンと私で解決しなきゃいけないものだと考えていたから」

この世界にやって来た理由を聞いて、そしておじいちゃんの想いを知ったから、私はその覚悟を尊重すべきだと思おうとした。

それは、ある意味正しいと今でも思う。おじいちゃんがこの世界を、何より私たちを守ろうとした結果だから。

ネクターの表情が泣きそうにゆがむ。

でも、と私は今までずっと抱えていたもやもやを、一番信頼する、一番大事な人に吐露した。

「けどね、私は悲しい結末になるそれが、どうしても嫌なんだ。難しくとも無謀でもわがままでも、みんなが幸せになれる結末が欲しいんだよ」

おじいちゃんが晦冥の封印を引き継いでも、神に深く干渉されたアドヴェルサは消滅させなきゃいけないと、おじいちゃんは言った。

アドヴェルサという竜ととても親しかったことは、言葉の端々から伝わってくるのに、おじいちゃんはなにも言わない。表情にも出さない。

二人はもう二度と顔を合わせることはできなくなるのに。

リュートだってそうだ。

あれほど助けようとした人を救うことができないと分かれば、深く嘆くだろう。憎むだろう。

おじいちゃんが居なくなると知れば、アールも悲しむ。

何より私が、おじいちゃんを犠牲にして成りたつ未来で、笑えないと思ったのだ。

それはとても困難だけど。事態を悪化させてしまう、無茶で愚かな選択なのかもしれないけど。

「私がここにたどり着いて、君と出会えた幸運のように。そしてアールを産んだ奇跡みたいに。君となら、何でも解決できる気がするんだ」

そっと、距離を縮めて、ネクターの手を握った。

「だからね、ネクター。私を信じて欲しい」

怖い。ぜんぶ状況証拠からの推論だ。百パーセント大丈夫って保証はない。

さあ、と夜風が吹いて、彼の薄紅に染まった亜麻色の髪が流れる。

ネクターが目を見張った後、表情を引き締めた。

指を絡めて強く握られて、それでやっと、自分の手が震えていることに気付いた。

「大丈夫です。あなたを悲しませないと誓います。私の存在のすべてをかけて」

密やかな言葉と共に、強い意志を宿した薄青の瞳に見つめられる。

「だからどうか、私を信じて」

「……ありがとう、ネクター」

息を吸って、深く吐いて。ネクターの手を握り返す。

そうして私は、私の魔力の根幹を意識して、宣言した。

『我、〝**溶岩より生まれし夜の化身**《ラーワエナーセラムノクトゥルヌスフィグーラ》〟は、我が半身たる精霊、ネクター・フィグーラの身に降りかかるあらゆる災厄を、我が身に引き受けることを誓う』

ネクターが息を呑んだけれど、寸前で口をつぐんだ。

誓約の擬似精霊が反応し、私の宣誓は正しく刻まれた。

そんな苦しそうな顔をしないで欲しい。念のための処置なんだから。

私はもう一度深呼吸を繰り返して、口を開いた。

「ショックな、ことを言うかもしれない」

「あなたの、思いつくままに」

ネクターは穏やかに言ってくれて、ちょっと息をついた。

いざ話すとなるとうまくまとまらない。けどずっとずっとネクターに聞いて欲しかったんだ。

「まず、ね。あの眠り病……死出の眠りは、この世界を消滅させるために、この世界を創った神が解き放った、蝕の本来の機能なんだ」

「……神、というのは」

「この世界と、ドラゴンを創った創造主――神様のことだよ」

決定的な言葉を口にした私は、一瞬腹の底が冷えるような感覚を味わった。

蝕は、世界のありとあらゆるものを消滅させる。

この世界のものではない要素をもっている私が、神への抗体になれるのは蝕に呑まれないことや、眠り病を祓えたことで証明されていたけれど、神の干渉も祓えるのかは未知数だった。

誓約はこの世界では普遍に近い効力を持つ。

だから、もしネクターに万が一のことがあっても私が肩代わりするために、もう一度宣誓した。

私は誓約が発動しないか感覚を研ぎ澄ませてみたけれど、さざ波のようなかすかに揺れ動く気配しかしない。

ネクターの少し大きな骨張った手は、まだ私の手に収まっていて、一気に息を吐いた。

「ラーワ、さすがに少々痛いです」

「あ、ごめん。でも、消えないね？　だいじょうぶだね？」

ちょっと力を込めすぎたみたいで、慌てて緩めたけどネクターは気にするな、とでも言うように首を横に振った。

「大丈夫ですよ。私は消えません。存じておりましたので」

「知ってた……？」

「はい。御師様が、精霊ではなく、ドラゴンと同格か、それ以上の存在であることも」

一瞬何を言われたのか分からなくて、頭を真っ白にしていれば、ネクターはなぜか少々悔しそうな顔で話し始めたのだった。

「古代魔術を研究していますと、必ず直面するのは『なぜ、これほどまでに魔力を気軽に使える古代語と古代魔術が日常語として使われていたのか』なのです。『火』と言う単語を、魔力を込めて声に出すだけで大火事になりかねないそれを、古代人達はどうやって制御していたのか。なぜ古代語を会話言語として使っていたのか。私は、以前からこう考えていました。そもそも当時は空気中の魔力が今よりも少なかったからなのでは、と」

ネクターの推論に私は息を呑んで聞き入った。

「ですが、さすがに5000年前の空気中の魔力濃度を調べる訳にはいきませんし、なぜ、魔力濃度が増したかと言う疑問も噴き出します。ですから私も確信を得たのは、御師様の話と、ごく最近の調査と、この論文を読んでからなのです」

そうしてネクターは亜空間から何かを取り出した。

広げられたのは、何十冊にも及ぶ和綴じの本だったのだけど、達筆な毛筆で書かれた題名は西大陸語だった。

反射的に受け取って、筆者を見てみれば、そこにかかれていた名前に驚愕した。

「ギルム・マグナスって、あの!?」

私の脳裏を駆け巡るのは、百数十年前の、ネクターと出会ったきっかけであり、バロウ国での一連の事件だった。

すべての黒幕であり、ある意味一番の被害者である魔術師長だった、ギルムのことだ。

ネクターたちの願いに応えて彼を見逃した判断は、今でも間違っていなかったと思う。

そんな彼が、ちゃっかりハンターギルドなんて立ち上げた後、余生を過ごすとか言って各地を放浪しに行ったのは知っていたけれど、まさか東和国にまで来ていたとは。

「ええ。数百年前にこちらに来て、東和国ではひねくれ賢者と呼ばれて、比較的有名な偉人として親しまれていたようです。こちらの本は国庫から特別に貸し出していただきました」

まさか篠哉君が話していた、ひねくれ賢者がギルムだったとは。

どうりでネクターが複雑そうな顔をしていたわけだ、と私が驚いている間にも彼は古い和綴じの本の一つをそっとめくる。

「元師長……いえ、ひねくれ賢者は、古代人と、古代魔術の変遷と終焉の原因を主に研究していました。そして各地の古代遺跡を独自に調査した後、終の棲家として東和国を選び、研究の集大成を残したようですね。彼が集めた資料には、古代魔術の当時の使用方法や、開発までの変遷など、途方もなく貴重な情報が詰まっておりました。が、５０００年前の断絶の起点となる資料には、必ず、〝魔導をもたらす者〟という人物の記述があったのです」

ネクターはぱらりぱらりとめくりつつ、その項目を指さして見せてくれた。

「ひねくれ賢者も、はじめはこの人物を古代の魔術師、あるいは開拓者と捉えていたようですが、古代人から敬意を払われていた節が随所に読み取れたそうです。ですが、人の王とも、竜とも違う、言うなれば、神のような扱いをされていた。――その名は、〝フィセル・アルデバラン〟。御師様の名でした」

「おじいちゃんの名前が、残っていたのか」

「と言っても、たった一カ所だけだったそうですが、ひねくれ賢者はそれもメモにとったようです。その魔導をもたらす者は、曰く、〝天に坐す竜の主より、使わされた〟と。賢者は比喩と考えたようですが、私は、比喩でも何でもなくドラゴンより上の高次の存在が居たのではと考えました。さらに御師様はその存在と袂《たもと》を分かったのではと」

簡単に言うけど、あの門の整備の最中に読破するのは膨大な労力だし、そこまでの結論に達するには気の遠くなるような思考を重ねなければならなかっただろう。

けどネクターはやり抜いたのだ。

「ゆえに蝕の出現は古代人が断絶した間接的な理由でしかなく、〝竜の主〟という者が関わっていたのではと、推理したのです。ですが、この配慮に配慮を重ねた末の記述を見るに、古代人はその存在を執拗に消したがっていた節があります。それが、あなたが私に話すことをためらった理由ではありませんか」

宵闇にネクターの声が染み渡った。

私の目尻から雫が一つこぼれ落ちて、結晶として転がった。

「そこまで、分かってて、聞かないでいてくれたのかい」

「私は、あなたの伴侶です。きっと、どんな形であれ必ず話してくれるだろうと信じておりましたから」

実際こうやって話してくれました、と穏やかに微笑むネクターに、私はたまらなくなって飛びついた。

「ごめっ、ん。ネクター。ありがとうっ」

「ただ、私も少々謝らないといけません……あなたが守ろうとしてくださったにもかかわらず、私はテンに誓約を使って、答え合わせをしましたから。まあ、そのおかげで、私にも創造主の影響が及びにくいとわかったのですが」

「そんな怖いことしないでよっ」

「すみません。ですが、あなたの憂いをはらうためには状況の把握が必要だったのです。許してください」

ネクターの手が、頭を、背中を流れていく感触に安堵を覚えつつも、首を横に振った。

謝らなきゃいけないのは私のほうだ。

私が死出の眠りという神様の干渉を祓えるとわかってから、もしかしたらネクターにならも大丈夫かもしれないと、気付いていたから。

それが何日も遅れてしまったのは、ネクターを万が一にでも失う可能性があるのが怖かったからだ。それなら、おじいちゃんが用意してくれた甘い選択を選べば良いと考えてしまっていた。

でもネクターは待っていてくれた。私がどんな選択をしても大丈夫なように、できる限りの手を伸ばして。

想いが嬉しくて、幸せで。

涙の結晶をこぼしながら、私は、ネクターの胸にすがりついて泣いた。

やっぱり私は、最高の人を愛せた。愛してもらえた。この世界が好きなんだ。

ぼろぼろこぼした涙が収まるころ。ふと、ネクターの膝に乗ったままの、和綴じの冊子が目に入った。

私の涙は結晶化するから、濡らさないで済んでよかった。

思いつつ、開いたままになっているページをさりげなく読んだ私は、思わず吹き出した。

「どうしました？」

「いや、これがっ！」

ネクターが不思議そうに私の顔をのぞき込んできたけど、ツボに入りすぎて答えられない私は、その冊子を示すだけで精一杯だった。

それは、あとがきめいた項目で、西大陸語でこう書かれていたのだ。


〝吾輩の仮説が正しいか、わかることがないほうが平和である。

ただし、これを読み解いた者に一つ願おう。

古代神竜と添い遂げし、万象の賢者に一つ言づてを。

ざまあみろ、先を行ってやったぞ〟と。


そうして強調するように、執筆し終えた日らしい百数十年以上前の日付が記入されていた。

「そこだけは見られたくなかったのですが……」

渋い顔になるネクターから身体を離して、笑いを収めた私は、ふうと大きく息をついた。

ほんと楽しいなあ！　この世界の人たちは！

だから、まるっと守りたい。

「ネクター聞いてくれ。君の推論はほぼ間違いないんだ」

いそいそと冊子を片付け、結晶をそっと集めていたネクターが、とたん私を向いて背筋を伸ばした。

「この世界のほかにも、いくつかの世界がある。神は色んな世界を管理していて、でも一人で面倒を見るには手が足りなかったから、自分の仕事を手伝ってくれる存在を創ろうと考えたらしい。だから、世界を一つ創って、各地にドラゴンになり得る素体を振りまき、自分を分割して、管理人と教育係を創って世界に降ろした。それが、おじいちゃんと、アドヴェルサ、はじまりの竜だ」

一語一句覚えている、おじいちゃんの話をそらんじる。

ドラゴンたちを鍛えるために、世界はあえて不完全にされた。

世界をゆりかごにドラゴンは生まれ、世界を整え始めた。

魔力、という奇跡の力を循環させ、より良い環境に仕立てていくことで、神の手伝いに必要な技能を身につけるのだ。鍛えるハードルとして、またうまくいっているかいないかの指標として、様々な生き物が形作られ、繁栄と衰退を繰り返していく。

「ドラゴンが一人前になるまでがだいたい5000年位だったんだ。何度か繰り返し、何体かが神の下へ旅立った。そして、十分に手が足りたと思った神様はこの世界を処分することにした、らしい」

それは何の前触れもなく、通告すらなかったらしい。

ある日突然、世界があの白い濃霧に呑まれて、世界の半分が眠りについた。

そして世界の半分が霧に呑まれて消失した。

世界を創った神とこの世界では周波数のようなものが違うから、直接は干渉することができない。

だから、壊すための機構を送り込んだのだろうとおじいちゃんは言っていた。

ネクターの顔が憤りに引き結ばれる。

「それは、とても、身勝手なものですね」

「私もそう思う。でもね、おじいちゃんとはじまりの竜と、一部の竜達はこの世界を無くしたくなかった。この世界が大好きだったから。だから、神と袂を分かつことにしたんだよ」

おじいちゃんは管理人権限で、神の干渉を断ち切り、とりあえずの危機は去った。

けれど神が振りまいた蝕は未だに世界に残っていた。

「この世界の存在を消し去るために創られた蝕は、神との接続が絶たれたことで、すべてを消滅させる暴威になった。しかもこの世界の魔術は効かない。魔法ですら微々たる影響で、作りの上で神様の干渉を受けやすい竜はもっとだめだった。だから、唯一神の力を直接分けられて創られた、はじまりの竜が自らに封印して、眠りについたんだ」

本当は、おじいちゃんとアドヴェルサの二人で分かつつもりだったのだという。

けどアドヴェルサはこの世界を残したいと先に言い出したのは自分だからと、周囲が止めるのも聞かずに一手に引き受けたのだった。

結果的には、誰かが神の手から離れた世界を見守らなきゃいけないから正解だったのだろうけど。

言葉の端々から、おじいちゃんがとても悔いているのは、手に取るように分かったものだ。

話してくれたときのおじいちゃんの顔を思い出していると、ネクターが青ざめていた。

「ならば、あなたも危険なのではありませんか!?　その創造主の干渉を受けてしまうのでは」

あ、そうか、今の説明じゃそう聞こえてしまうか。

どう言ったものかと、思案しつつ卒倒しそうなネクターの手を握った。

「それは、おじいちゃんがおじいちゃんじゃなくて、私のお父さんだったからなんだけど」

「……はい？」

ネクターの相づちがなんか変だった気がしたけど、私は安心させたかったから必死に言葉をまとめていく。

「おじいちゃんは、アドヴェルサに蝕をすべて任せたことを悔いていたし、いずれ封印を更新しなければならなくなる可能性を考えていた。けれど、自分が居なくなれば世界を安全に見守る者が居なくなるし、いざというときに封印できる者が居ない。だからね、別の世界から魂を呼び寄せて、この世界のためだけのドラゴンを創造しようとした。それが私だった」

神の干渉を断ち切るために大半の力を失い、精霊になったおじいちゃんだけど、管理者としての権限は保持していた。

だから、約４０００年、おじいちゃんは魔力を練り上げて、神の干渉を受けない別の世界から魂を呼び寄せた。そして、世界に残っていたドラゴンの素体に移すことで、ドラゴンをつまり私を創り上げたのだった。

……私が生まれ落ちる時に聴いた創造主の声は、おじいちゃんの声だったのかとか。本来のドラゴンの知識を入れると自動的に神の干渉を受けやすくなるから、おじいちゃんが妨害した結果あんなことになったとか。

暴露な説明をされて、色々うわあとかうへえとか思う部分はあったけど。

ともあれ、おじいちゃんのすさまじい努力の結果、私はここに生まれたのだった。

正直、嬉しいと思ってしまう部分もあるわけでして。

「だから私と、私から生まれたアールは神の存在を知っても、神には干渉されない。大丈夫だよ

……て、ネクターどうしたの」

なぜかネクターが、すごい顔で固まっていた。

こう、嬉しいのか怒って良いのか、分からない的な。

「いえ、御師様が実際にも義父という事実を、どう受け止めて良いか分からないだけですから」

「あーそっか。そういうことになるのかあ」

でも、今までとそんなに変わらないような気もするけどなあ。

と思いつつ、どう受け止めて良いか分からなさげな顔をしているネクターに、これだけは言っておかねばと言った。

「まあとりあえず、私は異世界から来たけれど、おじいちゃんの無理矢理ではなく、向こう側でこれ確実に死んでるわーという感じでこっちにきたから、安心してね。それから、今まで黙っていてごめんよ」

「まったくかまいません。私が出会ったのは、そのような過去があってこそのラーワで、溶岩より

生まれし夜の化身ですから。むしろ私が、打ち明けてくださったお礼を言うべきでしょう」

間髪容れずに断言されて、私はぽわっと胸の奥が温かくなる。

やっぱりちょっと緊張していたのかな。

「……ともあれ殴らなければならない案件ができましたね」

「え、なぐ」

「なんでもありません」

すごく不穏な単語が聞こえてきたけれど、ネクターはむりやり本筋に戻した。

「つまり、本来の蝕の機能、死出の眠りが蔓延し、はじまりの竜の封印がほどけかけている、ということは」

「神がはじまりの竜に、再び干渉しているかもしれない。だからおじいちゃんは、今度こそ、神の干渉を断ち切るために原初の竜を消滅させて、蝕を自分に移して完全に封印することを考えているんだ。私はおじいちゃんを封印することを頼まれた」

ネクターの顔に明らかなしわが寄ったけど、私は続けた。

「でも、本当にそれしかないのかと考えるんだ。大事なヒトを犠牲にして成り立たせなきゃいけないのかなって。みんな幸せになる選択肢はないのかなって。時間は少ないけど、それを君と見つけたい」

握った手に力を込めれば、ネクターの指が絡んで、握り返される。

「私は、この世界の代表として、あなたに謝らないといけないのかもしれません」

「え……？」

思わぬことを言われて瞬けば、申し訳なさと、それでも隠しきれない喜びに顔をゆがめたネクターがこぼした。

「けれど、私は、私自身は、どんな経緯があってもあなたがどう思っていても、あなたがこの世界に来てくださった奇跡に、心から感謝します」

頬が熱くなる。昂揚に胸が沸き立つ。

この世界に来てドラゴンになって、疎外感を覚えたことはなかった。

けれどこうして祝福されて、心の底から嬉しさがこみ上げてくる。

「この世界でドラゴンになって、ネクターに出会えて。良かったよ」

薄青の瞳から頬を伝った雫が、月明かりに照らされた。

そしてすぐに、決意の色を帯びる。

「見つけましょう。必ず」

「うん。見つけよう」

自然とお互いの顔が近づく。

はまれた唇は柔らかくて。私の全身に、溢れるような力が宿った。

もちろん物理的なものじゃないし、まだ何かが解決したわけじゃない。

けれど、大好きで大事なヒトが味方になってくれるだけで、世界も視野も広がって何でもできるような気がしてくるのだ。

「……ラーワ、最後に一つ良いですか」

唇を放した後も、離れるのが惜しくて、くっついていると、ふとネクターに問いかけられた。

「ん、なに？」

「その、自分が亡くなった、というのを覚えているのでしたら、前世の記憶もあるのですか」

遠慮がちなネクターに、思わず笑ってしまった。

そっか、私にとっては５００年以上前のことだから大して気にならないけど、デリケートな問題ではあるか。

「まあね。前の世界では女子大生やっててさあ。ぼっちだったけど」

「女子大生……？」

「ええと、学生だったんだよ。だいたい22、３歳くらいまでは普通の家庭の子でも勉強できる国に居たからね」

「つまり、元人間だったのですか!?」

ぱっと肩をつかんでくるネクターの驚愕の顔に、ぱちぱちと目を瞬いて今までの発言を思い返してみる。そういえば、人間だ、とは言ってなかった。

というか、めちゃめちゃネクターの表情が好奇心に輝きだしている？

「是非詳しくそこの所、教えていただけませんか？」

「い、いやネクターそれよりもこれからのことを……」

「ほんの少しさわりだけで良いですからっ。まずはあなたの育った環境から――」

あ、やばい、早まった。

私は、爛々と表情を輝かせるネクターに顔を引きつらせながらも、通常運転ぶりにほっとしたのだった。

ちょっとだけ、ね？

◇　　◇

目の前でおじいちゃんが吹っ飛ぶのを、私は呆然と眺めていた。

険しい顔で拳を振り抜いているのはネクターだ。

ここは分社の裏手にある鎮守の森に作られた、おじいちゃんの魔法工房だった。

封印具を作るために魔力が濃くて安定した場所が必要だから、テンの要石のあった森は最適で、おじいちゃんはずっと森の一角に居を構えていた。

そして、ネクターにほぼ夜明け近くまで質問攻めにされた私は、若干へろっとした気分だったけど、アールが起きる前にと思ってその足でおじいちゃんの元を訪ねた。

うはは、自分でネクターに話したらまずいことになるんじゃゃって言っていたのに、案の定だったよ……。

まじめな話をしに行くのだから、もう少し気を引き締めなきゃと思いつつも、そんな感じで張り巡らされた結界をくぐったのだが。

おじいちゃんと顔を合わせたとたん、ネクターが全力で拳を握って殴りかかったのが、今の状況である。

「ネクター!?」

止める間もない早業で、私は混乱のままネクターを見れば、彼は深く息をついた。

「避けもしないってことは、少なからず罪悪感があるという解釈でよろしいでしょうか」

そうなのだ、私のドラゴンアイはばっちり見てた。おじいちゃんはネクターの拳が見えていたのに避けなかったのだ。

「まったく容赦ないのう。老体はいたわらんか」

地面に転がったおじいちゃんは、痛そうに頬をさすりながら身を起こすのに、ネクターは鼻をならした。

「魔術を使わず、身体強化のみの素殴りだったんですからマシだと思ってください。フィセル・アルデバラン」

いや、身体強化だけでも岩くらい一撃で砕けるからっ。

というか、ネクターがおじいちゃんの名前を呼んだことに驚いていると、おじいちゃんは深くため息をついた。

「……やはり、黒竜からすべて聞いたか」

おじいちゃんの問いには答えず、ネクターは激情を押さえ込むように低い声音で続けた。

「あなたがしたことは蛮行です。どんなに切迫していようと、異界の魂を巻き込み不当に扱ったこと、扱おうとしたことは、断じて許されるべきことではない」

「許されよう、とは思わん。これはわしのエゴだからの」

「ですが！」

打ち消すような強い声音で遮ったネクターは、薄青の瞳でまっすぐおじいちゃんを射貫いた。

「ですが。あなたが呼び寄せてくださらなければ、私はラーワに会うことはできませんでした。私が救われることは一生無かった。そこだけは、感謝いたします」

ああそっか、ネクターは怒っていたのか、と今更気付いた。

私だって、大事な人が誘拐まがいのことをされたら全力で怒るだろう。

でも、ネクターは許さないと言いながらも、おじいちゃんにお礼を言った。それとこれとは別だと平等に判断することは、なかなかできることじゃない。

殴ったのはびっくりしたけれど、それで区切りを付けたということだろう。

私は正直、もうあんまりそのことにわだかまりはないけれど、私もおじいちゃんに怒ったって良いんだ、と思えたらちょっとすっきりした。

よし、あとで文句くらいは言っとこう。

決意をしつつ、私は瞑目するおじいちゃんに言った。

「きっと、おじいちゃんが言った方法の方が安心で確実なのだと思う。けれど、はじまりの竜もおじいちゃんも、一番この世界を想っている二人が割を食うなんて嫌なんだ」

「かまいやしないぞ。黒竜よ。わしらが始めたことじゃ。わしらで解決する」

淡々と言うおじいちゃんのかたくなな態度に、あ、私も殴りたいと不意に思った。

けれども、殴ったら話にならないので、代わりにしゃがみ込むおじいちゃんに近づいて、腕を回して抱きついた。

「なっ!?」

ネクターが後ろで驚く声が聞こえたけど、無視して腕に力を込めた。

「何より私は、大事な家族が居なくなるのが嫌なんだよ。おとうさん」

腕の中の身体が震えるのを感じながら、ゆっくり言葉を紡いだ。

「これは、全部誰かが何かを守ろうとして生まれた不幸だ。だから私は、断ち切りたい。みんなが報われる方法を探したいんだ」

耳元で息を呑む音がして。

そっと背中に一度だけ手が滑り、肩に置かれてやんわりと離された。

間近で見たおじいちゃんは、困ったように褐色の肌にしわを寄せて苦笑している。

「弟子がもの凄い顔をしているでの、離れるが良い」

振り返れば、ネクターが今にもつかみかからんばかりの形相でわなわなと震えていた。

あのねえ。

「ネクター。そんな顔しなくったって大丈夫なのに」

「それとこれとは別なのです」

でもすぐに引きはがそうとしないだけ、かなりマシかもしれない。

それでも呆れていればおじいちゃんに頭を撫でられた。

「……人の語るような神であったらと、どれだけ思ったことか。それならば、お前さんを巻き込まずにすんだだろうに」

切なそうに、まぶしそうに深緑の瞳を細めたおじいちゃんに、先んじて言った。

「私はこっちに来て、幸せだよ」

ぼっち人間がぼっち万歳ドラゴンになって、へこんだし苦労したのは確かだけど。

色んな人が居て、願ってやまなかった友達や、大事な人までできた。

だから、ごめんって謝らないで欲しい。

そう言う想いを込めて見つめれば、おじいちゃんは深緑色の瞳をゆっくりと閉じた。

こらえるように、飲み下すように。

「わしはな、ただの監視者だった。神の定めた摂理の通り、この世が滞りなく回るように。いつからかのう、ただの入れ物であるはずのこの世界に愛着が湧いたのは。この世を残したいと望み、気付けばこうなっておった」

深く、ため息をついて。

おじいちゃんは私を見据えた。

「わし自身を柱とすることが最善という考えは変わらぬ。それだけ、状況は切迫しておるゆえな」

私は唇を引き結ぶ。

確かにそうだ。リュートがアドヴェルサを再封印したことで、時間は稼げている。

けれど、確実に神のアドヴェルサへの干渉は起きているのだ。

「フィセルっ」

ネクターの咎めるような声音に、だけどおじいちゃんはしょうがないとでも言うように表情を緩めた。

「じゃが元々、封印具の調整にあと数日はかかる予定じゃった。それまでお前さん達が何をしようがわしは止めんよ」

全部を一人で決めて、一人で実行しようとしていたおじいちゃんの、初めての譲歩。

「見つけられなんだ時には、予定通りわしの助力をしてもらうぞ」

「わかった」

元々使える時間は少なかったから、当然だ。

私がうなずいて立ち上がれば、ネクターに腰をさらわれる。

そうして私を抱え込んで威嚇しながらも、ノートとペンを構えるという器用なことをした。

「まずは晦冥の封印の術式構造と、本来の蝕の特性と神の性質についてを耳をそろえてよこしてください」

「お前さんはまったく、こんなときでも変わらんのう！」

おじいちゃんの呆れた声があたりに響いたけど、ネクターはお構いなしで私を見た。

「時間は限られています。様々なことを同時にやらねばいけないでしょう。封印の現状把握も必要です」

「そうだね、実際に見に行ってみる方が早いだろう」

アドヴェルサの封印に何かするのであれば、リュートは避けて通れないだろう。

なにより、私自身がリュートと話をしたかった。

ネクターに抱えられながらも決意した私は、ふとすでに日が昇り始めていることに気が付いた。

朝日がきらきらと差し込み、澄み渡った森の空気に暑さが戻ってくる。

「そろそろアールが起きるころだ」

「ではラーワ先に戻っていただけますか？　少々時間がかかりそうなので！」

「わし、封印具の調整があるんじゃが……」

「世界の危機なんですから両立しましょう」

確固たる使命感と、それを全力で塗りつぶす好奇心で一杯のネクターに、おじいちゃんが顔を引きつらせた。

ふははは、私が味わった大変さを味わうが良い！

「じゃあ私は、ベルガに会ってくる」

その言葉で何をしようとしているかわかったのだろう、ネクターは表情を引き締めてうなずいた。

もしかしたらベルガには、精霊であるネクターが言ったほうがよいかもしれないけど、ベルガは私の友達でもあるのだ。ごまかしなく分かってもらいたかった。

「ですがリュートに会う時には、かならず私も同行いたしますので」

「わかった」

不意打ちだったとはいえ、私は彼に拉致されかけたんだから、ネクターの念押しも当然だろう。

私も、少しだけ怖いから助かる。

私が神妙にうなずけば、ネクターの表情は和らいだ。

「ではお互いに」

「お互いのできることをやろう」

決意を込めて見つめ合って、私は朝日が差し込む森の中を、小走りで駆けていったのだった。

第5話　銃の精霊は過去と向き合う

喧騒が耳に響いて、ベルガはのろりと、膝に埋めていた顔を上げた。

あたりは夜のとばりに包まれているが、遠くに見える熱気の伴ったおびただしい灯と、聞こえてくる賑やかな声は、ベルガのいる鎮守の森の木の上にまで祭り特有の気配を運んでくる。

そういえば、今日が祭りの本番だとあいつが言っていた気がする。

そんなことを考えつつ、ベルガは待機状態だった四肢を無意識に確認していった。

魔力の充塡は問題なし、四肢は自由に動く。

肝心の、自身の本体は――……。

ベルガは魔力を三つの拳銃に変えて解き放った。

狙うのは頭上、背後、そして一拍遅れて正面。

思うままに動くベルガの分身は、忠実に弾丸を放つ。

連射された魔力の弾丸は、足下に居た大柄な男に軒並みはじかれた。

そこまでは予測済み、ベルガはさらに柄の長いライフル型を生み出し、殴りかかった。

「うおわっ!?」

はじめて驚きの声を上げた男だったが、銃口の先についた剣は避けられる。

ベルガはがら空きとなった懐に飛び込んで、内ポケットにある己の本体へ手を伸ばした。

だが。

紫電のはじける音と共に男の姿が消える。

瞬間、ベルガは腕を取られて夜空を見上げていた。

投げられたのだ、と気付いたときには、軽い衝撃と共に地面に転がっていた。

「いきなりで驚いたぞ、若干危なかった」

「くっそ」

今回も己の本体の奪還に失敗したベルガは、涼しい顔でのぞき込んでくる男、カイルを睨み付けた。

ベルガはあの日、仲間を逃がすために攪乱し、この男によって意識を刈り取られ、目覚めたときには本体を奪われていた。

精霊は本体から一定距離以上離れられないため、物理的に拘束されていないベルガでもリュートの下へ帰ることは叶わない。さりとて本体に戻るのも癪なため、ベルガは囚われて以降、ずっと実体化していた。なじみ深い身体で煩わしくないのが、不幸中の幸いか。

この男が、魔術銃を持っているのは分かっている。ベルガは本体からのびる、霊的なつながりを感じられるからだ。

だが拘束しているにもかかわらず、彼らはベルガに何をするでもない。

ただ側に居ることを喜び、憐憫の眼差しを向けてくることが解せなかった。

ベルガはリュートに目覚めさせてもらった精霊だ。その昔があるわけがない。

だというのに、あの黒い髪に赤い房のまじった女の姿を取るドラゴンを始め、仲間らしい者たちが親しみのこもった態度を取る。

一番不可解なのは、カイル・スラッガートというこの魔族だった。

敵であるはずの自分にあっさり真名を明かしたかと思うと、本体を握っているのであれば、いくらでも自分を拘束できるにもかかわらず、何度も本体を取り返そうとするベルガを止めない。

どころか反抗することをおもしろがっている節すらあり、ベルガは理解に苦しんだ。

闘争が好きなのかと考えてもみたが、もう一人の金砂色の髪の魔族のように、向こうから仕掛けてこないし、ただ側に置くだけで野放しにする。

さらに、時折、いつまでも子供扱いされているようで無性に悔しい、と思うのが不可解で。

「とりあえず、気は済んだか。なら次は俺に付き合え」

考えても仕方がないので、ベルガは差し出された大きな手を取った。

ベルガが一本を取られた後の、いつもの出来事だった。

せめてもの嫌がらせとして思いっきり体重をかけてやっても、自分より縦も横も大きい彼には片手で悠々と持ち上げられてしまうのが悔しい。

立ち上がったベルガは、カイルがひどく驚いた様子で焦げ茶色の瞳を見開いているのをいぶかしく思った。

「どうした」

「いや、ちゃんと手を取ってくれたな、と」

そこでベルガは、今までこの男に差し出された手を無視していたことを思い出した。

とっさに手を取り戻したが、羞恥と混乱で勝手に頬が熱くなる。なにより、嬉しそうにするこの男がひどく気に触った。

「たまたまだ……で、どこに付き合うんだ。また魔物退治か」

ここ数日、この男は周辺地域に出る魔物討伐のため、遠征を繰り返していた。離れられないベルガも必然同行していたから、またそれかと思ったのだ。

ベルガの乱暴な話題転換に、カイルは素直に乗ってきてくれた。

だが、ベルガにとっては不可解すぎる方向で。

「いやちょっとばかし、祭りを見に行くぞ」

「は……?」

この男は、一体なにを言っているのだろうと、本気で思った。

◇　◇

明かりの灯る下は、遠くで見ているのとは別世界のような喧騒だった。

道の左右には所狭しと出店がならび、様々な食べ物の焼ける匂いが混じり、道一杯に行き交う人々でごった返している。

　ともすれば行きたい方向に行けないのではと危惧するほどだったが、獣人たちと比較しても立派な体格である男は、相手から避けて行くので、ベルガは背中を追いかけるだけで良かった。

だが、すれ違う人間たちはみな、彼を一瞬驚いた顔で見送るものの、明らかに東和国人ではない顔立ちをしているにもかかわらず、ほとんど関心は持たない。

　それはベルガも同じで、必要以上に注目を浴びるのが煩わしかったベルガには僥倖だったが、疑問にも思った。

「リリィ殿に、認識阻害の幻術を教えてもらってな、俺くらい器用貧乏ならできるだろうってよ。早速役に立ったぜ」

　リリィ殿、というのが数日前にいきなり己に襲いかかってきた魔族だと気付いたベルガは、無性にいらだちを覚えた。だが同時に、この男が全力でベルガをかばったことを思い出して、不自然に胸が跳ねる。

　あの日から、自分はますますおかしくなったと思う。

　既視感が重なり続け、この背中を見上げるたびに、焦燥感がこみ上げてくるのに戸惑っていた。

　知らないはずなのに、青と赤と白の軍服が目にちらつく。

　しかもあの魔族について楽しそうに話をされるのが、無性に気にくわなかった。

「あの魔族とは親しいのか」

「一方的に喧嘩を売られる仲が親しいんなら、そうだろうが」

その無造作な言葉に、勝手に安堵する心が分からなくて、ベルガは眉間にしわを寄せた。

ベルガの様子には気づかないのか、男が大真面目に続けてくる。

「ああ、だがいくら誘われてもリリィ殿と二人きりになるのはやめとけよ。嬉々として喧嘩ふっかけてくるからな」

「お前から近づかない限り好き好んで会いはしない」

「まあ、それもそうか」

呆れて言い返せば、男は、今度は周囲を見渡しながら問いかけてきた。

「なあ、ベルガ、なんか食べてみたいものとか、やってみたいものとかねえか」

「食べる必要もないのに、欲しいとは思わない。というかさっきからなんだ気味悪い」

まるで、ベルガのために祭りへ来たみたいじゃないか。

少し残念そうにしていた男は、歩きながらも気まずそうに頬をかいた。

「まあ前は、俺が忙しすぎてこういう所に連れて行ってやれなかったからな。罪滅ぼしみたいなもんだ」

罪滅ぼし。またベルガの胸がじくりと痛んだ。

たいしたことでもないし、気にしたこともないのに、この人は覚えているんだ。

初めて出会った迷宮内でも、この男はベルガの名前を迷わずに呼んだ。

殺そうとするどころか、守ろうとする。

なぜ、がふくれあがる。

ベルガには今しかない。過去なんてないのに。

とうに気付いていた。ここに居る人々は、誰も自分を害する意志がないことくらい。

あの金砂と紫の魔族と、悪であるはずのドラゴンですら歓迎の言葉を告げてきた。

何よりカイルと名乗ったこの男が、自分を見下ろす眼差しは。

もしかしたら、もしかしたら。

「おまえ、は」

絞り出した言葉に、男が振り返る。

焦げ茶色の髪に、同色の瞳をした、見上げるような巨軀の男だ。

彼を見ているだけで、心が溢れそうになるのは、なぜなのか。

「私のことを、知ってるのか」

とうとうはき出したその問いに、男は困ったように苦笑した。

「正直いうとな。よく分からないんだよ」

「は……？」

思わぬ返答にベルガは、肩透かしを食らわされたような気分で立ち止まった。

なんだそれは、あれだけ思わせぶりな言動をしておいて分からないとは。

無性に腹が立ってきたベルガが罵詈雑言を浴びせようとしかけたが、男は懐あたりを押さえた。

そこはちょうどベルガの本体が納められている位置だろう。

「だけどな、この魔術銃を作ったのは、俺で間違いない。そんで大事なやつに贈ったんだ」

初めて聞く事実に、ベルガが目を見開く間に、懐かしむ男は続けた。

「新しいのを作り直してやるって言っても、これが良いって聞かなくてなあ。贈った本人が修理して、改造して、大事に大事にしてたんだよ」

「改造したやつは、誰だ」

「俺の妻だよ」

お前だよ、といわれている気がした。

ほんの少し寂しさの混じった柔らかい表情に、胸が鷲掴まれたような心地になった。

信じられなかった。なぜ思い出せないのだろうと、悔しさを覚えるなんて。

何をしてでも追いつきたい。どんな形でも助けになりたい。

それが、この身を得たときからある衝動だった。

だから仲間になってくれと言ってくれた、リュートのために生きようと思ったのだ。

けれど、それは本当に彼に対しての感情なのか。もっと前、今のベルガになる前ではなかっただろうか。

わからない、分からない。リュートの役に立つ、それだけで十分だと思っていたのに。

ベルガはぐっと唇をかみしめて、目の前のカイル・スラッガートと名乗る魔族を見上げる。

この人のことを、もっと知りたいと願う自分がいた。

衝動的に声を上げようとしたが、言葉にはならず。

ベルガはくるりと方向転換した。

「帰る」

「そうか」

唐突な行動にも、男は隣を歩いてくれてベルガはぎゅっと顔に力を入れた。

と、大きな手が頭に乗り、そのまま髪をかき混ぜられたのだ。

すぐに振り払ったが、麦穂色の髪が乱れてしまっていた。

「!?　なにするっ!?」

また勝手に赤くなる頬に自分で苛立ちつつ抗議すれば、男は嬉しそうに破顔していた。

「ありがとうなベルガ」

返答は求めず、そのまま歩いて行くその背中を、ベルガは髪を直すのすら忘れて呆然と見つめた。

この感触を、知っている。

子供扱いが悔しくて、追いつこうと必死になるほど、想ったひとがいる。

ベルガが興味を示しただけで、礼を言われる筋合いなんてないのに。

大事な人であれば、なおさら思い出して欲しいだろうし、色々器用なのに、こういう部分は不器用なのだ。

ベルガはこみ上げるものをこらえながら、意地で男のとなりに並んだ。

「馬鹿なやつだ」

「知ってるよ。んじゃあ、部屋で飯でも食おうぜ」

そんな悪態にも軽く返され、ベルガはカイルの横を歩いたのだ。

◇　　◇

翌朝、ベルガはカイルとは違う生体反応を探知して、待機状態から目が覚めた。

この特徴的な気配は、あの黒竜だ。

一度、会いに来たときに敵意を向けてから、この離れには近づこうとしなかったが、自ら訪ねてきたらしい。

耳を澄ませば、カイルと深刻そうに話をしているのが聞こえた。

「……だいぶ怪しいとは思っていたが。そんな、裏があったとはな」

カイルの忌々しげな声音に、黒竜の声が続いた。

「これ以上は君を危険にさらすかもしれないから語れない。けど、私は多くの人の知恵が必要なんだ。君に力を貸して欲しい」

「もちろんだ。世界が終わるかもしれないなんざ、昔ならずいぶん大仰だと思っただろうがな。先の妖魔災害を体感した身としてはぞっとしねえ」

「ありがとう」

心底安堵したように息をついた黒竜は、さらに続けた。

「私は、おじいちゃんだけじゃなくて、原初の竜も救いたい。だから、リュートがほんとは何を思っているのか知りたいんだ。だから会いに行きたい。戦うんじゃなくて、話をしたいんだ」

リュート、の単語に、ベルガは硬直した。

彼女は話がしたいという。

そして、リュートが何よりも焦がれる原初の竜を救いたいとも。

リュートは、「竜どもは彼を見捨てた」と吐き捨てていた。

だからこんなところに閉じ込めて、誰もアドヴェルサを助けてくれないのだと。

けれど、なにか誤解があるのでは？

「それで、ベルガに話を聞きに来たか」

「彼女なら、彼の今の居場所なり本拠地なりを知っているだろうから。協力をしてもらえないかと思ったんだ」

「その考えはわかる。だが、虫のいい話だがベルガに無理強いはして欲しくない。あいつはリュートを創造主として慕っている。しゃべるくらいなら舌をかむ位はしそうだ」

きっぱりと言い切ったカイルに、ベルガは救われたような心地がした。

託しても良いのだろうか、願っても良いのだろうか。

たとえ何かを隠されていると分かっていても、リュートを嫌いになれなくても。

助けて欲しいと、言っても良いのだろうか。

「確かにしそうだ」

「まずは、俺から話を持ちかけてみる」

「うん、じゃあ」

ベルガは、今まで殺していた気配を全開にして、会話の場に足を踏み入れた。

案の定、焦げ茶色の髪のカイルと、赤い房の混じった黒髪の女性が、黄金の瞳を丸くしてこちらを見ている。

「ベルガ、聴いていたのか」

「リュートの所に、行きたいの」

腰を浮かすカイルの問いには答えず、ベルガは、二人を見つめれば、黒竜は、表情を引き締めてうなずいた。

「行きたい。リュートが助けたがっている大事な人を、私も助けたいんだ」

まっすぐな黄金の瞳に、ベルガは息をつく。

もしかしたら怒られるかもしれない。余計なお世話だと言われるかもしれない。

けれど、とベルガは焦げ茶色の瞳をした男を見る。

「わかった」

この人とリュートのためになることならば、なんだってしてしたいのだ。

了承の声を上げたとたん、二人の瞳が大きく見開かれるのに、ベルガは胸の奥に大きな満足を感じていたのだった。

第６話　ドラゴンさんと精霊の館

早朝、私はカイルに協力を求めに行った。

ばく然とした話だけにもかかわらず、カイルは気にした風もなく快諾してくれたのがすごく嬉しかったんだけど。話が聞こえてきたらしいベルガがいきなり現れて、リュートの本拠地である屋敷にまで案内してくれると言い出したのだ。

カイル共々驚いた私だったが、ベルガは意外にも平静だった。

「私は鍵を開けて招くだけ。リュートはずっと、あの竜の解放を願っていた。けどどうしても届かなくてずっとずっと悩んでた。あなたが、そのきっかけになってくれるのなら良い」

そう、言い切ったベルガは、そっとカイルを見やった。

「役に立つか」

「十分すぎる。ありがとうなベルガ」

カイルが声をかければ、ベルガは耳を赤くしてそっぽを向く。

そのやりとりがなんだか昔の二人を思い起こさせて、私は不思議な気分になった。

ベルガの魂にかけられた忘却の呪いは、とても深いものだった。呪った本人にもほどけるかどうか分からないくらい。

なのにこうして見るベルガは、バロウの王都で一緒に遊んだ頃とそう変わらないように思えた。

だから、いつかまた名前で呼んでくれる日が来るかもしれないと思えて嬉しくなるのだ。

まあともあれ、これでリュートの元へ行く手立てができた、と私は早速ネクターに報告し、ベルガが連れて行ってくれると言うので、早々と支度を調える。

けれど分社を離れるのであれば、アールに話さないわけにはいかないわけで。


現在私とネクターは、仁王立ちでにっこり笑顔なアールの前で、神妙に正座をしていた。

素敵に完璧な笑顔とは裏腹に、黄金の瞳は怒りに燃えさかっている。その証拠に亜麻色の髪に入っている赤色が、炎のように揺らいでいた。

うわあ、やっぱり怒り方がネクターにそっくりだよう……。

そりゃあ、これから忙しく動くのなら、アールにはちゃんと話さなきゃいけないとは思っていた。

けど、まさかおじいちゃんが封印の要になろうとしていたなんて、とてもじゃないけど言えない。

どうしたものかと悩んでいるうちに、ネクターに話しに行った時点でアールに気付かれてこのにっこり笑顔で迫られてしまい、なし崩し的に全て吐かされたのだった。

おじいちゃんが一人でいなくなろうとしていたことに、さすがにショックを受けていた様子のアールに私は話したことを後悔する。

けれども、泣きそうな顔になりながらも、アールの金の瞳からは強さが失われることはなかった。

つまり、全力お怒りモード継続中である。

「とうさま、かあさま。またぼくをのけものにしようとしたね」

「そ、そんなことはないんだよ？」

「そうですとも。ただアールに話すにはちょっと……」

「ぼくも連れて行って」

私達の言い訳めいた言葉は、アールの主張にかき消された。

「アール!?」

「リュートさんの所に行って、リュートさんの大事なヒトを助けるための方法を考えるんでしょ。ならぼくも手伝いたい」

「だめです。リュートの下へ行くのは話し合うためですが、相手は私たちに敵意を持っています。何が起こるか分からない中で、あなたを守る余力はありませんし、あなたを連れて行く必然性がありません」

そこだけはきっぱりと否定をした、ネクターの懸念は分かっている。

リュートは代わりになれる竜を探していた。なら、私がだめならアールを狙うんじゃないかと考えているのだ。とても低いけど、あり得るかもしれない可能性をつぶしたいのだろう。

ネクターの厳しい言葉に、アールはぐっと怯んだ顔をするけれど、視線はそらさなかった。

「リュートさんが歌ってくれた歌がア……原初の竜さんのことなんだって分かったの。とても綺麗な歌だったけど、とっても悲しくて。ぼくはただ泣いてるだけだった」

大社の中で、アールがリュートに会ったことは本人と美琴から聞いていた。

けれども、歌を聴かせてもらうほど深い交流があったなんて思わず、私はただ必死なアールを見上げた。

「けど今ならリュートさんに言える。ううん言わなきゃいけないことがあるんだ。リュートさんは半分精霊のぼくには甘いみたいだから、そんなに積極的には狙ってこないよ。そうじゃなくても、ぼくはぼくを守るから」

「ですが……」

「ぼくはリュートさんと友達になりたいんだ」

お願いします、と頭を下げてきたアールに、私は沈黙した。

ここで怒鳴って、わがままを言うんじゃないとしかるのは簡単だ。まだ幼いアールを連れて行くなんて危険なことなんだから、正当性はあると思う。

だけど。それは何かが違う気がして。

「わかった。つれていく」

「かあさまっ」

「ラーワッ!?」

ぱあっと表情を輝かせるアールと、驚愕に顔色を無くすネクターの視線を私は受け止めた。

これが吉と出るか凶と出るかは分からない。けど、その人に寄り添いたいと願うアールの気持ちを、手を伸ばそうという気持ちを、無碍《むげ》にしたくなかった。

だってアールの誰かとつながりたいという気持ちは、私がずっと大事にして来たことで。それを否定したら、私の今までを否定するような気がしたのだ。

だから、若干の非難が混じるネクターに私は少し表情を緩めて見せた。

「あのね、私たちにとってリュートはまだ敵でも、アールには友達になりたいヒトなんだ。そう思ったアールの目を信じたい」

「ですが……」

「それにね、私たちだってリュート達に喧嘩を売りに行くわけじゃないんだ。それなら順序が違うけど、アールがお世話になりましたって言いに行こうよ」

ぐっと言葉を飲むネクターから、今度はアールへと視線を移した。

金の瞳と合ったとたん、アールの表情が引き締まる。それだけ、私が真剣なのだと分かったのだろう。

「リュートが何をしてきたか、聞いていたね」

「うん」

「何が起こるか分からない。もしかしたらリュートは、君をひどく傷つける言葉を言うかもしれない。何より物理的にも傷つけようとするかもしれない。私たちも守ってあげられないかもしれない」

「……うん」

「私とネクターは、自分が傷つく以上にアールが傷つくのが嫌なんだ。だからもし、私たちに何があっても、自分の身を守ると誓えるかい」

その問いに、アールは目を見開いたけれど、ぐっと息をつめてうなずいた。

「ぼくは、ぼくのために。そしてかあさまととうさまのために、身を守ることを誓います」

厳かに宣言したアールは、もう守られるだけの子供じゃないことを、自分の意志で考えて行動できるのだと感じさせて。

そうして、アールも同行することになったのだ。

◇　◇

「……ねえ、本当に行って大丈夫なの」

集合場所だった分社の広場で、ベルガが珍妙な顔をしていた。

その麦穂色の視線の先には、ずもーんと沈んでいるネクターがいる。

うん、ネクターにも不承不承ながら納得してもらったんだけど、アールから手が離れていく寂しさを実感して嘆いているのだろう。

私も寂しくはあるけど、ネクターが未練たらたらな感じを見るとこう、気持ちよく送ってあげなよという気分のほうが強い。

「アール。そんなに早く成長しなくて良いですのに」

少々未練がありげなネクターにアールが困った顔をして、さすがに止めようとした時、口を開いたのはベルガだった。

「子供はいずれ手が離れるもの。気兼ねなく旅立てるように送り出すのも親の役目ですよ筆頭」

「ぐうっ……すみません、アール」

「い、いいんだよ、とうさま」

毅然とした声音でばっさりと切られたネクターが謝れば、アールは慌てて首を横に振った。

「なあ、本当に思いだしてないのかい？」

「の、はずなんだが……」

私は、あんまりにも往年のベルガらしい口調に、側にいたカイルにこそっと話しかければ、カイルも感じていたらしい。

かくいうカイルは、別のことを頼んでいてついては来ない。

ついて行きたがっていたが、西大陸でも眠り病が蔓延していないか心配だったのと、正しい情報を伝えるために、一足先にバロウへ帰ってもらうことになったのだ。

一息ついたベルガは、私に話しかけてきた。

「もう始めて良い？」

「うん、座標を教えてくれ」

分社の門ではなく、広場を選んだのなら、空間転移で行くのだろうと思ったのだが、ベルガは首を横に振った。

「ちがう。鍵はあるから」

言うなり、ベルガが懐から取り出したのは、手のひらに収まるくらいの木製の何かだった。

木は弓なりになっていて、その間にぴんと張った糸のようなものが何本かつながれている。

「ハープ……？」

アールの言葉になるほどと思ったとたん、ベルガはその小さなハープの弦をはじく。

思ったよりも高く澄んだ良い音がしたとたん、ベルガは唄った。

『常闇の朝に　真昼の夜　我　楽園に誘われる者』

その柔らかな歌に呼応するように魔力が渦巻き、虚空に現れたのは扉だった。

洋風の瀟洒で精緻な装飾のされたその扉からは、テンが創り上げた大社の出入り口である〝門〟と似たような性質を感じ取る。

「リュートとパレットはここであってここでない所に、自分たちの家を作った。どこにでも行けるように、どこにいても休めるように。私にも鍵をくれた」

少し後ろめたそうに言うベルガの頭を、カイルはくしゃりと撫でた。

「そうか、あいつらはあいつらなりにお前を大事にしていてくれたんだな」

ベルガはほんの少しだけ顔を赤らめて、こくりと頷いた後、扉に手をかけて私たちを振り返った。

「扉はあんまり持たない。早く行くよ」

うながされた私は、ぎゅっとアールの手を握って、うなずいたのだった。

◇　◇

扉から一歩足を踏み入れると、そこは玄関ホールにつながっていた。

貴族の屋敷を参考にしているのか、走り回れそうなほど広いけれど、壁を埋め尽くすように所狭しと家具が並んでいた。

様式とかデザインとかも関係なく、とにかく置けるだけ置きましたみたいな。

壁にも絵画やタピストリーが埋め尽くすように飾られていて、空間が広いせいで圧迫感はないけれど、どこかものさびしげな雰囲気が漂っている。

扉の脇についている窓の外には田園風景が広がっていたけど、絵画のように現実味がない。

まずネクター、次に私とアール。そしてベルガが入ったところで、扉はぱたりと閉まった。

そうして、私たちが全員入ってきたのを見計らったように、脇の廊下から人影が現れた。

「ベルガ。戻ってきたの」

白い衣装に色んな絵の具が散っている服に、薄い色の髪を無造作に垂らす女性型の精霊には見覚えがあった。リュートが私をさらおうとしたときに、一緒に居た精霊だ。

ネクターがすっと杖を構えて警戒態勢に入る。

けれどそんな様子なんて目に入らないように、彼女はふわふわと浮いているような足取りで私たちの前に姿をさらした。

武器になるはずの腰に巻かれたベルトから、絵筆さえも抜き取らない。

「パレット……これは……」

ベルガが後ろめたさの混じったような声音で呼んだのだけど、彼女、パレットは順繰りに私達を見たかと思うと、すいと、身体を半身にしたのだ。

まるで、奥へと招き入れるみたいに。

「来ると良い。リュートは奥だ」

その印象が間違いではないことを証明するようにパレットに告げられて、私たちは顔を見合わせた。彼女の意図が分からなかったからだ。

「なぜ、私たちを招き入れるのです。あなたはリュートの命令に従うのでは」

一度交戦したことのあるネクターが警戒のままに問いかければ、パレットは顔色すら変えず、淡々と答えた。

「私はリュートが望むことを叶える。そしてお前達が叶えるきっかけになると考えた」

「私たちが敵対者ではないと、はじめから分かっていたのですか」

「……リュートは悲しみにおぼれていたから」

そこだけ、わずかに悲しみの色を乗せたパレットに、うろたえるベルガが訊いていた。

「じゃ、じゃあ私に肌絵を先に施してくれたのも」

「お前が、連れてくる可能性が高いと判断した。正解だった」

このパレットという精霊は、独自の判断で行動を起こすほど、自立した思考を持っているのか、と私はあらためてリュートと彼女の特異さを目の当たりにした。

「君の名前は？　なんの精霊か訊いても良いかい」

「私はパレット。晦冥の封印を描き続ける、絵筆が私だ」

おじいちゃんが言っていた、晦冥の封印を守る二つの古代魔道具のうちの一つが彼女だったのだ。

そしてアドヴェルサの封印を守っているうちに、竜の気によって精霊化してここにいるのだろう。

何でもないことのように告げたパレットは、すうと手をさしのべた。

「さあ、こっちだ」

廊下の両端には、壺や置物、アクセサリーのたぐいが、まるで美術館のように所狭しと飾られていた。開いているドアから見えた室内には、おびただしい数の杖やら武器の類いも丁寧に保管されている。

これほど数が多いのに雑多な感じがしないのは、大事に扱われているのが伝わってくるからかもしれない。

しかも、そのすべてから魔力が漂っていた。

「古代魔道具や、年を経た魔道具ですね……魔道具泥棒はあなたたちでしたか」

ネクターがそうつぶやくのが耳に入ってきて、ベルガが応えた。

「リュートが仲間をほしがったから、色んな所から集めてきたんだって。けど起きてくれる子は少なかったから、こうして飾ったり使ったりしてるの。いつかは目覚めてくれるかもしれないから」

仲間を集めたのは、竜に対抗するためなのか、それともアドヴェルサを目覚めさせるための手立てを作るためだったのか。

もしかしたら、純粋な善意だったのかもしれない。カイルを起こしたときのように。

「けど、仲間だった魔族が人間を使って集めさせたのはどれも血なまぐさくて、しかも傷ついてしまったのもあるから。パレットが壊れてしまった道具を修理してる」

「私は、描き直しているだけだ。元には戻していない」

ベルガの言葉に淡々と訂正したパレットの隣を歩いていた私は、彼女の眼差しが揺らぐのを見つけた。

悲しみのような、悔恨のような。けれどすぐに消えてしまい、私たちはリュートがいるという、屋敷の一番奥へたどり着いた。

両開きの扉の前には、背に大剣を背負った大柄な男性、バスタードが立っていた。

彼は私たちを見て軽く驚いた顔をしたけれど、扉の前は譲ってくれる。

そうして、パレットが扉を開ければ、そこは予想に反して広々とした空間だった。

区分としては大広間が近いのだろうけど、装飾はゼロに等しく、壁から床から天上からすべてなめらかな石が敷き詰められている。

ここにだけは魔道具一つ、家具一つ置かれていなくて、その代わりとでも言うように、天上から床に至るまで余すところなく、転移陣に似た目もくらむような精緻な魔法陣が描かれていた。

そのせいか、どこか神殿のような荘厳さを感じさせたけど、残滓のように漂うのは魔力と蝕の気配だ。

そして壁の一面に背を預けてうずくまっていたのが、リュートだった。

本体だろう弦楽器を傍らに立てかけ、立てた膝に顔を埋めている姿は、出会ったときそのままにふてぶてしかった。けれど、どこか無理をしているような違和もある。

扉の開閉に気付いたのか、のそりと顔を上げたリュートは、私たちを見て軽く目を見開いた後、ベルガと、パレットを順繰りに眺めて顔をゆがめた。

「何か妙だと思ったら、僕に黙って通じ合ってたってことか。あーあなんてこったい味方なんていなかったのか」

明るく茶化すように言ったリュートからにじみ出るのは、深い失望だった。

ベルガが顔色を無くす中、リュートは私を見た。うろのように吸い込まれそうな瞳だった。

「僕を笑いに来たか。それとも壊しに来た？」

あきらめのような、諦観のようなどろりとした感情の見え隠れする声音と、目を合わせたことで思い至った。どこか憔悴している雰囲気は、魔力が枯渇しているせいだ。

多分、自分で抵抗する力が残っていないと悟っているのだろう。それでもなお、私に向ける嫌悪に似た負の感情はそのままで、私はごくりとつばを飲み込んで、言葉を紡いだ。

「君と、話をしに来た」

「話、今更？　何で？」

激高もせず、不思議そうに首をかしげたリュートの様子からして、彼の心に響いていないのはよく分かる。

予想とは全然違う反応に、私がしゃべりあぐねている間に、リュートは続けた。

「アドヴェルサはまた眠った。向こう一年は目覚めないよ。いつもより少し時間はかかったけど、いつも通りかすれていた術式をパレットがなぞって、僕が唄った。蝕も噴き出さない。世界は平和」

唄うようにつぶやかれた言葉で、ここが大規模な術式を行使するための儀式場なのだと理解した。

「とても複雑な術式です。古代魔術と魔法が絡み合っていますが、異空間同士をつなげる転移と封印を目的としているのはたしかです……解読には少々時間がかかりそうですね」

こそりとつぶやいたネクターが術式群に視線を滑らせている。

ともあれ、リュートが本当に封印を更新してくれていたことに、安堵を覚えていれば、リュートの憎々しげな眼差しに射貫かれた。

「安心した？　そうだよねえ。だって君が、アドヴェルサの代わりにならなくてすむんだもんね」

リュートの淡い瞳が金色に揺らめき、魔力がふくれあがるのに即座にネクターが身構える。

けれど私は手で制して、リュートの慟哭を黙って聞いた。

「僕はずっと、アドヴェルサに眠りの歌を歌い続けてる。それが、僕が僕になる前から与えられていた役割だ。あの頃は疑問なんて持たなかったさ。でもね、あのヒトがほんの少しだけ目覚めたとき、僕を弾くんだよ。封印の呪歌じゃない。普通の曲を寂しそうに弾くんだ。それがどんなに悲しい音だったか。だから知ったんだよ僕は。あのヒトが望んで眠ることを選んだわけじゃないって」

リュートは顔をゆがませながらも、初めて内心を吐露しようとしていた。

どうして、リュートがアドヴェルサにそこまで肩入れするかようやく分かった。封印のたびに彼

と交流があったからだったのか。

なんて悲しいことだろう。語り合えるヒトを自分の手で孤独に押しやるなんて。

「僕が今の僕になったとき、アドヴェルサがどれだけ喜んだか知らないだろう？　また誰かと話せるなんて嬉しいって。なんであのヒトばかりが割を食わなきゃいけないいんだ！　だから僕は、アドヴェルサの代わりになってくれるように竜に頼みに行った。まさか地上では彼が忘れ去られているなんて知らずにさ」

やっぱりそうなのか。リュートは眠るのがアドヴェルサじゃなきゃいけなかったことも、封印のためにドラゴンが忘れ去ったことも知らなかったんだ。

でも、もし知っていたとしても、リュートが大事に想っている人を不自由な孤独へと押しやらなきゃいけなかったことは変わらない。

それはとてもつらいことで、恨んでも憎んでも当然のことだった。

リュートは気が高ぶってきたのか、衝動のままに身を乗り出して、涙と怒りをにじませながら私をにらみ付ける。

「だから僕は自分で探すことにしたんだ。何をしてでも、アドヴェルサを解放してみせるって決めたんだ。なんでもやった。僕が大事なのはあのヒトだ。だから君にやったことも後悔なんてしない。むしろ清々したくらいだ」

私の後ろでネクターが魔力をふくれあがらせたが、リュートは眩しいものを見るようなまなざしを向けるだけだ。

「いま、わかったよ。僕は君が心底うらやましい。大事なヒトとずっと一緒にいられるんだ」

「それは」

「でもどんなことを試しても届かなかった。魔石でブーストしてもだめ、魔道具の力を集めて擬竜を創り出そうとしてもだめ。最後の希望だったあんたも、その様子じゃ、捕まえられそうにないからね」

リュートの底にある無念さに、ネクターが言葉を呑む。

アールも、彼のあまりの深い絶望を前にして立ち尽くしていた。

彼のもくろみを阻んだのは私だ。だって、どうしたって受け入れられなかったから。

けど、彼の想いを否定したいわけじゃない。彼が助けたいと願ったことを消し去りたかったわけじゃない。

「さあ、要の竜。なんだかんだ言って、あの創造主に言われて、僕を壊しに来たんだろう？　ひと思いにやるが良いさ」

確かに今の彼は顔色には出ていないけど、相当消耗しているから、私が少しその気になっただけで壊すことができる。

「ただし、気を付けなよ。魔力が枯渇してたって、何をするかわからないよ」

リュートはそんな強がりを、でもぎらぎらとした眼差しで言ってのける。

でも違う。違うんだ。そう思うのに、彼の痛み切ったずたずたの心に触れるようなことをすることにためらいが生まれる。

それでも踏み込まなきゃ、始まらない。

「違うよ、私が君と話がしたいのは、原初の竜を助けられないかと思ったからだ」

「は……？」

案の定、リュートの声音が一段低くなった。

次いでわき上がるのは激しい怒りの感情だ。

「僕に同情でもした？　哀れみでも向けてくれるって？　はっ馬鹿じゃないの。そんなの喜ぶか！」

「このままじゃ彼が消滅するから。そのあとに私の大事なヒトが原初の竜と同じことになるからだ」

淡い瞳を見開くリュートに向けて、私はおじいちゃんがアドヴェルサを消滅させて、自分が代わろうとしていることを語った。

聴き終えたリュートはごっそりと表情をなくして、膝立ちのまま呆然としていた。

「……なんだよそれ」

つう、と頬を一筋の涙が伝う。

「アドヴェルサは生きてるんだよ。あんな蝕を何千年も抱えて生きてるんだ。もう誰もあのヒトのことを知らないのに、守りたいからって！　そんなのってあんまりじゃないか」

「だから助けたい。こんな残酷な未来なんてなくして、みんなが幸せになれる結末を探したいんだ。協力してくれ、リュート」

「気安く名前を呼ぶなっ！」

激高するリュートに振るわれた手が、私の頬をかすめた。

痛くはないけれど、明確な拒絶の意志に思わず怯む。

「今まで散々僕たちの存在を忘れていたくせに、今さら手をさしのべるのか。アドヴェルサが寂しいまんまで死んでしまうような世界なんて、壊れてしまえば良い！」

絶望の慟哭に、私はどう言葉を届ければ良いのか分からなかった。

リュートの憎しみも悲しみも深くて、私のどんな言葉も届かないのではないかと思いかける。

やっぱり無謀だったのか。

「ええ、そうですね。あなたは壊してしまっても良かった。放棄するだけで良かったのですから」

リュートの言葉尻を捉えたのはネクターの過激な言葉だった。

怒りに満ちたリュートの眼差しがネクターに向けられる。けれど、私がえっと背後を振り返ったネクターは、静かにリュートを見据えていた。

「なるほど、封印の精霊なればこそ、解呪はできない。けれど、封印を更新しないという方法は取れたはず。それすらもやらなかったのは、彼が望まなかったからでしょう？」

リュートは、虚を突かれたように目を見開いた。

「それ、は……」

「彼が望んだのは世界が蝕に呑まれず安らかであること。あなたはどんなに自分が苦しくとも、大事なヒトの意志を尊重して、行動していたのですよね」

淡々としたネクターの指摘にリュートの顔がゆがんだ。

そうか、だからリュートはただ封印を更新しないという安直な方法はとらなかったのか。アドヴェルサが大事だから。アドヴェルサが守りたかった世界もなるべく大事にしようとした。

まるで、人間みたいな。優しい、優しすぎる精霊だ。

「ですが今、世界ですら崩壊の危機に瀕しています。晦冥の封印の更新頻度も高くなっているのではありませんか」

「分かった風な口を」

「利きますとも。解読している真っ最中ですし、私自身が竜を友として、伴侶として側におりますから」

ネクターの間髪容れずの返答に、ぐっとリュートは息を呑む。

「竜達はさみしがり屋で臆病であるからこそ、多くの者を慈しもうとします。しかも、その強大な力で多くの者が守れてしまうゆえに、特別を作ることを恐れてしまうのです。そんな強大な存在に、私を一番にしてもらえたことが幸運なのは当然です。ですが、その幸運を続けていくために努力したのも事実です」

ネクターが言っているのは、私のことだろう。

私は、彼が私を置いて逝ってしまうのがつらくて、距離を取ろうとした。

けれどネクターは精霊になって戻ってくるなんて荒技もいいところな方法を駆使して私と一緒にいられるように考えてくれたのだ。

間違いなく、ネクターが一歩踏み出してくれたことが今の私たちにつながっている。

「あなたを見ているると以前の私を見ているようで少々いらいらするのです。リュート、あなたは封印を解くことについてアドヴェルサに一度でも話しましたか？　あなたを弾いたと言うのでしたら話す機会もあったでしょう。その時に想いを伝えましたか？　あなたが一人で背負うのは悲しいと語りましたか？」

「語ったって、なんになる」

「竜は自己犠牲の塊なんです。自分一人の犠牲ですむのなら良いと、置いて逝く者のことを考えずに飛び込んで行くのですよ！　それでも愛しているんですっ。ならとことんまで付き合うしかないでしょう！」

叫んだ言葉は、ネクターの本心なのだろう。

そんなに私、自分を大事にしない子じゃないと思うんだけどなあ。

と、考えていたら、ネクターにぎんっとにらまれた。

「ヘザットでのことも先の大社でのことも忘れてませんからね!?」

「ひゃい」

やぶ蛇だった。

逆ギレ気味のネクターは、その勢いのままリュートに顔を戻して言い放つ。

「いいですか、ですから竜とのおつきあいは一筋縄ではいかないんです！　それでも側にいたい、救いたいと願うんだったらそれこそ何でもしなくちゃいけないんです。だって竜はこの世の何よりも強くて弱い種族なんですから。御師様のようなうさんくさい精霊に師事するのもしかり。私たちのような敵と手を組むのもしかりです」

一体どこへとつながるのだろうと私ははらはらしていたのだが、一周回ってもどってきたネクターに、リュートは目を見開いた。

「あなたは諦めが良すぎます。助けたいんでしたら、プライドをねじ伏せて私達を利用するぐらいの気概を持ちなさい！」

「なんだよ、それ」

「リュートさん」

ネクターに叱咤されて呆然とするリュートへ、アールがそっと歩き出した。

私が止める間もなく、彼の傍らに座り込んだアールは顔をこわばらせながらも覚悟のこもった眼差しで、言い募った。

「歌を聴かせてもらったとき、ぼくはあなたに側にいてあげられる人はいないの？　ってききました。でもなんか違うな、って後から思ったんです」

「……それが？」

「ぼくは、そう言うヒトの側にいてあげたいです。誰かじゃなくて、ぼくが。だから、原初の竜さんと、リュートさんともっとお話ししてみたいです」

「っ……」

アールのまっすぐな意思に、リュートは顔をゆがめた。

リュートと話したことがあるとは言え、アールがそんなことを思っていたとは、とすこし驚くような心地になったけれど。

涙をこらえるように、ぐっと引き結んでけれど表情には葛藤が見て取れた。

「リュート、大社にいるときにはアールが世話になったみたいだね。ありがとう」

何で今更という虚を突かれた様子のリュートに、私は精一杯の想いを込めて続けた。

「それでも私にはどうしても許せないこともあるし、君もそうだと思う」

ベルガの記憶を奪ったこと、そしてオブリエオビリオを消滅させようとしたことを、私は今でも許せない。

「けどね、今のままじゃ寝覚めが悪いんだ。私はこのままじゃ誰も幸せになれない結末を変えたい。みんなが幸せになれるかもしれない選択肢を見つけたい。その中にはリュート、君たちが入ってるんだよ。だからさ、私たちと探そう」

リュートはうつむいた。

大きくあえぐような息を繰り返す姿は、葛藤と激情の間を行き来しているようで。

私は不安と緊張のせいか今すぐここから逃げ出したいような衝動に駆られたけれど、ぐっとこらえて待った。

長い時間が過ぎていくような気がする中。

ぽつりと、声が聞こえた。

「今更、そんなこと言うんなら」

震えた声はこらえてもなお、抑えきれない感情が溢れているかのようで。

顔を上げたリュートは、血を吐くように叫んだ。

「僕の大事なヒトをっ、助けてよっ……！」

リュートが一番望んでいた、願って願ってやまなかった本心に私は間髪容れず応えた。

「『助けるよ』ます！」ますよ」

アールとネクターの了承の声まで重なって、私たちは顔を見合わせて笑みをこぼしてしまった。

「そんな気軽にっ」

「いや、さっきからずっとそう言ってるし。だだこねてたのは君だし」

抗議してくるリュートにそう言えば、なぜか絶句された。

そんな彼に、アールはにっこり笑ってみせた。

「やると決めたらやるんですよ、うちのとうさまとかあさまは。なので大丈夫ですよ。もちろんぼくもやりますっ」

「……本当に、君たち馬鹿じゃないの」

「そっくりそのままあなたに返します」

ネクターがすました顔で言えば、リュートが困惑した表情に変わる。

と、ベルガがおずおずと進み出てきた。

「リュート、ごめん。でもあなたの助けになると思って」

「もういいよベルガ。君に謝られる筋合いはないんだから。あー、僕がかく乱してやるつもりだったのに、逆に転がされたなあもう」

うんざりといった雰囲気のリュートに、私は立ち上がって手をさしのべてやった。

「あくまでアドヴェルサを助けるまでだからね」

「わかってる」

伸ばされた私の手と、アールと、ネクターを見ていたリュートはあきらめたように息をついて手を伸ばしてくれて。

リュートと指先がふれる寸前、四方の壁と天上が消えた。

別の空間と半強制的につながったのだ、と即座に分かった。

反射的に下を見れば、白い床は術式を残して底が抜けた。

そう錯覚したのは床が透明になったからで、薄い術式に隔たれてたゆたうのはおそらく水。その奥に、巨大な白銀と青の巨体が沈んでいた。

月の光や流氷のような白銀の鱗に、長い尾をしたがえ、優美な頭部には荒々しい波しぶきを写し取ったような一対の角が生えている。強靱な翼も、隔てられているにも関わらず圧を覚えるような魔力も、この世界の始まりの竜と言われても素直に納得できる雄々しさがあった。

あれがアドヴェルサだ、と気付いた瞬間、かの竜の首がゆっくりともたげられて、その黄金の瞳がゆるりとひらかれ。

私を捉えた。

《みつけた》

幼い子供のような無邪気さと、大人のような誠実さと、老人のような思慮深さが入り交じったような声だった。

とたん膨大で、圧倒的でただただ清冽な魔力と共に、床から真っ白い霧状の蝕がこぼれだし、空間を埋め尽くす。

アドヴェルサが目覚めたのだ。

第7話　ドラゴンさんはあきらめない

白い霧からは、苦悩と悲哀があふれていた。

雷がはじけるような音と共に、水面になってもなお残っていた術式が発光して、激しく明滅し始める。

封印が破られたのは明白だけど、なぜ今なのか。もしかして私が刺激してしまった？

「なんでっ再封印したばかりなのにっ」

リュートが愕然とした声を上げながらも、傍らに置いていた弦楽器をひっつかむと、叩き付けるように弦を鳴らした。淡い瞳が黄金に揺らめくと、リュートの全身からどこにあったのかというほど膨大な魔力があふれ出す。

『晦冥に微笑を　慈しみの夢を　永久に等しき、安らぎの眠……ぐっ!?』

それは封印補強のための術式詠唱だったのだろうけど、唱え終える前にリュートの歌は魔力の波に呑まれてかき消えた。

くずおれるリュートに、白い蝕が襲いかかろうとする。

硬直する彼を私が全力で引き倒すのと、ベルガが銃弾を撃ち込むのが同時だった。

銃弾を含んだ蝕は灰色に染まり消滅するが、白い霧は後から後からあふれてくる。

足下を覆い始めるそれに、ぞわりと怖気が走った。

一瞬、燃やすという選択肢が頭をよぎったけれど、それをやればぎりぎりのとこで持ちこたえている封印を消し飛ばしてしまうだろう。

というか、今度は蝕が私へ向かってくる!?

阻んだのは、獣とも無機物ともつかない薄っぺらい何かだった。

その絵画とも奇妙な生き物ともつかない物を飲み込んだ蝕は、灰色に染まると消滅する。

「こっちへ来い！」

初めて聞くくらい大きな声で叫んだのは、絵筆を構えたパレットだ。

彼女が次々に虚空へ獣を描き出しては、こちらへ放つことで道ができていた。

こういうときは全力で退却に限る、と私がリュートの腕をとって走ろうとすれば、リュートが抵抗した。

「ごほっ再封印、をしなきゃ」

「この封印式はすでに破綻しています。術式を一から組み立てられない以上、体勢を立て直すために逃げるのが一番ですっ」

「その通りだよっ！」

苦しげに咳き込みながらも蝕へと向かおうとするリュートを、ネクターが一喝する。

怯んだ隙を狙って、私はどっせいとリュートを俵担ぎにした。

だいたいネクターと体格が同じくらいだからいけると思ったんだよね！

「何するんだお前⁉」

「聞き分けがないからに決まってるだろう⁉　君は大事な情報源！　おとなしくしててっ」

リュートは抗議しつつも自分の本体だけは離さなかったから、前は見づらいけどなんとかなる。

ドラゴンの脚力なめるなよー！　と私はパレットとバスタードの所まで一気に駆けた。

ちらりと傍らを見れば、銃を携えたベルガと、アールを抱え上げたネクターも併走している。

その間にも、蝕は雲のようにもくもくと立ち上がり続け、視界を覆い隠していき、リュートとパレットが張り巡らせていた晦冥の封印を浸蝕していた。

しかも悪いことに、あったはずの出入り口の扉は消失し、あるのはどこまで続いているか分からない異空間だ。私の感覚でも完全に屋敷とのつながりが絶たれてしまっている。

私自身、胸を鷲掴みにされるような恐ろしい感覚がまだ続いていた。

得体の知れなさが先に立っていてすごく嫌なんだけれども、今は逃げる方法を考えなきゃ。

「ねえリュート、ここから退避する方法はっ」

「ない！　監視者用出入り口も、僕が作った屋敷への抜け道も完全に閉じてるっ。レイラインとの接続はないし魔力も独立してる！　晦冥の封印内に囚われてるよっ」

だろうね。竜を封じるんだ、私だってそれくらいはやる！

返答すらも絶望的。蝕に浸蝕されているせいで、どんどん魔力も薄くなっている。

さらに襲いかかってくる蝕に向けて、パレットが大きく絵筆を振るった。筆先から鮮やかに広がる色彩が、壁となって蝕を阻む。

瞳が黄金色に染まっているのは、竜の魔力で精霊化しているからなのかもしれない。

そう考えている間にも空間全体がきしみ、封印の術式は悲鳴を上げている。

床を見てみれば、また竜がこちらへと近づいてきていて、足下には大きく波紋が広がっていた。

何もせずとも水面に立っていられるのは、この水自体が封印の魔力そのものだからなのだろう。

けどこの封印も、防御壁も、遠からず崩壊するのは目に見えていた。

厳しい顔をしたネクターが言う。

「異空間に穴を空けるにしても、これだけ強固に作られた空間ですと時間がかかりますし、この術式の再生能力に抗いきれるか」

ネクターの呟くとおりなんだよなあ！

現実世界に、いいやせめてここじゃない別の異空間につながれば、方法はなくはないんだけど。

「竜、この空間の外とつながれば、無事に避難できるか」

とにかく走り続けながらも全力で打開策を考えていると、今まで同じように走っていたバスタードが問いかけてきた。

不意打ちでもリグリラを吹っ飛ばした実力者である彼の表情に、冗談を言う様子はなく、ただ確認という雰囲気だった。

何ができるのか分からないけど、迷わずうなずいた。

「できる！」

「バスタードっ！」

私が担いだリュートが不自由な姿勢でも抗議しようとするけれど、バスタードは寡黙な表情に初めて笑みのようなものを浮かべた。

「リュート、悔恨と憎悪と絶望が共にあった自分が、最後にあなたに拾われたことで救われた。ようやく、希望をもたらすために剣を振るえそうだ」

「だめだっ」

「わっ!?」

暴れて私の手から逃れたリュートは、バスタードに駆け寄ろうとしたが、その前に彼は背中から大剣を抜き去った。

研ぎ澄まされた美しい刃紋が鈍く揺らめく。

「憎悪と復讐の血潮に打たれし我が真名〝オリーウス〟にかけ、今ここに我が必斬堅剛の一撃を見舞わん！」

バスタードの全身から魔力が溢れ、剣に……いや、彼の本体へ集約されていく。

魔力の充塡によって全身の筋肉が大きく盛り上がり、あれほど静かだった気配が狂的な猛々しさに染まっていった。

「ぬぅん！！！」

極限まで魔力が練り上げられた瞬間、大剛の一撃が振り下ろされた。

それは、彼の魔法を具現化した斬撃だったのだろう。

空間に広がる術式を一つも傷つけることなく走った一撃は、私たちの前方に大きな亀裂を作った。

すぐさま異空間は再生を始めるが、速度は鈍い。そして私もこの空間の外を知覚できた！

水底を見れば、すでにアドヴェルサの瞳は半ばまで見開かれ、水面近くまで上がってきている。

もう猶予はない。

「転移するよ！　手を握ってっ」

術式展開は周辺の蝕まで連れて行ってしまう恐れがあってできない。範囲を厳密に決めるために叫べば、アールが私に抱きつき、ネクターが私の手を握った。

蝕のけん制をしていたベルガは、私の下まで走ってくると魔術銃に戻り、それをアールが受け止めた。

「バスタードさんっ!?」

けれどアールが悲鳴のような声音にそちらを見れば、バスタードは満足げに微笑んでいて、人型が光の粒子となって霧散していった。

今のは、彼の全身全霊をかけた一撃だったのだとすぐに悟る。

残された抜き身の剣が地に落ちていこうとするのを、リュートが間一髪抱え込み、その彼の服をつかんだパレットが私へと手を伸ばす。

私が思いっきり伸ばした手が触れて。

亀裂がふさがる寸前、水面が盛り上がるのを見ながら、私は術式を発動してその場から離脱したのだった。

転移の魔力光が和らいだとたん、懐かしい我が家の香りに包まれた。

そこは、ヒベルニアにある我が家に作った転移室だ。

ここはちょっと特殊で、あらかじめ登録しておいたごく少数の知り合いの魔力にだけ反応して起動する。

◇　◇

あとここに転移できるのは、リグリラやカイルくらいなものだ。

数週間ぶりの我が家に落ち着く間もなく、今更ながらばくばくと鳴る心臓に大きく深呼吸をした。

あの場にいたときは必死すぎて後回しになっていたけど、あの竜から感じる圧迫感がすさまじくて今更ながらに震えが来ている。

ドラゴンなんだからそんなに変わらないだろうと思っていたけれど、あの竜から感じる気配というかオーラは、今まで感じたことのない異質さがあったのだ。

おじいちゃんなんか想像とまったく違うんだけど。

私が転移室で座り込んだまま動けないでいると、厳しく表情を引き締めたネクターが口火を切った。

「あれが、原初の竜、アドヴェルサですか」

ああそっか、もう眠りを刺激しないために呼ばないでいた名前を、口にして良いのか。と場違いに気付いた。

「はなし、かけてきたよね。かあさまのことを、みつけたって」

「ええ、なぜ初対面のはずのラーワだったのか」

青ざめたアールとネクターの会話で、私だけに聞こえた声じゃないことを知って幾分かほっとする。

いや、だって蝕関連では私だけってことが多かったからね。

「あれが、アドヴェルサさんの、声だったのかな」

「ちがうよ」

アールの疑問に、リュートの強固な否定が響いた。

バスタードだった剣を抱え込んでうずくまっていたリュートだったけど、その瞳は力を失っていなかった。

「あれはアドヴェルサじゃない。身体はそうだったけどまったく別人だった」

「……ああ、ちがう」

パレットも同意を示してきて、リュートの表情にさらに感情が……怒りが溢れてくる。

「そうだよ、僕の知っているアドヴェルサはあんなに子供っぽくなかった。もっと澄んで大人びた良い声で話してくれたんだ！」

「そ、うなんだ」

「そうなんだよ！　だからあいつはアドヴェルサだけどアドヴェルサじゃない！　絶対にあのヒト

を取り戻してやるっ」

自分を鼓舞するように立ち上がったリュートが、怒りのままに叫ぶのに若干引いた。

もしかしなくてもリュートって、ネクターと若干ベクトルが似てるかい？

でもこれだけ、アドヴェルサを知っている二人が言うのだから、本来の彼ではなかったのだろう。

ということは……。

「神の浸蝕が予想以上に早く、かの竜が乗っ取られた、ということでしょうね」

ネクターの結論に私はうなずいた。

考え得る最悪で、一番可能性の高い結論だ。私たちが退避してからすぐに晦冥の封印がほどけたとみて間違いないだろう。

相手が予想以上に素早くて、誰も彼もが間に合わなかったのだ。

その事実は重いけど、浸るのはあとでもできる。まずは現状の把握だ。

ぱしんっと、頬を叩いた私は、立ち上がった。

「ネクター、おじいちゃんに連絡とって、今すぐ起きたことを話して。可能なら、空間転移をつなげられないか試してみてほしい。私はドラゴンたちと早急に話し合ってくる」

「了解しました」

ネクターがうなずけば、リュートも憤然と立ち上がった。

「僕は、屋敷の様子を見てくる。強制的に断ち切られたのなら、無事だろうし」

そう言ったリュートはちらりと、ベルガとパレットを見た。

「二人を連絡役に置いていく。僕は精霊だ、嘘はつかない。アドヴェルサを取り戻すまでは、あんたたちにきりきり働いてもらうんだからな！」

「わかってるよ、ありがとう」

物言いはひねくれているとはいえ、お礼を言えば、リュートはふんと鼻をならして姿を消した。

「じゃあ、ベルガさん、パレットさん、居間に行きましょ」

アールに声をかけられた精霊二人と共に、私も居間へと移る。

その間にも私は、全世界に散らばっているはずのドラゴンたちに連絡を取ろうとドラゴンネットワークにアクセスしようとした。

「っ!?」

「どうしたの」

驚いてふらつけば、ベルガがいぶかしそうな顔をするのに、うろたえながらも応えた。

「ドラゴンネットワークから排除された」

「それほんとうっ」

「アールやっちゃだめだ」

アールがアクセスしようとするそぶりを見せたのを止めて、私は目まぐるしく思考する。

ネットワークにつながる寸前、巌のような魔力を感じたとたんはじかれたのだ。

あれは先輩の気配で、一回こっきりの時限式だった。

排除、と言う単語を使ったけど、感触からして警告や、忠告の意味合いが強いような気がする。

まるで私たちを守るために残したみたいな。

　嫌な胸騒ぎがする。

「アール、とりあえずドラゴンネットワークは私が良いって言うまで遮断して。エル君に会いに行ってくる」

「ぼくも行く！」

　エルヴィーの側にはヴァス先輩の分身がいるから、状況がもっと分かるはずだ。

　不安げなアールも連れて行くことにして、私はネクターに一言断るために転移室へとって返す。

　けど、その前に、血相を変えたネクターが居間へと走り込んできた。

「東和国の各地が蝕に呑まれて、都市機能が寸断されていて、さらに眠り病の症状を示す患者が続出し被害範囲の確認すらままならないそうです！」

「なんだって」

「御師様曰く、世界の終焉が始まった、と」

　紙のように顔を白くしたネクターの言葉に、私は愕然と立ち尽くしたのだった。

◇　　　◇

《すまなんだ》
　すぐさま転移室にとって返して思念話をつなげば、おじいちゃんは聞いたことのないほど深い悔恨と苦悩の声音で謝ってきた。

《わしが読み違えておった。まさかこうも早く、深く、神がアドヴェルサへ干渉し終えるとは思っておらなんだ》

その思念の深刻さと言葉で、私はネクターの推察が正しいことを知った。

《そちらの詳しい状況を教えていただけませんか》

ネクターの問いかけに、おじいちゃんは私に思念を向けた。

《黒竜や、近くのレイラインを探ってみい》

言われたとおり、私は魔力の手を伸ばして周辺のレイラインを探ってみる。

よく使うレイラインはちょっと魔力が少なめだけど問題なし。シグノス平原は相変わらず魔力が多い。

バロウ国はそんなに変わらないけど一体……え。

「レイラインが消えてる!?」

バロウ国の外にまで意識を伸ばしたところで思わず声に出してしまえば、同じようにやっていたらしいアールとネクターも驚きに愕然としていた。

私と同じように、あるはずのレイラインが一切感じられなかったからだろう。

バロウとその周辺以外の土地がまるで消失してしまったように、あるはずの流れがなくなっていた。

その思念が向こうにもつながったのだろう、おじいちゃんが静かにうなずく気配がした。

《やはりな。わしも東和国の一部はもちろん、海域が消失したことを知覚した。晦冥の封印があった深海の異界を中心としてじゃ。おそらく、アドヴェルサが飲まれた時点で、ドラゴンネットワークを経由し、要の竜はすべて機能を停止しておる》

ヴァス先輩と連絡が取れなかったのはそのせいか、と納得したけれど。

ドラゴンが全機能を停止するということは、レイラインと魔力循環が放置されるということだ。

消失したレイラインにつながっていたレイラインから魔力があふれ出して、魔物がどんどん現れ、無事なはずのレイラインもダメージを受けて悪循環に陥るのが容易に想像できた。

まずい以外の何物でもない。

《これより神は、アドヴェルサの封じている蝕を解放し5000年前の業を再開するじゃろう。世界の理に干渉するには、この世界の者でなければならぬ誓約がある。とは言え、この広がり方から見るに、要の竜が蝕への経由地点とされておる。すべてが飲まれるのも時間の問題じゃ》

《具体的に、何が起きるのですか》

《始めは生物が死出の眠りにつく。咲間村とやらで起きた現象の強力なものじゃ。当時、肉の器を持たぬ魔族や精霊は真っ先に眠った。蝕に触れずとも、蝕に囲まれれば都市などひとたまりも無かった。当時はわしとアドヴェルサと神々を拒否した原初に近い竜達のみが残ったものじゃ。第二に、蝕に呑まれた土地がレイラインごと無かったことになる》

《どういう意味？》

《文字通りじゃ、三つの都市があったとして、その真中の都市が蝕に呑まれる。するとはしの二つ

が隣り合ってしまうのじゃよ。空間ごとなくなっての》

さっきおじいちゃんは海が消失していると言っていた。そのなくなった海分、距離が近くなっているのだ。距離がかなり離れているはずのおじいちゃんとこうも簡単に思念話がつながげたのは、それが理由なのだろう。

それは、つまり。そこにいた生物も植物も物質も消えてなくなってしまうということで。

数時間前に送り出したカイルは、今どこに居るのだろう。

順調に空間転移を使っていれば、西大陸につくかつかないかという所だ。

「……っ」

連絡係だからと同じ話を聞いていたベルガが、青ざめて立ち尽くしていた。

あきらめたようなおじいちゃんは、吐き捨てるように告げた。

《おおかた、慈悲のつもりなのじゃろう。眠らせることで痛みの無いように苦しまぬよう、無かったことにすることで、影響を最小限に。ありがた迷惑も良いところじゃ。じゃが仕方ない。あやつらは別の次元の存在じゃ。わしも同じものだったでようわかる》

《あり方が違いすぎる、ということですか》

《その通りじゃの。個は全であり全は個じゃ。終わりというものを実感できぬ。ゆえに何かを大事にするというのが分からぬ。小さな一つ一つにそれぞれの想いがあるのも分からぬ。そもそも時の概念すら違うでな。神の分体であるわしとて、肉の殻を得て、人として暮らさねば分からなかった。それをあやつらに理解せよ、というのはどだい無理な話じゃの》

話の端々からのぞく、異質なあり方に、私は腹の底が冷えた気がした。

ネクターも厳しく顔を引き締めている。アールも硬い顔で目をつむっている。

《話がそれたが、こうなれば、蝕に呑まれぬ土地が残っている間にアドヴェルサを倒して、神の干渉を断ち切り、蝕を再封印せねばならぬ。再びの神の干渉という万が一のことを考えれば、わしが行くのが一番じゃろう》

おじいちゃんのあっさりとした言葉に、私は黙り込むしかなかった。

私が横やりを入れなかったらやろうとしていたことなのだから、覚悟はとうに決めていただろう。ドラゴンの助けは望めない。どんどん広がっていく蝕の海に、遠からず飲まれる。

明確に突きつけられた、世界の終焉。

追い求めようとした直後に道を阻むように、あるいはだめだと突きつけるような絶望が立ちはだかり、ほんの数時間前まであった希望が潰えてしまっていた。

リュートにだって約束したばかりだったのに、アドヴェルサを消滅させて、おじいちゃんを人柱にして、世界はぼろぼろになって。

……本当に？　本当にそれしかない？

《……えるせんぱい？　まるか？》

どろりとしたあきらめが忍び寄る中、幼さの残る思念が響いた。

振り返れば、不思議そうな顔で呆然と立ち尽くしていたアールが、即座に身を翻した。

おじいちゃんとの会話に夢中になっていたから、私は気付かなかったけど、今の今までアールは魔力の糸を伸ばしていたみたいだ。

急に転移室を飛び出していったアールに戸惑った私たちだけど、玄関の来客ベルが鳴るのを聞いて即座に続いた。

私が追いついたのは、アールが玄関扉を開けるところで。

そこに立っていたのは、私服のエルヴィーとマルカちゃんだった。

「アール、帰ってきて……うお!?」

「エル先輩っ！　マルカっ！　無事で良かったですっ」

エルヴィーは、まさかいるとは思ってもみなかったという感じで呆然としていたけど、飛びついてきたアールをよろけながらも受け止めた。

そのそばには感極まったように涙ぐむマルカちゃんもいて、アールに抱きついていた。

「アール会えて良かったようっ」

「心配かけてごめんねマルカ」

アールも涙ぐみながらマルカの手を握った。

そんな二人の頭を、エルヴィーがなだめるように撫でてやっている。

カイルからはある程度事情を打ち明けていたとは聞いていたけど、突然いなくなった友達がなんの前触れもなく帰ってきたのだ。驚きもするし、ほっとするだろう。

……私の後ろで若干めらっと燃える何かがいるのはさておいて。

二人とも、元気そうで、蝕の影響なんてなんにもなさそうだった。

そう、本当に普通だったのだ。

ネクターの視線に気付いたのかいないのか、ぞわぞわっと背筋を振るわせていたエルヴィーは、それでも勢い込んでアールにまくし立てた。

「というかお前がいないうちにやばいことになってんだよ。ヴァスが全然起きなくなったと思ったら、バロウ国の周りが分厚い白い霧に覆われて、外の国と連絡が取れないんだ！　数日前から、王都もヒベルニアも調査と対策で大騒ぎなんだよ」

時間の感覚が日にち単位でずれていることや、先輩が昏睡状態に陥っていることとか聞き捨てならないことがてんこ盛りだったけどなにより！

「エル君、バロウの人はみんな起きてるのかい？」

エルヴィーの話に割り込めば、エルヴィーはようやっと私に気付いた様子で顔を赤らめつつも、質問の意図が分からない様子だ。

「え、その。国境から白い霧は入ってこないらしいんですけど、白い霧の中に入っていった人が帰らなかったとは聞きます。あとは薄もやが日中も立ちこめるようになって気持ち悪かったり、その頃から外国の人が眠ったまま目覚めなくてヒベルニアの病院が一杯になってたりはしますけど、町の人は元気ですよ。あと噂ですけど、ヘザットの王城とは連絡が取れたらしくて、そっちとメーリアスって街は生きてるらしいです」

聞き覚えのありすぎる都市の名前に、私とネクターは顔を見合わせた。

「バロウのほかにも、まだ都市機能を維持しているところがあるのですね」

ネクターの怖いくらいの念押しに、エルヴィーはおびえながらもうなずいて続けた。

「じいちゃんから言われてて、ラーワさんがいるのは俺たちしか知らないから、一刻も早く聞けるように家を訪ねてくれって。……俺も心配だったから」

「ラーワさん、ネクターさん何が起こってるの？」

エルヴィーとマルカの不安そうな問いかけに応えてやりたかったけど、私はエルヴィー達の脇をすり抜けて外に出てみた。

わずかにだけど、清冽で異質な蝕の薄もやが立ちこめている。

けれど、少ないながらも道には普通に町の人が歩いている、のどかな日常が広がっていた。

一体全体どういうことだ。

薄もやがあるのにみんな普通に歩いているなんて、咲間村の時の咲間さんと榛名さんみたいな
……え、まさか。まさか!?

にわかに信じがたい気持ちでとなりに立ったネクターを見れば、薄青の瞳に灯っていたのは希望の光だった。

そう、新しい魔術が閃いた時みたいな高揚感の伴う表情だ。

「エルくん、マルカさん。よくぞ今訪ねてきてくださいました。あとで聞きたいことが山ほどありますので勝手にお茶でも飲んでいてください！」

「えっ、ネクターさん!?」

即座に身を翻したネクターを私も追えば、向かったのは転移室だ。

ネクターはもどかしげに簡易転移陣を起動させ、ふたたびおじいちゃんと思念話をつなげた瞬間まくし立てた。

《フィセル、東和の多くが蝕に呑まれたとおっしゃっていましたが、もしや、お城のある華陽や、私たちが世話になっていた分社など、ラーワが訪ねたことのある土地が残っているのではありませんか》

おじいちゃんは少しの沈黙のあと、にわかに信じられない様子で返事が返ってきた。

《……加えて黒竜とアール坊が調整したレイラインを持つ土地も、無事なようじゃ》

《こちらは、バロウ国全域が、さらには以前に騒ぎがあったヘザット国の一部も平常通りの生活が送れているそうです。ほかにも現存している土地があります。つまりラーワの耐性はこの状態でも有効です！》

そうなのだ。私は、東和に蔓延した眠り病……死出の眠りを私の魔力を振りまくことで目覚めさせた。

あのときは理由が分からなかったけど、私の影響によって何らかの変化があったのなら。

《おそらく、ラーワが異界から来訪した魂であること。そしてフィセルによって血肉を与えられたこの世界の竜である彼女の影響で当時と世界を変質……いえ、進化させているのではないでしょうか。同じくアールもその変化の一つなのです》

《……確かに説明はつこう。じゃがなおのこと残酷だ。死出の眠りは防げども、蝕の濃霧に呑まれれば消滅する》

《強化すれば良いのです、この世界全体を！　東和国の神懸かりの術式でラーワの存在と今現在残っている土地を感応させれば、影響は行き届き、蝕の濃霧でも呑まれなくなるはずです！》
確信をこめて言い切ったネクターに、おじいちゃんが絶句するのを感じた。
ネクターの横顔に迷いはない。頰を紅潮させ、薄青の瞳を爛々と輝かせるその表情は、術式について、すでにとっかかりも見つけている証で、何より私が一番好きな表情だった。
ネクターがあきらめてないんだから、私があきらめるのはまだ早い。
私が言い出したことなんだから考えるんだ。
目まぐるしく思考を回転させ始めた私だったのだが、きりっと格好良かったネクターの思念が一気に動揺でくずれた。
《や、やっぱりなしです！　これだとラーワがみんなのラーワになってしまいます！　そのようなこと私は堪えられるか分かりません！》
《ネクター今は世界の危機だよ!?　それで救われるんだったら私何でもするって!!》
《うう、これが一番確実に世界を存続させられる手ですしこれしか思いつかないんですけど。待ってください、もうちょっと考えたら良い案が生まれるかもしれません》
めちゃくちゃ画期的な発想なのになんで捨てようとするかな!?
自分で思いついておきながら渋るって、私でもさすがに呆れるぞ？
話が進まないのでネクターに思いとどまらせようとしたら、おじいちゃんの硬質な思念が響いた。
《じゃが、ひな形はあろうと、世界規模となれば術式を一からくみ上げるに等しい。準備にもおび

ただしい時間と人員がかかるぞ。間に合うかの》
《それは大丈夫だ。当てはある》
《今の術者はなかなか粒ぞろいですよ。彼らをフルに働かせれば、術式も編み上げられるはずです。一番の問題は、そのあとですね》
《こ、根本を断つことだね》
ネクターの思念から漂ってきた修羅場にはちょっと怯みかけたが、私だってきっちりやらなきゃ。
《一つ思いついたことがある。できるかはおじいちゃんの意見を聞かないといけないし、やっても良いかは、ネクターに聞きたい》
相談するって決めたからね。
片眉を上げるような気配のおじいちゃんと不安げなネクターに、現実で息を吸って吐いて告げた。
《こうなったらもう、神様に直談判するのが良いと思うんだよ》
《おぬし、なんと……うぬ!?》
案の定おじいちゃんの愕然と驚く思念が伝わってきたのだが、途中で別の思念が混じってきた。
《ラーワ！　この濃霧は蝕でしょう、ずるいですわっ。わたくしを置いて一体なにをしていらっしゃいますの!?》
《リグリラ!?》
思いっきりご立腹な様子のリグリラに続けて、また思念話がつながれようとする気配を感じた。
《……おい聞こえるか、お前たち生きてるか!?》

《カイルっ。それは私たちの台詞ですよっ！》
相手はついさっきまで生存が危ぶまれていたカイルだった。
若干よれた様子の彼の思念だったが、それでも元気そうで一気に安堵する。
《大陸にたどり着いた瞬間、あの濃霧に追い立てられたが、バロウにはたどり着いたぞ。イーシャに連絡を取ろうとしているところだ。この蝕は今までのとは違うようだが、この間の結界式で防げるのは確認した。特別な防備をしなくとも、薄もや程度なら影響はない》
非常事態にもかかわらず抜かりのなさ過ぎるカイルに、私たちが唖然としていれば、彼は肩をすくめるような思念を向けてきた。
《何かするんだろ。サポートはきっちりしてやるから、そっちの状況を教えろ》
《仙次郎もできることがあれば、いつでもかり出して欲しいと言ってますわ。……まさか、わたくしをのけ者にするつもりだったとか、言いませんわよね？》
私は思わず笑ってしまった。
お願いする前から、こうして助けの手を伸ばしてくれることが嬉しくて。
リグリラのじろりとにらまれるような念押しの思念に、私は気楽に応じた。
《まさか。のけ者にするどころか、君たちにも大いに手伝ってもらわなきゃいけないんだ》
《でしたら重畳《ちようじよう》。できるだけ暴れられるところでお願いしますの》
《ぼくも手伝うからねっ！》
さらに居間から思念が飛んできて、私とネクターは苦笑いだ。

アールってば盗み聞きしていたな。

息をついた私の脳裏には、きっと協力してくれるだろう人たちの顔が浮かぶ。

ぼっち万歳種族のドラゴンで、実際私もずうっとぼっちだったはずなのに、こんなに沢山の人と知り合えた。

大事な人との永遠の別れになろうとしている。沢山の思い出がある世界が崩壊しようとしている。世界の危機は変わらないし、細い細い希望が見えているといっても、問題も山積みだ。けど、なんとかなる気がしてしまうのだ。それは、支えてくれる人たちが、そして何より大事な人が居るからだろう。

私はとなりの大事な人の手を握ると、にやりと唇の端をあげて見せた。

《じゃあ、ちょっと世界を救おうか！》

第8話　ドラゴンさんは会議中

「お、お、お初にお目にかかります！　黒竜様。私はハインベルト十二世と申します。このような事態に陥っておりますが、お会いできて光栄でございます。さらには栄誉ある……」

「ああ、良いから良いから。初めまして、私はラーワだ。よろしくね」

私はひざまずかんばかりに頭を下げる働き盛りの男性の、まだ続きそうな言葉を遮った。

一応顔を上げてくれたけど、目をきらきらさせるのに、勝手に顔が引きつるのはしょうがない。

彼はバロウ国の今代の王様だ。イーシャから聞いて覚悟していたけれども、本当にドラゴンフリーク残ってるんだな……。

「さあ、陛下、黒竜様を困らせてはいけませんわ」

「ああ、そうだな。だが、王妃にも紹介してやりたいものだった……」

バロウ王のとなりにいる魔術師長のイーシャも、やんわりと王様を誘導していた。

そうして広間にある円卓の一つへ案内したのだが、すでに席に座っている一人を見つけたとたん、バロウ王の顔に仮面が降りるのを感じた。

「これは、ヘザット王。病に伏せっていたと聞き及んでおりましたが、この場で相まみえられて何よりでありました」

「バロウ王。ずいぶんと慕っておられるのですな。普段は見られない姿に驚きましたぞ」

忌々しげにしているのは恰幅の良い体格に豊かなひげを蓄えた男性、ヘザットの国王だった。

年齢としては50代後半くらい。ただ二月くらい前に出会ったときより、おなか周りが痩せた気がする。

ヘザット王の非友好的な態度にも、バロウ王は動じた風もなく胸を張った。

「当然です、かの竜は古くには我が国を救われた大恩人であると、先々代より言い伝えられて参りましたから」

うわあ、ヘザット王の顔に「あの竜に……？」って書いてあるよ。まあ彼にとってはめちゃくちゃとばっちりで念押ししちゃったからね。

というか、私でも分かるぞ。この会話を言葉のままに受け取っちゃいけないの。

ぴりぴりした空気に引きつりそうな顔をなだめていると、背後の扉が開いた。

振り返れば、そこに居たのは東和の正装に身を包んだ帝さんだ。

『遅れてすまない、ラーワ殿。こうして話すのは久方ぶりだな』

『来てくれてありがとう、帝さん』

『なに、世界を救うという大義に一口噛めるついでに、向こう側の王に会えるなぞ、そうそうあるものではない』

いつもの人を食ったような調子で唇の端をあげた帝さんが円卓を見回せば、ヘザット王もバロウ王も表情を改めた。

西側と東側では言葉はもちろん、文化も服装も違う。とはいえ、さすがに王様らしく奇異な視線は表に出さないか。

ただ、そのとなりにいた白い髪に白い狐耳の真琴を見るなり、二人の王は奇妙な顔になった。

真琴のほうは少し狐耳を動かすだけで平然としていたが、バロウ王もヘザット王も既視感を覚えているけど、正体がわからず声をかけあぐねているようだ。

すると、気づいたらしいイーシャが、こそりと私に話しかけてきた。

「もしかしてあの娘、例の陛下の夢に出ていらっしゃった方では」

「悪気があったわけじゃないから、見なかったふり、してくれないかい」

以前、イーシャに相談された王様達の夢に出てきた少女は、本人にも確認を取ったところ、やっぱり真琴だったらしい。

その当時、テンもこれほどの規模ではないけど、蝕の封印がほどけ始めているのに気づいていたから、蝕の出現に対する忠告をしに行ったそうなのだ。ついでにどれほど蝕について知識が残っているか確認もしたそうで。

「そういたします。あの少女の忠告のおかげで、蝕の流出の際も、王は必要以上にうろたえずにいられましたから」

イーシャがそう言ってくれてほっとする。

ここはリュートの創り上げた屋敷内の一室だ。一番公平で、どこからでもアクセスしやすいということで、リュートに頼んで貸してもらっている。

今ここには世界中の代表に集まってもらった。

知り合いの顔ばかり目につくのは、私との関わりがあって、蝕に囲まれてもなお眠らなかった人たちばかりだからだ。

この二日、方々へと訪ねて説明して回り、お願いを了承してもらった。

帝さんが席に着いたところで、カイルとネクターに目配せをする。

私達はこれから、世界を救うための会議を始めるのだ。


話すのは私、と決めていたから、円卓の最後の席に座った私は、席を見渡して言った。

「皆さん、私の呼びかけに集まってくれてありがとう。まずは手元に配った魔道具を頭に装着してくれるかい」

彼らが私の見よう見まねで、マイク付きのヘッドセットを装着したのを確認したところで、古代語で話した。

『私の言葉が分かるかい？』

今、彼らの耳元では、彼らの言語で私の言葉が理解できていることだろう。

全員がそれぞれに驚く中、バロウ王が感心の声を上げた。

「言語変換の魔道具ですか！　これは素晴らしいっ。古代魔道具でしょうか」

「いいえ陛下、こちらは魔道具を経由することで皆さんに思念を伝えている状態でしょうね。魔道具自体は今の技術ですわ」

魔道具に指を滑らせながら言った、イーシャの言葉通りだ。

言葉がわかる人が通訳をする案もあったんだけど、ここに居るだけで西大陸語、東和国語にドワーフ語にエルフ語まであるものだから、思念話でやった方が早いということになったのだ。

けれど、直接思念話をつなげるのは彼らに負担がかかりすぎるから、受信機としてヘッドセットを作り、私が全部の思念をまとめて送受信することで、〝言葉の意味が分かる〟状況を作り出しているのだった。

まあ、理屈はどうあれ。

「みんなの言語を統一するために用意したんだ。ちなみにこれの制作者は、そこに座っているイエーオリ君とシグノス学園の学生達だよ」

ネクターもカイルもうならせる機械の腕をもつ、イエーオリ君にアイディアを伝えて、彼らに突貫で作ってもらったのだ。

案の定アールの通っていたシグノス魔導学園の面々は、ほぼ全員起きていた。

たった三日しか準備期間がなかったにもかかわらず、よくやってくれたと思う。

一斉に視線をくらったイエーオリ君は硬直していた。

何で彼がいるかというと、まあ驚いたことに代表者の身内だったからなんだけど。

「……なんだと」

ヘッドセットをしげしげと眺めていたのは、ひげもじゃのがっしりとした体格をしたドワーフの男性だ。名前はゴズマさん。

彼は、私が管理していた知行地の近くにあった村の代表だった。私の影響が色濃い場所だっただけに、眠らずにすんでいたのをカイルに説得してきてもらっている。

……私は一度狩られかけたので、彼に鋭い視線を向けられるたびにびくびくしてしまうのだが。

そんな髭もじゃのずんぐりとした体格のドワーフ代表は、眼光鋭くイエーオリをにらんだ。

「こいつの設計をしたのはてめえか」

「そ、うです。中の術式彫刻も俺がやってます」

震え上がりながらもうなずくイエーオリ君に、ほんわりとした口調で話しかける人が居る。

「あらあらまあまあ、イオ君ってばそんなことを学校で習ってたの？　すごいわねえ」

彼の隣に座っているのは、眠っていなかったエルフの代表さんであり、イエーオリ君のお母さんでもある、アイーハナさんだ。

イエーオリ君のお母さん達は、森から森へと渡り歩く放浪の民で、人里へは音楽と舞の巡業を行うのだという。

まったく接点がなかった彼女たちがなぜ起きていたかと言えば、その。

私とネクターのなれそめ的なやつをはじめとする、私をモチーフとした劇や音楽を盛んに興業していたから、のようだ……。恥ずかしすぎるだろ、ほんと。

そんな影響でも起きている人はそこそこ居て、総勢二百人くらいが今ヒベルニアの近郊にキャンプを張っていた。

イエーオリ君と様子を見に行ったら蝕に呑まれる寸前で、慌てて避難をさせたにもかかわらず、代表をしているというアイーハナさんは、こんな感じで終始のほほんとしているのだった。

けれど、なぜかドワーフとエルフはお互いに気にくわないらしく、見知らぬ人同士でも好き好んで同席しないらしい。いや、ドワーフそのもの、と言った感じのゴズマさんと、エルフとして典型的だというアイーハナさんを見れば、かみ合わないのもわかるけど。

案の定、ぴきっとドワーフの代表の顔に青筋が立ったのを見たイエーオリ君が、注意を引くように声を上げた。

「そ、それがなんでしょうか！」

「……なんでもねえ」

それだけ呟いてドワーフの代表が黙り込むのに、イエーオリ君が息をついて座り込む。

ごめんな、イエーオリ君。エルフの人で話が分かりそうなのは君だけだ。

初っぱなから大丈夫かな、と不安になりつつも、言葉が無事に通じたことで話を始めた。

「まずは自己紹介を。私は『溶岩より生まれし夜の化身』。ラーワと呼んでくれたら嬉しい」

水を向ければ、一人一人簡単な自己紹介をしてくれた。

今この場に居るのは、バロウ王と魔術師長のイーシャ、ヘザット王と補佐官の人。東和の帝さんと真琴。ドワーフの集落長であるゴズマさんと、エルフの民の代表であるアイーハナさんと、息子のイエーオリ君。

そして、最後に心底嫌そうに口を開いたのは、老人のような目をしたやせぎすの青年だった。

「……グストゥ。何の因果か魔族の代表だ」

がたりと、西大陸側の何人かが驚愕にのけぞった。

代表するようにバロウ王が叫ぶ。

「ま、魔族までいるのですか!?」

「何にもやる気はねぇよ。俺はそこの竜に契約を結ばされてるからな」

興味なさげに頬杖をつくグストゥ、と名乗った魔族の気のない返事に私も付け足した。

「大丈夫、私が居るから何もさせないし、今回の事態は世界中の生物に協力してもらわなきゃ、乗り越えられないと思っている。だから受け入れて欲しいとは言わないけど、黙認をして欲しい」

「ですが……」

バロウ王がためらう中、涼やかな声を上げたのは真琴だった。

「お初にお目にかかります、ぐすとぅ様。西大陸の八百万《やおよろず》の一柱にお会いできましたこと、嬉しゅうございます」

丁寧に頭を下げるのに、帝さん以外の円卓の面々が驚いた顔をするなかで、真琴は続けた。

「ですが、そのお体は人族のものとお見受けいたします。それが魔族であってもなお、眠られていない理由の一つでございますね」

「……ふん、ただ、しかたなく昔の失敗を清算しているだけだ」

グストゥ――真名を、グストゥグセスという彼は、百年と少し前に人間に召喚された末、その人間の肉体から出られなくなった。けれど、それを利用しバロウで人間達を操って、少年少女の魂の魔力を食らっていたのだった。

それ以来人間の肉体から出られないまま、私が真名を縛って罰として命じた「魔物を狩る」というのを守り、今の今まで生きてきたらしい。

幼い頃のイーシャを誘拐した首魁なのだが、お互いに顔は知らないから、申し訳ないけど黙っている。知らせないほうがいいことっていうのは、それなりにあるものだ。

「ですが、いまのあなた様からは良き波動を感じます。過ちを悔いて生きてきたのでございましょう」

「そうよお、グスちゃんは楽しく舞台を見てくれるしねえ」

「うっせえアイーハナ！」

のほほんと続けたエルフの代表に、顔を赤らめてグストゥが怒鳴る。

実は、エルフ達が無事だったのは彼の活躍のおかげだったのだ。

負の過去とはいえ、私と深く交わったグストゥが人間の肉体のおかげで希有なほどの蝕への耐性をもっていて、エルフのキャラバンを守り続けていたわけで。さらに言えば、西大陸の魔族が残っていたのは、私に挑んできた奴らをグストゥが回収してくれたおかげでもある。

今シグノス平原ではそんな魔族達と、エルフのテントが隣り合っており、毎日どんちゃん騒ぎになっていて混沌としているのは置いといて。

そうして集まった西側の魔族は百に行くか行かないか。

ちなみにこれは、私がちぎっては投げちぎっては投げした魔族の数とほぼ変わらない。

……なにもいうな！

「面白いものだな。人の姿をした神々は我が国にも居るが、人の肉体を持った神がおるとは」

帝さんが愉快そうに呟き東和国側が平然としているのに、バロウとヘザットの王様達は信じられない様子だったけど、内心はどうあれこれ以上は言うつもりはないらしい。

自己紹介が終わったところで、私が目配せをすれば、ネクターは仕込んでいた術式を起動してくれた。

円卓の中央に浮かび上がったのは、世界地図だ。

緑の茶色の大地と、青い海。けれどそれらは一気に白く染まる。

「現状は、事前に話したとおりだ。みんなの話と私の仲間達の調査で、現在地表の八割がこの白い霧、蝕に呑まれているのがわかっている。今生きて活動しているのは、ここに居るみんなと、みんなの国と村の人だけだ」

重い沈黙があたりを満たした。

すでに、こうして活動できていることが神の干渉への耐性を持っているから、彼らには事前にほぼ、隠すことなくすべての事情を話してある。

口火を切ったのは、ヘザット王だった。

「にわかに信じられないが、この状況は、世界を創造した神の意志であるのだろう。要の竜すら従える強大な存在に、我ら人が何をできるというのだ」

もっともな意見だと思った。

誰がどう見ても絶望的な状況で協力してくれると、事前に約束してくれていたとしても、怖じ気づくのは当然だ。だけど。

「私はドラゴンだけれど、一人でできることは限られている。だから君たちの助けがどうしても必要だ。世界のためなんて大仰なことを考えなくって良い。君たちが生きるために、大事な場所を守るために力を貸して欲しいんだ」

ここに居る全員に協力してもらえばわずかでも生き残れる可能性があると、ネクターやセラムやイーシャ達が寝ずに試算してくれた。

方法は見つかった。

私がやるべきは願うこと、彼らを説得することだ。

へザット王とそのとなりの補佐官さんの空気が変わる。迷うような踏ん切りがつかないような。だからさらに説得するために、私が口を開きかけたのだが、帝さんが出し抜けに言った。

「我らは、我らの生存のために、そなたへ力を貸す。いや力を貸す、と言うのもおかしかろう。これは誰のせいでもない、災害のようなものなのだからな。我らで解決に乗り出すのは当然であろう」

「助かるよ、帝さん」

「なに、何もできぬ間に呑まれた国々を思えば、我らは幸運だからな。バロウもへザットも西大陸で数少なく残った国であるからには、かなりの戦力となろう」

いや、へザットは実際にはリュートに良いようにされたあげく、とばっちりというかたまたま私との縁ができただけなんだけど。

帝さんの有無を言わせないような迫力に私が黙っていれば、ヘザット王はごきゅりとつばを飲み込んだあげく、ぎこちなく頷いた。

「む、むろんだ、ヘザットはこの未曽有の危機に逃げるようなことはせぬ」

ヘザット王は完全におとなしくなった。

続けてバロウ王も頬を紅潮させて宣言する。

「我が国とて、ドラゴンさんに受けた恩をお返しする機会に恵まれたのです。全面的に協力いたします」

「ありがとう」

話を進められるのはうれしい、と私は本題に入ることにした。

「まず、今、解決しなきゃいけないのは、蝕の侵攻を阻むこと、蝕の流出を止めること、蝕を払うこと。この三つだ」

私が視線を向ければ、ネクターが進み出てきて中央の地図へ手のひらをかざす。

ぽうっと灯る赤い光の点は地図全体をまんべんなく網羅していた。

そうして西大陸と東和国を隔てるようにある一番広い海の中央あたりに、深い青の光点が灯ったところで、ネクターが説明を始めた。

「私たちが調べたところによりますと、現在蝕の流出の起点となっているのは、神に干渉された要の竜達です。蝕の総量は不規則に増減を繰り返しているものの、確実に増えております。現在の地表は、ラーワの関わった土地を中心に浸蝕を免れておりますが、このままでは最長でも一週間しか持ちません」

「早急に蝕の流出を止めるのが急務、でございますね」

真琴の言葉に、ネクターはうなずいた。

「そこで、皆さんにお願いするのは、現在、蝕と土地の境界付近に出現している蝕の魔物と、蝕の流出源となっている、要の竜を神より切り離すことです」

ぱっと、地図が消え、そこに現れたのは、デフォルメされたドラゴンと人の模型だった。

視覚に訴えた方がわかりやすいというカイルの助言で作ったのだけど、魔術による幻影とはいえすごくSFめいてるなあと思う。

「そういうことじゃなかったんだが……」とあとで微妙な顔をされたのはおいといて。

「現在は神によって支配されているドラゴンですが、ドラゴンネットワークによってラーワの影響を受けてもいるのです。そのため、ラーワの魔力と蝕を払う術式を込めた弾丸を魔術銃によってドラゴンへ打ち込むことで、ラーワの影響をより強くし、支配から解放できると考えました」

これを提案したのはネクターで、方法はベルガが考え出した。

「現在無事な地域の近くを知行地としているドラゴンは、三体。ひとまずはこのドラゴンたちを解放すれば、飛躍的に生存確率は上がると思われます」

バロウとヘザットの王様がそれぞれ難しい顔をする中、真琴がそっと声を上げた。

「それはわたくし達、巫女と守人にお任せください。神々と契約したわたくしたちが要の竜へたどり着いて見せましょう」

「だが、我が東和では、つい先日に蝕の大災害があったばかりだ。自国の結界を維持する巫女達を残す必要もある。濃霧の中で妖魔と会わないともかぎらん。要の竜ともなれば、抑えられるのは一体だろう」

「残り二体……」

　帝さんが付け足した言葉に、難しい顔で悩み込むバロウ王とヘザット王が私を見た。

「残りの二体は私の仲間が受け持つよ」

　私の脳裏に浮かぶのは、迷いなく引き受けてくれたベルガとカイルの二人と、必死に懇願してきたエルヴィーだった。

　そう、バロウに一番近いところに知行地を持っているのは、ヴァス先輩なのだ。

『俺はあいつの友達ですから。助けるのは俺の役目です』

　いくら何でもそれは無茶だ、と思ったけれど、彼の意志は固くて途方に暮れた。

　そしたらリグリラが面白そうに言い出したんだよなあ。

『その銃を撃たなければならないのが面倒だと思ってましたの。ですから、わたくしと共に来なさいまし』

　その思わぬ提案には驚いたけれども、さっさと決められちゃったのだった。

　カイルとベルガのほうも気になるんだけど、そっちに驚きすぎて吹っ飛んだ感は否めない。

「とはいえ、ここまでだ。私は別にやることがあるから、レイラインの破壊によってあふれている魔物や、蝕から現れる白の妖魔の対処は君たちに任せなきゃいけない」

そんな顚末を思い出しながらも私が続ければ、イーシャが難しい表情で言う。

「ラーワ様、私たちとて、できるならば自分たちの手で自国を守りたい想いがあります。ですが、東和国の秘術を使えない我々では白の妖魔を倒すことすら困難です。蝕の濃霧の中を抜けることすら不可能の中、どうやって止めるか」

そう、アドヴェルサの目覚めから二日たって、蝕の白で構成された魔物たちが現れ、ゆっくりとまだ冒されていない地域へ侵入してきていた。

今確認されている数はそう多くないものの、人里近くまで現れている。

浸蝕が思うように行かずに攻め手を変えてきたのだと思うけど、実際の理由は不明。さらに、魔力がゆがんで生じた魔物も現れているから厄介だった。

現在は、対蝕用の防護壁と東和から派遣されてきている守人達や、ハンターギルドのハンターたちのおかげで人里だけは守れているけど、破綻するのは時間の問題だ。

だから、私たちは考えた。

「その代わりに、現在活動中の人々が蝕に呑まれないようにする術式を発動する。普通の魔術でも蝕に対抗できるようにする術式だ」

どよめきの声に応えて、ネクターが中央の幻影を変えたから、それに合わせるように続ける。

「東和の神懸かりの術式を世界規模に広げて、蝕の濃霧に触れても問題ない状態を創り出す。その術式効果中は魔術も蝕の魔物に効くよ。エルフの方々にはその手伝いをしてもらうことになっているんだ」

エルフ代表であるアイーハナさんは視線が集まってもどこ吹く風で、ただゆるりと頭を下げた。彼女たち独特の技術が今回やろうとしていることにぴったりとはまったのだ。本当にエルフの人たちが起きていてくれて良かった。

それを見たイーシャは詳しく聞きたそうだったけど、気を取り直したみたいに胸に手を当てた。

「ならば、私どもでもお役に立てましょう。魔物の露払いもお任せください」

「も、もちろん我が国の魔術師集団も参戦する」

穏やかに軽く頭を下げたイーシャに対抗するように、ヘザット王も声を張り上げた。

何であれ、その心意気はありがたいのだけど、ひとつ釘を刺しておかなきゃいけないことがあった。

「けどそれも、一日が限度だと思う。その間に私は蝕の元を、アドヴェルサを止めに行く」

「短期決戦ということですね」

バロウ王の重々しい言葉が響く中、今まで黙っていたドワーフ代表のゴズマさんが声を上げた。

「ようするに、俺らに頼みてえのはその魔術銃と、術式刻印を施した弾丸か」

「その通りだ。設計図はすでに引いてある」

「よこせ」

ドワーフ達との連絡役になっているカイルが肯定すれば、ゴズマさんはむっすりとしながら指で机を叩いた。

後で配ろうと思っていたので、カイルはすぐに用意していた設計図を渡す。

金属を扱うもの、鍛冶の技術は何よりドワーフが得手としていると聞いた。

なにせ、弾丸は私の鱗を細かく砕いて染料にして、触媒として刻み込んだ代物なのだ。

弾丸に使われている金属も扱いに技術がいる上、術式彫刻《エングレーブ》自体がもの凄く複雑な代物になる。

ついでに弾丸を撃ち出すための魔術銃も専用の物を用意しなくてはいけなくて、どうしてもドワーフたちの協力が不可欠だった。

なにせ、普通の魔術銃じゃ魔力を込めて撃ち出そうとした途端、銃身が花火に変わるので。

ヒベルニアも、バロウ全土でも、この弾丸と撃ち出せる魔術銃を作れる人は少ない。

ネクターが用意していた設計図は、ベルガが引いたものだ。

ゴズマさんが受け取った設計図に目を通して眉間にしわを寄せるのに、私はさらに言った。

「一定の魔力があれば誰でも撃ち出せるようになってる。けど、その分術式が高度になっていて、弾丸一個を作るのに1週間はかかるんだ」

一定の魔力ってやつも一流の魔術師に限られるし、撃ち出せても当たるかどうかはその人の修練次第だ。

それでも生の術式を一人で発動させられたのは真琴だけだったのだから、この弾丸と魔術銃は考えうる中で一番現実的な手段だった。

じっくりと考え込んでいたゴズマさんが、唸るように言った。

「末恐ろしいもの作りやがる。その日数は、そこのエルフの坊主が言ったのか」

にらまれたイエーオリは、びくっとしながらも、真剣な面持ちでうなずいた。

「試作品ですが、それだけかかりました」

「……ふん、この術式彫刻を彫れちまうとはな。だが、俺たちなら三日で仕上げてやらあ」

ふん、ともじゃもじゃに生えたひげを撫でながら言ったドワーフ代表に、私は肩すかしを食らわされた。

え、それってつまり、やってくれるってこと？

「ついでに、ラーワってぇいったか。その蝕ってやつを殺す武器は、普通ので大丈夫なのか」

「その、蝕はただの物質だと消滅してしまうから、戦う人たちには、魔力を付与する技術を教えようかと思ってたんだけど」

「つまり、魔力を通しやすい材質が良いんだな。うちの鍛冶師は暇してるからな、用意してやらあ」

「ありがたいけれど……ちょっとこれからもう少し話があるんだけどっ」

さっさと椅子から降りて、のっし、のっしと出口へ歩いて行くドワーフを私は慌てて呼び止めたのだが、振り返ってくれたドワーフ代表は、鼻をならすばかりだ。

「んな難しいこと、俺には分からん。んならとっとと仕事に入った方が効率がええ」

身もふたもないことを堂々と言い切るドワーフに、その場にいる全員が絶句する中、彼はイエーオリ君を見た。

「それにな、ガキに荒削りでもあんな良いもん見せられちゃ、黙っている訳にゃあいかねえよ。おう、イエーオリっていったか。時間がねえ、仕事を教えろ」

「は、はいっ」

イエーオリ君は、長い耳の先まで真っ赤にしながらうなずいた。

好きな機械いじりをするためにイエーオリ君はシグノス魔導学園に入って、ドワーフの生徒と折り合わずに同好会を立ち上げた部分もあったのだという。

どうしたって、彫金や魔術機械はドワーフに軍配が上がる中、ドワーフのしかも現役の鍛冶師に認められるのは何より嬉しいことだろう。

イエーオリ君の技術は素人目で見ても、お店で売れるようなレベルに達していたから、私も嬉しい。

「ゴズマ。工房へ案内してやるから、待て」

「助かるぜ、カイル。退屈すぎて鎚が握りたかったところだ！」

がはがはと笑いながら、カイルとイエーオリと共に退室していったのを見送ると、もう一人、さっさと立ち上がったのはグストゥだった。

「俺ももういらねえな、黒熔竜。人間とのけいやく？ってやつをやるよう、同胞達に言って聞かせなきゃなんねぇんだ。白い魔物に手出しできねえのに、気が立ってる輩の首根っこを押さえるなんて、鬼畜生なことやらせやがって」

「契約は、防護術式がない間に君たちが消滅しないために絶対必要なことで」

「分かってるよ。こっちはこっちでやるからよ、ぜってえあの翅海月《しかいげつ》だけはよこすんじゃねえぞ！」

必死の形相で言うグストゥには、西側の魔族達の折衝を全部受け持ってもらっていた。

魔族達だって、この世界がなくなれば一蓮托生とは言え、最後の最後まで戦い抜ければおっけいと考えかねない彼らを、グストゥは説得して回ってくれているのだ。

肉体言語もまじるけど、東側の魔族とも積極的に交流しようとしてくれているらしい。

カイルが人族の折衝で手が割けない中、自主的にやってもらっているのはすごく助かっている。

まあ、それは、過去に全力でトラウマを植え付けられたリグリラに出てこられちゃ困るって部分も多分にあるんだろう。私も言われた仕事はやるから絶対来るなって言われたし。

西側の魔族達に、協調はできなくても、共闘をしてもらえそうなのは彼のおかげであったのだ。

「グスちゃーんありがとうねえ。終わったらたっぷり良い舞台見せるから」

「だからグストゥだ！」

ひらひらと手を振るアイーハナさんに憤然としながらも去って行くのを見送ったのだが。

もしかしてもしかしなくても、ドワーフ代表のゴズマさんも、グストゥも体よく逃げた？

「あんなに、気安く話すものなのですか、魔族は……」

「神々はどこでも一緒というわけか」

同じことに思い至ったほかの出席者が唖然としたりうなったり、苦笑したりするけれど、そんなに悪い空気じゃなかった。

すでにそれぞれの役割を理解して進めてもらっていて。なにより退出していく彼らも、「世界を救う」という同じ目的で動いていることを理解しているからだろう。

やっていることは違うけれども、同じことを成すために向かおうとしている。

それが不思議で、でも無性に嬉しくて。

まぶしげに見つめていれば、ネクターがそっと寄り添ってくれた。

「これを、守りましょうね、ラーワ」

「うん」

今このときだけの光景で、終わってしまえば儚く消えてしまうのかもしれないけれど、また百年先、二百年先には当たり前の風景になっているかもしれないなあ。

そんなことを思いつつ、私は会議をまとめるために、ふたたび口を開く。

「じゃあ、詳しい打ち合わせだけど……」

そして紆余曲折あったけれど、全世界で初めてになるだろう多種族会議は無事に終わり、決行日はすべての準備が終わる予定の三日後になったのだった。

第9話　ドラゴンさん達の長い一日　はじまり

バターの焼ける匂いで、私の意識が浮上する。

窓の外は薄暗い。昨日から蝕が上空へも登り初めて、太陽を覆い隠してしまったからだ。

一日中ただ薄暗くて、昼か夜かも分からないけど、私の体内時計はまだ夜明け前だと告げている。

連日の術式の調整で飛び回ってくたくたな上、溢れるほど詰め込んだ知識のせいで、頭はまだぼんやりしていた。

けれど今日が決行日だと思い出した私は、慌てて起き上がると、匂いのする方向へ走る。

我が家の台所では、エプロンを身につけたネクターが朝ご飯の準備をしていた。

ランプに照らされるテーブルには、フォークやスプーンを並べるアールの姿まであって、私は完全に乗り遅れたと知って申し訳なさで一杯になった。

「うわああごめんよ！　今回ばかりは朝ご飯一緒につくろうと思ってたのに」

「良いんですよ、ラーワ。私が好きでやっていることなのですから」

「かあさま術式の設置で飛び回って、すっごく疲れていたでしょ」

何でもないように言う二人だったけど、ネクターだってアールでさえ、今回の作戦には欠かせない人員な訳で、山のような仕事に追われて疲れているはずなのだ。

私が承服しかねているのに気づいたのか、ネクターが朗らかに言う。

「いつもの日らしくて良いじゃありませんか。さあできましたよ、いただきましょう」

確かに知行地から帰ってくると、必ずと言っていいほどネクターとアールは、出来たてのご飯を用意してくれてるよなあ。

準備する間は、顔を合わせられない日ばかりだったけど、絶対おうちでいつも通り過ごす時間を作ろうって言い合っていた。

それが決行当日の朝になるとは思わなかったけど、かえって良かったのかもしれない。

ネクターが並べてくれたオムレツに使っている卵や、ベーコンに緑の野菜。

それらは、ご近所さんや、ネクターの薬屋の常連さんが分けてくれたものだという。

ご近所さん達は、もう私とネクターの正体を知っている。

けど、みんなあらそうなの？　的な感じで受け入れてくれて、そんな気軽なの!?　と拍子抜けしたものだった。

すでにバロウ国から一斉に通達があって、これからどんなことをするかというのは周知されていて、その上でみんな日常を送っている。強いと思う。

他愛ない話をしてネクターのオムレツは今日も絶品で。

私が洗い物を買って出て綺麗に洗ったら、アールが拭いてくれて、ネクターが片付けた。

手伝われちゃ意味ないよ、と笑いつつ、身支度を調えたら、玄関のベルが鳴る。

私がドアを開けに行けば、そこに立っていたのは、エルヴィーとマルカちゃん、そしてリグリラと仙次郎だ。

エルヴィーはハンターとして活動する動きやすい服装に、腰にはいつもの魔術銃を下げている。背中にはバックパックのほかに長い柄の、杖にも似たライフル銃を括り付けたストラップをひっかけていた。

仙次郎も、東和の戦装束に身を包み、真新しい刀身の槍を携えている。

カイルとベルガは、三体のうち一体のドラゴンを抑えるために、一番近い集落へ出立していた。すでにヒベルニアのシグノス平原にまで濃霧の壁は到達しようとしていたから、本当にぎりぎりの所で間に合った。

リグリラと仙次郎、そしてエルヴィーは、ヴァス先輩を取り戻すために行くことになっている。それぞれが、それぞれのやるべきことをしにゆくのだ。

美琴とエルヴィー達はマルカちゃんの見送りに来たのだった。

「なあ、本当に行くのか、マルカ」

「いく」

エルヴィーが思いとどまるようにというニュアンスを込めて心配そうに聞くのに、マルカちゃんは不安そうでも断固とした顔で告げた。

「わたしは、ヴァスのためにもみんなのためにも何にもできないけど、頑張りに行くアールを応援することはできるもん」

「マルカ……」

マルカちゃんの背中に背負われたリュックに収まっているのは、昏睡状態に陥っているヴァス先輩の分身だった。

それを大事そうに抱えていたマルカちゃんに、あとから来たアールが涙ぐみながら近づいていく。

マルカちゃんは、そんなアールの手を両手で握った。

「ぜったい、一緒に居るから。最後まで見てるから。頑張ろうっアール」

「うん、ありがとうマルカ」

心の底から勇気づけられた風で、アールはマルカの手を握り返した。

それで、あきらめさせることを断念したんだろう、悄然とするエルヴィーに、アールが視線を向けた。

「エル先輩、ヴァスをお願いします」

「ああ、絶対、起こしてやるから、そっちも頼むな」

「はいっ」

年少組三人が励ましあうなか、今日のネクターはさすがにおとなしい。

とはいえエルヴィー達の出発の挨拶はそれで終わりだった。

だってまた明日、会えるんだからね。

マルカから距離を置いたエルヴィーは、腰から下げた自分の魔術銃と、もう片方の専用の魔術銃を確かめながら、表情を引き締めて背後のリグリラと仙次郎を振り返った。

「じゃあ、よろしくお願いします。リリィさんセンジローさん」

頭を下げるエルヴィーに、リグリラが咎めるように眉を上げた。

「あなたの面倒を見る気はありませんのよ。わたくしは、わたくしの望むことを成すだけ。友達を救いたいとおっしゃるのでしたら、勝手におやりなさい」

「つまり、えるびー殿を子供扱いはせぬ。お互いの目標を達成するために共闘するでござる、とリグリラ殿は言いたいのでござる。むろんそれがしもだ」

そんな風に言われて、はじめ戸惑った風になっていたエルヴィーだったけど、仙次郎にそう付け足されて、頬を紅潮させた。

「あなた方の足だけは引っ張りません」

けれどそれも一瞬で、表情を引き締めるエルヴィーの横顔は、いっぱしのハンターだった。

男の子はすぐ、成長しちゃうんだなあ。

そんなことを思いつつ、私はこんなときでも華やかな服を身に纏《まと》うリグリラに視線を向けた。

長年の付き合いだからよくわかる。リグリラにとっては、これが戦闘服なのだ。

「リグリラ。仙さん。そっちは頼むね」

「任された。ラーワ殿も、ネクター殿もお気を付けて」

「こんな面白いこと、滅多にありませんもの。ちゃんと首級は」

「あげちゃだめだよ？」

「わかってますわ。……ついでに。心配はしてませんのよ」

むうと、ふくれるリグリラが最後にぼそりと呟いた言葉に、ほっこりあたたかくなった。

あいかわらずわかりやすいほどひねくれた物言いだ。

「大丈夫だよ。リグリラの東和と折衷な服、楽しみにしてるから」

「わたくしだって、異なる世界の服飾文化教えていただきたいんですの！　だから絶対帰ってきなさいましっ」

リグリラ達にも、物のついでに私が異世界の記憶を持っていることは話していた。それを話さないと説明がつかなかったからだけど、あんまり驚きがないのがほっとするような寂しいような。

ともあれリグリラって、私が思っている以上に心配してくれているのかなあ。

なんだか嬉しくなったから、紫色の瞳を切なげにゆがめるリグリラに、晴れ晴れと笑って見せた。

「わかったよ、帰ってきたらベルガも交えてお茶会しようね」

「あ、いいなー。ぼくも交ぜてっ。マルカも一緒に！」

「うんっ。おいしいお菓子食べたいですっ」

そんな和気藹々とした約束をしていると、あたりにサイレンが鳴り響く。

不安を呼び起こすようなそれは、普段は魔物の出現を告げるものらしいけど、今回は違う。

「予想より数時間早いですね」

ネクターが厳しく表情を引き締めれば、リグリラはにんやりと口角を上げて笑った。

「では、参りますわよ」

「うむ」

「はいっ」

さっとスカートの裾を翻して、駆けて行くリグリラに仙次郎とエルヴィーが続く。

「じゃあ、マルカ、行こう」

「うん」

しっかり手をつなぐ二人と共に、私たちは転移室へ移動した。

そこから飛ぶのは、おじいちゃんの木……精霊樹の根元だ。

ヴィシャナ山脈周辺は私の生まれた場所だから、この周辺と湖畔の家はまだ蝕に呑まれずにすんでいた。

精霊樹の根元は初夏に来たときとは様子が一変し、幹から根元まで色とりどりの染料で描かれた魔法式でびっしりと埋め尽くされていた。

隅っこで疲れたように座り込んでいるパレットをはじめとする魔術師たちが施したもので、めまいがしそうなほど精緻に術式が書き込まれた根っこに等間隔に座っているのは、エルフたちだ。

彼らはそれぞれの手に様々な楽器を握っていて、最後までリュートが彼らに指示を出している。

そんな中、私に気づいたエルフ代表のアイーハナさんがひらひらと手を振ってくれた。

少し意識の手を広げてみれば、薄もやの中で守人や巫女が魔力を振るっているのがわかる。

すぐに精霊樹の幹から現れたのはおじいちゃんだった。

「未明から蝕の魔物が活発に動き出しおった。すでに守り手達が交戦しておるが、すぐに始めたほうが良い」

アイーハナさんが呼応するように言う。

「こちらはすでに準備はできていますよー」

緊張にこくりと喉を鳴らすアールの前に腰をかがめると、私はそっと抱きしめた。

ここ最近、アールの身長が少し伸びた。もう腰をかがめなくても腕が回せる。

そんな私ごとネクターが包み込んでくれた。

「いってらっしゃい、アール」

がんばれ、の代わりのように言えば、反射的に腕を背中に回したアールが、お腹のあたりで頷くのが分かる。

そうして、前よりも少し顔が近いアールが意志の強い黄金の瞳で見上げてきた。

「とうさまもかあさまも、いってらっしゃい」

「はい、行ってきます」

「またあとでね」

離れたアールはマルカに見送られながら、おじいちゃんにつれられて精霊樹へ向かっていった。

マルカちゃんはヴァスが少しでも早く目覚めるようにと、アールの影響が一番強い場所に居るのと、なによりアールを応援したいという強い望みから、この場にきていた。

術式が始まる前から、蝕の魔物が出現するここでは、連日連夜、派遣されてきた魔術師や守人、巫女が魔物退治に追われている。

そういう人たちの休憩の場として、炊き出しや治療所が設置されていて、マルカちゃんはそこの手伝いとして働くのだ。

魔力抵抗値も高いから、大規模術式が発動されている中でも大丈夫だろうと思っていたけど、お母さんもセラムももの凄い決断だっただろうな、と改めて感じる。

初めてエルヴィーとマルカちゃんのお母さんに会ったけど、とてもパワフルな人だった。

居ても居なくても変わらないと、マルカに突きつけて、でも自分とアールのために最期まで見届けたいのだと言ったマルカちゃんを尊重して送り出した。

最初に聞いた時はすごい、と思うだけだったけど、今ならお母さんの心中がよく分かる。だってこんなにも心配だ。

「おじいちゃんよろしくね、またあとで！」

やっぱり不安で、私がおじいちゃんにそう声をかければ、おじいちゃんは困ったように苦笑しつつ手を振ってくれた。

そして、アールに声をかける。

「ではそろそろはじめようかの」

頷いたアールの姿が光に包まれ、大きく変化する。

亜麻色の、ともすれば金色に見えるような滑らかな鱗。細く優美な首に頭部には炎のようなたてがみが生え、長い尻尾を従える、一頭の立派なドラゴンに戻った。

エルフ達がそれぞれの楽器を構え。

そして、最初の一音があたりに響いた。

弦楽器、打楽器、笛、鈴。様々な音が収束し、拡散し、美しい音楽を奏で始める。

音色に呼応するように、魔力が増幅し、根から幹から流れるように活性化していった。

これが、エルフの技術だった。あたり一帯の空間を支配して、魔力を最適な状態に保つのだ。

この技術は、古くからエルフに伝わってきたもので、本来は舞台の場を温めるとか、ほんの少し気を引く程度のものなのだが、術式の一部として組み込むことで、普段の何倍もの効力を持たせている。

精霊樹が脈動するように発光し始めた。

それは約4500年間、おじいちゃんが精霊樹に蓄え続けた魔力だった。

私を召喚するときに大半を使ったと言っていたのに、まだこれほどあったのかと驚くような魔力に、エルフ達が額に汗をにじませる。

けれど、奏でる音楽は一切乱れさせず、増幅し続けていた。

膨大な、ともすれば暴発しかねないほどふくれあがる魔力を、おじいちゃんが制御する。

さらに練り上げ、研ぎ澄ませて、完璧な形で精霊樹に書き込まれた術式へと注ぎ込んでいく。

その中心にいるのは、アールだった。

薄汗をにじませなら、練り上げ、精錬し。

精霊樹が燃えるような明るさに包まれた瞬間、おじいちゃんがアールに叫んだ。

「ゆけ！」

アールが即座にドラゴンの翼を羽ばたいて、精霊樹にそって上昇していく。

アップテンポで、明るくて昂揚させるのに、不思議とさわやかな音楽の中、アールが起動の歌を唄うのが聞こえた。

『悲しみは晦冥の底　知らぬものは多く
さりとて哀愁の雫を払い　寄り添う友あり
神の眠りに　微睡みし同胞よ
我は夜を彩る炎の華《ノクサスデイステイングエレアールドリーフローリス》
我望むは　汝の目覚め　我授けるは　流星の希望』

あたたかく染み渡るような詠唱と共に、限界まで高められた魔力が上空のアールへ集まっていく。
そしてアールは、優しく柔らかく呼びかけた。

「さあみんな起きて。朝だよ」

刹那、精霊樹からアールへ収束した魔力が、花火のように爆発した。
魔力が、空を埋め尽くすように広がり、重く覆っていた白い濃霧を吹き飛ばし、暁と黄昏が交わる藍色の空が現れる。
その空を、アールの魔力を帯びて黄金色に変わったおびただしい光の粒が、世界中へ向けて流れていった。透き通るような藍色に、太陽のような星々が輝いて流れていく様は真昼の夜空と称したくなる幻想に満ちていた。

光の尾を引きながら星のように流れて行くそれは、バロウやヘザット、東和はもちろん、各地へとたどり着くだろう。星は無数に森にいる守人や魔族に落ちていき、私たちにも、繊細な音を立てながら小さなまぶしい光の粒が降りてきた。

とたん、アールのあたたかいはつらつとした魔力が全身に広がり、心地よさで満たされる。

マルカちゃんが淡い光に包まれて、幸せそうにほうっと息をついた。

「あったかい……アールの優しい気持ちね」

このアールの魔力の宿った星の力を受け止めた人たちは、アールとゆるいつながりが生まれている。神降ろしの広範囲バージョンだった。

けれど、分け与える魔力をアールだけでまかないきることはできない。

だから、世界中に届けるために、精霊樹の膨大な魔力をありったけ増幅して、アールを通すことで広げているのだ。

蝕に対抗力のあるアールによって、流星を受け入れた人々や土地は、蝕に呑まれず、打ち払い対抗できるようになっている。

「ああもう、アールってば、私たちにも落とさなくったって良いのに」

《かあさま達にがんばれーって応援したいんだもの！》

けど、今活動している人々と土地だけでも、数え切れないほど多くのものが対象だ。

一人増えるだけで、それだけ負担が大きくなるんだから、除外して良いよと言っていたのに、間髪容れずアールのそんな声が響いてきて、苦笑してしまう。

ふんす、と気合を入れたアールは、次々に星が降る中に続けて言葉を響かせた。

《皆さんを、ぼくたちが守ります。どうか、大好きなこの場所を守ってください》

願いに応えるように、アールによってつながったネットワークの奥から、多くの人種や年齢や性別の違う人々が応じる声が聞こえた。

少し探れば、知り合いの声を感じ取ることができる。

一つの目的のために、それぞれのできることをしようとしているのだ。

「想定よりも大量の魔力を消費しておる。急ぐが良い」

おじいちゃんの厳しい声にはっとする。

アールの負担が最小限になるように、おじいちゃんは精霊樹を巨大な杖に見立てて調整しているのだ。

早くも劣化し始めている術式陣を、パレットと魔術師たちが急いで書き直すのが見えた。

エルフ達も交代とはいえ、演奏し続ける。アールだって、ずっと拡散させ続けることはできない。

長くて一日、短くて半日。

ここからは時間との勝負だ。

帽子を押さえながら、リュートがこちらに現れると、転移陣を創り上げた。

「じゃあ、死ぬ気でやれよ。黒竜」

転移の光に包まれながら、ネクターは薄青の瞳で私を見つめた。

「行きましょう。ラーワ」

「うん。行こう」

ネクターに伸ばされた手を、私はそっと握って転移して。

そして私たちの、世界で一番長い一日が始まったのだ。

第10話　ドラゴンさん達の長い一日　それぞれ

黄金の流星が流れる空の下、エルヴィーは必死に走っていた。

アールの魔法が始まってすぐ、金砂の美女、リグリラに抱えられたと思ったとたん、エルヴィーは見渡す限りの蝕の濃霧の中に転移していた。

蝕の濃霧に呑まれればどうなるかは、シグノス学園の志願部隊訓練で聞かされていたから一瞬肝が冷えたものの、影響は全くない。

己をよく見れば、転移する前に降ってきた黄金の光が防護膜のように身体を覆っていた。

アールの応援の思念がまだ耳に残っていたが、浸っている暇は全くなかった。

「あははは！　魔術が効くのならこっちのものですのっ。さあっどんどんいらっしゃいまし！　まとめて消滅させてさしあげましてよっ」

艶を帯びた哄笑を上げながら、続々と現れる魔物を屠っていくのはリグリラだった。

金砂の巻き髪とふんわりと広がるスカートを翻し、紫の瞳を爛々と輝かせて、鞭と魔法を繰りだしている。

蝕の魔物は転移したとたんエルヴィー達一行に襲いかかってきたのだが、リグリラの一方的な殲《せん》滅《めっ》によって道はどんどん開けていく。

時折奇跡的にすり抜けてくる蝕の魔物もいるのだが、仙次郎の槍の一閃によって軒並みつぶされていた。

これだけの蝕を屠っているにもかかわらず彼女たちの足は緩まず、エルヴィーはほぼ全力疾走で彼女たちについていくことだけで手一杯だ。

ヴァスを自分の手で救うためとはいえ、この化け物のような二人についてゆくと言ったのを早くも後悔し始めていると、また鞭の一振りで蝕の魔物を吹き飛ばしたリグリラに声をかけられた。

「坊や、方向は合っておりますの？」

「だいっ、じょうっぶっです！　そっちがめちゃくちゃ気になるんでッ」

ぜいぜいと息を吐きながら言えば、リグリラが心底面倒そうに続けた。

「あなたにへばられては困りますの、抱え上げた方がよろしくて？」

「ちゃんと走りますっ」

ドラゴン救出に向かっている、ほか二つのグループは、魔術師部隊を含む一個大隊以上で構成されている。にもかかわらず、この場がたった三人で構成されているのは、この二人がそれだけの実力を有しているからだ。

どうしたって不釣り合いなエルヴィーが、なぜここにいるかと言えば、道案内と最後の決定打を撃つためだった。

知らされているドラゴンの現在位置は蝕に呑まれる前のものだ。

浸蝕によって位置関係は大きく変わっている可能性が濃厚のため、蝕の濃霧の中に転移したあとは、自力で探し出さなければならない。だがエルヴィーとマルカには片やヴァスと契約し、片やヴァスによって治療された影響があるのか、彼の位置をわずかに感じ取ることができたのだ。

確実に位置関係の分かるエルヴィーは貴重なため、今回特別にドラゴン救出に同行させてもらえていたのだった。だからこそ、明らかな足手まといであるエルヴィーに、彼女たちが意識を割き、命取りになる可能性は、極力廃さなければならない。

ふん、と鼻をならした金砂の美女がどこか満足げなのは、エルヴィーが彼女の信念にかなう回答をしたからだろう。

エルヴィーがひそかにほっとしていると、唐突に二人が今までにない緊張を帯びるのを感じた。

殺気にも似たそれは、ハンター稼業で慣れたエルヴィーだから堪えられたが、普通の人間なら卒倒していただろう。

「向こうから来てくれたようですわよ」

空からは次々に黄金の流星が降ってきて、蝕の濃霧が薄もやに変わって行くことで、あたりの様子が見えてきていた。

歩いて来た道で、荒れた大地だというのは理解できていたが、実際に目の当たりにするそこは、草木一本生えない荒野だった。

草木は蝕によって消滅した可能性があるが、蝕に浸蝕されきらずまだ残った大きな岩石がところどころ柱のようにそびえている。

薄暗かったのはそのせいか、と今さながら気がつき、エルヴィーは大地の震えるのをようやく感じた。

なにか、重い質量を伴ったものが歩いているような。

そうして、岩柱をなぎ倒すように現れたのは、巨大で堅牢な外観をしたドラゴンだった。

黄砂色の鱗に岩を削り取ったような強靭な四肢を持ち、砂色の皮膜は雄々しく頑丈そうだ。

エルヴィーはその姿を何度か見たことがある。

だが、本来の大きさで実際に邂逅するのは初めてだ。

堂々とした風格のあるその竜は記憶にある通り。だが決定的に違うのは、全身から白く清冽な蝕の霧を吹き出していることだった。

「ヴァス……!?」

あまりの変容ぶりにエルヴィーが呆然と呼べば、ヴァスが鎌首をもたげてこちらを向く。

静かで理知的だった金の瞳は赤く濁っており、無機質でいながら、異様な熱意を宿していた。

悪寒を覚えた刹那、エルヴィーは空にいた。

眼下ではヴァスが大地を踏みしめ、強く翼をはばたかせただけで、いくつもの岩柱をなぎ倒していた。

「エル殿、放つでござる!」

やっとエルヴィーは仙次郎に、バックパックごと引っ張られて助けてもらったのだと気づいたが、その言葉に反射的に背負っていた柄の長い魔術銃を構え、引き金を引いた。

銃口全面に円環の術式が展開し、弾丸に込められた術式が音速を超えて飛び出す。

空中で照準が合わせづらくとも、これだけ大きければ当て所には困らなかった。

射出した反動で、姿勢が崩れる。

自分の中から魔力がごっそり抜けていくのを感じたが、対ドラゴン用の特別製の弾丸が狙い違わず吸い込まれていった。

だが、黄砂色の鱗に当たる寸前、蝕の濃霧に飲み込まれて砂塵と化したのだ。

「なっ！」

エルヴィーが驚く間もなく、体勢が崩れて急降下が始まる。

同時に眼下のドラゴンが大きな翼を広げ、その外観からは想像もつかないほど素早く空へと迫ってきた。

顎が開かれ、蝕の混じったブレスがはき出される。

寸前、おびただしい数の鋭利に尖った氷の杭がドラゴンに襲いかかった。

周囲にはびこる霧によって杭は減衰したものの、ブレスは不発に終わり、エルヴィーと仙次郎は地面に降り立つことができた。

すぐさま視線を向ければ、氷の杭を放ったリグリラが空中にたたずんだまま、陶然と微笑むのが見える。

「ふん、正気を失っていてもなお、ドラゴンとしての性能は変わらず維持されていますのね。ついでにその蝕を引きはがさないと弾丸も届かない……最高ですわ」

エルヴィーはその嗜虐《しぎゃく》に満ちた笑みに、ぞっと背筋が泡立つのを感じた。

とたん、華奢な女性の身体が膨張する。

光が散ったあとに存在するのは、淡い金色を帯びた巨大な海月《かいげつ》だ。

傘に虫のような翅《はね》が三対ついている姿は、異質でいながら美しい。

だが、このドラゴンと相対するには大きさとして見劣りしていることは否めない。

それでも、エルヴィーにすら、彼女の闘争心がまったく衰えていないことが分かった。

よろめいただけのドラゴンが、淀んだ瞳でリグリラを捉えたとたん、周辺の岩石を含んだ砂塵が暴風となって舞い上がる。

体が飛ばされそうな大砂嵐にエルヴィーの視界が奪われかけ、慌てて用意していたゴーグルを付けていれば、熱をはらんだリグリラの声が耳元で響いた。思念話だ。

《坊や、弾はまだありますわね！》

《は、はいっ！　あと三つです！》

通常の魔術師でも二つ放てば倒れる所を、魔術銃に慣れている上、魔力の多いエルヴィーは倍放つことができた。だが、無駄にはできない。

《確実に仕留められる場を用意して差し上げますから、そこで仙次郎に守られていなさい！》

《はいっ》

仕留めてはいけないのだと言ったら殺されそうだったので、エルヴィーは必死に返事をする。

するとリグリラは紫の筋を仙次郎に向けた。

《仙次郎、邪魔したら殺しますわ》

《うむ》

その言葉を残し、触腕を揺らめかせる海月は、三対の翅を震わせて暴風の中へ突き進んで行った。

「センジローさんほっといていいんですか!?」

砂嵐に耐えながらも、エルヴィーが反射的に仙次郎へ叫んだのだが、彼は一切不都合を覚えていないようだった。のどかに頭頂部の狼耳をひくつかせている。

「もとよりその約定でござるからな。少々うらやましいのは確かだが、リグリラ殿が楽しいのは良いことでござる」

あれがうらやましい!?　とエルヴィーが絶句していると、仙次郎の姿が消えた。

次いですさまじい衝撃音と共に、エルヴィーに襲いかかろうとしていた蝕の魔物が吹き飛ばされていた。

槍の一振りで蝕の魔物を消滅させた仙次郎に、棒立ちになりかけたエルヴィーだったが、それを皮切りに薄もやが凝固し、次々と蝕の魔物が現れだした。

敵意は感じられず、ただ異様な熱意を以てこちらに向かってくる様は、不気味の一言に尽きる。

「エル殿、いつでも撃てるように準備をお願いするでござる。貴殿の安全はそれがしが守るゆえ」

これだけのおびただしい蝕の魔物を相手に、無茶だ、と言いかけたエルヴィーだったがその横顔をみて言葉を飲み込んだ。

腕を飾る刺青と、刻まれた文様が淡く発光する槍を構える仙次郎の横顔は、厳しく引き締められているものの、口角は愉快げに上がっていたのだ。

ちらりと腰を見れば、灰色の尻尾も泰然と揺らめいている。

この狼人《ろうじん》の青年は、この状況に何ら困難を覚えていないのだ。

「こういった状況は、それがしにとってはまことに慣れた状況でな。守人というのは、何かを背に守るときこそ真価を発揮する。今回のエル殿は、機を待つことが役目にござる。なにがあろうとそれがしに命を預けてもらわねばならぬ」

できるか、と灰色の目線で問われて、エルヴィーはつばを飲み込んだ。

これだけのハンターに、これだけのことを言われるならば、駆け出しのエルヴィーに言えることは一つだ。

「まかせます」

リグリラも仙次郎も、魔術銃を撃てる魔力はあったものの、残念ながらまったく的に当たらなかった。

だから、最後の決定打を与えられるエルヴィーが居る。

自分に任されていることをやり遂げないことは、ハンターとしてあるまじきことだ。

再び魔術銃に弾を込め始めたエルヴィーに、仙次郎が無造作に口角を上げた。

「承った」

灰色の髪が揺らめいた瞬間、背中が消える。

直ぐさま確実に第一級であろう蝕の魔物を屠っていく仙次郎に、エルヴィーは彼が確かに第五階級《クィンティプル》のハンターであり……金砂色の髪の魔族のパートナーなのだと理解した。

お互いのお互いに対する実力の絶対的な信頼感はもとより、戦うことを是とする、根っからの武人気質を理解している。だからこその、あえて手を出さないという選択が、何人たりとも割り込ませない、強い結びつきを感じさせたのだ。

ならばエルヴィーには何も言うことはできない。そして自分にできることをするだけだ。

仙次郎の走る音や、槍を振るう風切り音、蝕の魔物の気配を努めて無視し、エルヴィーは持ってきていた二脚《バイポッド》を特製の銃に取り付け、腹ばいになって構える。

魔術で視力を強化すれば、遠くで巻き起こる暴風の中から聞こえるすさまじい爆発音や、時折光る派手な魔術反応光の中に、二つの影が交錯するのがここからでも見えた。

遠くのものを貫くことに特化させた魔術銃は、反動も強く、両手で撃つことさえ難しい。だから反動を殺すためなるべく固定できるように考えた。

何度も脳内で試行をくりかえし、万全の準備をしてきたつもりだ。

それでも、エルヴィーは強化した視界に映る黄砂色のドラゴンに、赤く濁った黄金の瞳が脳裏にちらつき不安になる。

あのような状態から、正気に戻せるのか。自分の力で。そもそも弾は少ない。一発撃つごとにおびただしい魔力を消費するため、外してしまえばそれだけ消耗し次の照準も合わせづらくなる。

できるのか、自分に。

恐怖に支配されかけたとき、黄金の魔力のぬくもりに包まれた。

《エル先輩なら、届きます》

亜麻色の髪の後輩が、脳裏に浮かんだ。心の奥が熱くなる。

「そうだよな。あいつが頑張ってるんだもんな」

瞼を閉じて、また開く。

そらしかけた眼差しを戻し、目まぐるしいドラゴンと魔族の攻防に目をこらし、引き金の側に指を置いた。

真名は、何度も練習した。今なら言える気がした。

「**荒野に息吹もたらし育む者**《ヴァステイターエアッフエルトハリトウスヌートウリートル》」

だが、
荒野を恵みの大地にする、不器用で、頭が固くて、世話のかかる竜だった。

「友達だもんな。今度は、俺が助ける番だ」

視界を強化してもなお、麦粒のようにしか見えないドラゴンの動きが、わずかに鈍った。

気のせいだったかもしれない。それでもエルヴィーは強く呼びかけながら、ひたすらその時が来ることを待つのだった。

◇　　　◇

イーシャ・ソムニスは、薄曇りの空が黄金の流星によって晴れてゆくのを、作戦本部が設置してある砦の窓から眺めていた。

黄昏と暁が共存する空から星々が尾を引いて落ちてくれれば、海を覆い尽くしていた濃霧が光に洗われるように霧散していく。

見る間に覆い尽くされていた街が見え始め、沿岸から海が望めるようになっていった。

防衛のために並んでいた兵士や魔術師達にも星は落ちていき、そのたびにどよめくのがここからでも分かる。

持ち込んだ遠話機が鳴り、出てみれば、ヒベルニアの防衛線にいるセラム・スラッガートからだった。

『そっちでも見えたかい』

「ええ来たわ。やはり小さくとも、ドラゴンなのですね」

ラーワに作戦を語られた時はにわかに信じられなかったが、こうして目の当たりにすれば、否応なく理解できた。

美しく幻想的な光景は、世界が生まれ直すようなすごみがある。

とはいえひたっている場合ではない。

防衛網が敷かれているのは、ドラゴンの知行地が近いシグノス平原方面と、神に乗っ取られているというドラゴンが眠る海に近い海岸線であった。

ここナヴァレは特に激しく蝕の濃霧が押し寄せ、黄金の光に散らされてもなお、未だに街の半分が浸蝕されていた。

なぜバロウ国内にある中でもここナヴァレに蝕が押し寄せるのかは不明だが、すでに数日ぶりに見える黒い海からは、シーサーペントや、クラーケンなど、海の幻獣の形をした濃霧の塊、白の妖魔が陸をめざして現れようとしていた。

今の今までは、対蝕用結界を張り続けることで食い止め、じりじりと後退して行くしかなく、市街地は軒並み蝕で埋め尽くされた。しかしそれも今回で終わりだ。

『ではそちらは任せるよ、イーシャ。あまりはしゃがないようにね』

「あら、あなたこそ、デスクワークばかりで鈍っていないと良いのですけど」

苦笑の気配のあとに、通話が切れた受話器を通信兵の背に戻したイーシャは、自身の杖に持ち替えると、部下を引き連れて沿岸へ飛び立った。

イーシャにも流れてくる星の一つが胸に降りてくる。

すると、全身にはつらつとしたぬくもりが広がり、魔力がわき上がる昂揚を覚えた。

《イーシャさん、がんばって!》

亜麻色の髪の少年とも少女ともつかない子供の声が脳裏に響いて、こんなときであるのに、笑みがこぼれる。

この目まぐるしい一週間のうちに、ようやく邂逅をはたした竜の子は、あの親にしてこの子ありともいうべき、優しさと強さを兼ね備えた子供だった。

「はい、おばあちゃんですが、少々張り切りましょうか」

「魔術師長……？」

「下がっていてくださいな」

くすりくすりと笑うイーシャを部下達は不安げに見ていたが、声をかける間もなく、えぐり取られた新たな沿岸へたどり着いていた。

入り江となった場所には、今まさに海水と共に巨大な白いシーサーペントが鎌首をもたげて陸上へ襲いかかろうとしていた。

一斉に兵士達が引いたのを確認すると、イーシャは溢れる魔力のままに、力ある言葉を紡いだ。

『**凍てつき凍り　儚く散りませ　氷結華牢《アイスカレイド》**』

イーシャが杖を振るった瞬間、彼女を中心に海面が一斉に凍り付いた。

その効果は目前に迫っていたシーサーペントですら巻き込み、暴れる猶予を与えることなく氷の彫像となり、砕け散る。

「あらあらまああ、あの子ったら、魔力まで分け与えてくださったのね」

一人で成すのは絶対に不可能とされる戦略級魔法による蹂躙に、配置された魔術師達が絶句する中、イーシャは目を丸くして驚いただけで、魔術師達を振り返った。

魔術師達は知っている。増幅されただけでは、このような事象を引き起こすことなどできないと。

空気中の水分すら凍って氷の粒が舞い散るなか、氷華の賢者は艶然と微笑んで見せた。

「さあ、みなさん。こんなおばあちゃんより戦果が少ないなんてこと、ないようにしてくださいな？」

老化の遅い魔術師にしても明らかに30代にしか見えない、百歳越えは確実である当代魔術師長の言葉と笑みをそのまま受け取る者など皆無であり。

続々と押し寄せる蝕の魔物達を迎撃するべく、それぞれの武器を構えたのだった。

◇　◇

リシェラ・フォン・アヴァールは、続々と蝕から逃げてきた避難民達と共に、ヘザット王都を目指していた。

蝕の魔物からの防衛の大半は派遣されてきた守人や魔族、兵士達現場の判断に任せているが、避難民達までは面倒を見切れない。

ヘザット国内はつい最近、黒火焔竜によって土地の調整が行われていた影響で、蝕の影響から逃れた国民が多かった。

そのため領地の者は、管理している貴族達が誘導することとなっているのだが、自分だけ荷物をまとめてさっさと逃げた貴族もいると聞く。だがリシェラは、ようやく笑顔を取り戻せるようになった領民達を置いて先に逃げるという選択肢がどうしても選べなかった。

土地を一時期でも捨てるのは心が痛んだが、背に腹は替えられないと、通達があった直後から複数回に分けて避難を繰り返していた。

のだが、近隣の今回の事態を知らされてすらない領民達も説得して引き連れていたら、リシェラが最後になってしまっていたのだ。

作戦決行の合図となる、蒼穹に星が流れ始めてから数時間。

早く防護結界の張られた都市へとたどり着かなければならないのだが、大人数での移動はなかなか進まなかった。

「この世の終わりだあ……」

「あともう少しです、皆さん頑張りましょう」

今まで見たことのない事象におびえる人々をなだめながら道を進み、ようやく目的地が目前に迫ったとき。

それが現れた。

「化け物だぁぁあ！！」

後方から上がった悲鳴に振り返れば、後方より濃霧を引き連れて生じていたのは蝕の魔物だった。

こうして歩いてきていた人々にもリシェラにも、あの流星は落ちてきていたため、多少ならば濃霧に当たってても大丈夫だろう。

しかし、実体化した蝕の魔物は、通常の魔物と変わらぬ攻撃性を備えていると知らせがあった。

「皆さん、全速力で街へ入ってくださいっ！」

言われるまでもなく、走り始める人々とは対照的に、護衛としてついてきてくれていた数少ない兵士達が蝕の魔物を足止めするために立ち向かっていく。

多少魔力が人より多いとはいえ、自らが役に立たないと知っているリシェラも使用人に連れられて速やかに人々と一緒に街へと走る。

だが、濃霧の塊が弾丸のように飛んできて、逃げる人々の側面に新たな蝕の魔物が現れた。

突如間近に現れた蝕の魔物に、大混乱に陥る人々に、リシェラの声は届かない。

なんとか避難しようとしていると、目の前で幼い子供が足をもつれさせて転んだ。

その子供は昨晩、炊き出しでリシェラに微笑んでくれた幼子だった。

白い災厄は、無慈悲に進んでいる。

考える間はなかった。

「リシェラ様!!」

リシェラは丈夫になった四肢を動かし、幼子の元へ誰よりも早くたどり着く。

泣いていた幼子を突き飛ばして逃がせば、自分が大地に転がる。

土にまみれながらも、蝕の魔物の爪が間近に迫っていた。

恐怖に身体がこわばる。

《だいじょうぶだよ》

やわらかい、子供のささやき声に、リシェラは赤の房の黒髪を思い起こした。

身体のうちから魔力があふれ出し、左手の薬指が熱くなる。

薬指にはめた指輪から、おびただしい影がふくれだし、蝕の魔物を払いのけた。

蝕の魔物はただそれだけで霧散し、リシェラは呆然とその影を見つめた。

茨《いばら》のような黒い影は、そのまま彼女を守るように取りまく。

ともすればまがまがしくみえる黒の茨だったが、リシェラには優しく思えた。

「……オブリエオビリオ？」

名を呼べば、応じるように黒の茨が震え、リシェラの胸に熱い脈動を与えた。

一生言葉を交わすことはできないかもしれない。と言われていた。あきらめもしていた。

どうやら声を発することはできないらしい。けれど、そっと茨の一つに触れれば、あの質感を思い出して、こみ上げてくる想いにリシェラの目頭が熱くなる。

「せいじょさま？」

ふと、そんな声が聞こえて、振り返れば、自分が助けた幼子が純粋な瞳でこちらを見上げていた。

いつしか逃げ惑う人々が足を止めて、茨に取り巻かれるリシェラを見つめていた。

浸っていることはできない。自分にはやるべきことがある。

「いいえ、わたくしは領主です。あなたたちを守るのがわたくしの義務」

立ち上がったリシェラが彼らを守るために背を向ける。だが黒の茨が咎めるようにリシェラの服の裾を引いた。

当然だ、リシェラは魔力を多少扱えるようになっても、修練は積んでいない。戦闘はおろか、護身の術ですらおぼつかない娘でしかない。

けれど、蝕の魔物は今もなお続々と現れ、このままでは街から出てきている増援が来る前に逃げる人々から犠牲が出る。

この邂逅が、いまこのときだけの奇跡なのだとしても、リシェラは願った。

「オブリエ様。わたくしはあなた様がいない間に、とても贅沢になりましたの。居場所を守るお手伝いをしていただけませんか」

黒の茨は仕方ないとでも言うように服から茨を離し、リシェラを守るように、膨大な黒の茨を出現させる。

リシェラはその姿が、人々にどのように映るか知らぬまま、茨を従え、蝕の魔物へと相対したのだった。

◇　◇

「はいっご飯です。魔力回復薬が必要だったら出せますっ」

『ありがとう、お嬢ちゃん』

エルフ言葉は分からなかったが、青年にお礼を言われて、マルカ・スラッガートはぺこりと頭を下げたあと、また別の人間の世話のためにその場を離れた。

ここは、〝目覚めの祈り〟の儀式場から少し離れた場所に設けられた休憩場だった。

歩く間もマルカは、背中で今も眠るヴァスの分身に語りかける。

「ヴァス、ヴァス、みんな頑張ってるよ。お兄ちゃんにはもう会えた？　イオ先輩はとっても頑張ってヴァスを戻すための魔術銃と弾丸を作ってたし、みこさんはヒベルニアを守るために結界を張ってるし、アールはみんなが消えてしまわないように、力を沢山分け与えてるんだよ。わたしもね、できることを頑張ってるの」

マルカは、今回の騒動について、普通の人が知っていることより、少しだけ詳しくしか知らない。

この白い濃霧が、蝕と呼ばれる存在であること。

飲み込まれてしまえば、植物でも大地でも人でも消えてなくなってしまうこと。

ずっと昔に同じことが起きて、本来ならその時にこの世界がなくなっていたこと。

当時のドラゴンたちが、この世界を守ろうとしてくれたから今があるのだと。

「ヴァスも、守ろうとしてくれた一人、だったんだよね」

マルカは、ほんの少し熱の移った、ドラゴンの重みを感じながら呟いた。

ずっと世界を守り続けていたドラゴンは、今倒れてしまっている。

そんな彼らを救い出すために、様々な人々が、それぞれの戦いをしていた。

魔力を持たない人でも彼らのために、ドラゴンさんのことを願って祈ることで、力になると言われた。

戦うすべを持たない街の人々は、自分たちの家で、祈りを捧げていることだろう。

マルカもそうしているように言われたが、無理を言ってアールの側に居ることを願ったのだ。

だから、マルカはこの場に治癒補助要員として居させてもらっている。

アールが震えているのを知っていたからでもあるけれど、祈るだけはもう嫌だったから。

魔術医療科を志望していて心底良かったと思う。

もちろん実際に治療するのは巫女や、本物の医療魔術師だったが、この膨大な魔力の質量に堪えられる人間は少ない。

小さな傷程度しか治せないマルカでも、詠唱を交代したエルフ達への食事と魔力の補給や、引き寄せられてくる蝕の魔物を討伐する闘い手の手当てなど、やることは山ほどあった。

くるくると働きながら、それでもマルカが眠っているヴァスを離さずに語りかけるのは、聞こえている気がするのだ。

なんとなく、本当になんとなくだが、彼が意識の奥でもがいているように思えて、だからマルカは、ここに居るよと分かるように呼びかけ続けていた。

「だって、前はヴァスがわたしを助けてくれたんだもん。こんどはわたしが助ける番なのよ」

語りかけるように呟いたけれど、自分に言い聞かせているようなものだった。

マルカが何も言わずとも側に居てくれるヴァスは、マルカが話し倒しても、最初から最後まできちんと聞いてくれていた。

兄ともアールとも違う不思議な安心感が、今は希薄で、それが寂しくてたまらなかった。

けれど、ヴァスも今頑張ってるのだ、気を強く持たなきゃいけない。

マルカがぱたぱたと簡易の炊き出し場が設置されている区画に戻る間も、エルフ達の詠唱は続いている。藍色の空に流れる、無数の黄金の星はすべてアールが振りまいているのだ。

マルカは、自分に落ちてきた、星のかけらに向けて、話しかける。

「頑張れ、アール」

《頑張るよ、マルカ》

すぐに返してくれたけれども、苦しそうなのが分かって、マルカもぎゅっと胸が苦しくなりかけるが、こらえた。

伝わってしまえば、アールの気がかりが増えてしまうのだから。

すでに半日。星は振り続けている。

エルフ達が二度も交代しているほどの負担を、アールともう一人の精霊は単独で持ちこたえていた。

その役割ができる者が二人しか居ないせいで仕方ないとはいえ、つらい。とてもつらい。

それでも、アールがきっとやり遂げてくれると、マルカは信じている。

一体でもドラゴンが解放されれば、アールの負担は軽くなる。

だから、マルカは願って、呼び続けるのだ。

「ヴァス、ヴァス。……起きて。こわい、よ」

ふと、向かっている方向が、騒がしいことに気がついた。張られた天幕が引きちぎられ、何かが叩き付けられる音。混じる怒号。

そして激しく魔術が打ち出される魔力の反応光。

「絶対に儀式場には行かせるなっ!!」

「空からも来たぞっ！」

そうして、森の木々の間から見えたのは、全身白の濃霧で構成された蝕の魔物だった。

生えている木々に匹敵する長い胴体にはおびただしい数の節足が並び、止めようとする兵士をなぎ倒し、吹き飛ばす。

その姿に、マルカは生理的嫌悪感を覚えて心がおびえるが、その百足型《むかで》の魔物がこちらに向かってきてはっとした。

マルカの背後には、身体を休めている戦闘能力のないエルフしかいないし、何より術式陣がある。ほかにも大小様々な蝕の魔物が現れており、兵士達も守人も魔族も対処が追いついていなかった。応援が必要だ。行かせてはいけない。

二つの思考が瞬時に巡り、マルカは、反射的にこみ上げかける涙をこらえ、震える身体を叱咤し、持っていた荷物を百足に向かって投げつけた。

マルカの細腕では威力なんてものはない。本当にただ当たっただけ。

だが、注意は引けた。

足を止めて首をもたげる百足型の凶悪な顎を精一杯睨み付けて、マルカは声を張り上げた。

「こっちよ！」

薄もやのかかる森の奥へ入っていけば、幸いにも百足が追ってくることが音で分かった。

無謀だと思う。でもこちらの方向には守人達が休んでいる区画がある。

この騒ぎに駆けつけてくれているはずだから、それまでに追いつかれなければ大丈夫だ。

マルカは唇をかみしめて、足に力を込める。

けれど、すぐに身体が浮き上がって宙に浮かんだ。

背中に負っていたひもがちぎれる感触がして、青ざめる。

「あぐっ……」

近くの木に叩き付けられたマルカは、強制的に全部の息を吐かされた。

糸の切れた操り人形のように地面に転がり、かろうじて頭は打たなかったものの、全身が痛くて息がうまくできなかった。

側にはリュックサックの残骸が転がっている。

どこだろう、どこだろう。ヴァスは自分が守らなきゃいけないのに。

指を一本も動かせない。

影がかかったと思ったら、百足型の魔物が、凶悪な顎を開いていた。

空にも居るって言っていた。アールを助けなきゃいけないのに。

ラーワさんもネクターさんもリグリラさんもカイルさんも居ない。

けれど、おじいちゃんよりも、みこさんよりも、お兄ちゃんよりも、アールよりも。

どうしてだろう、脳裏に浮かぶのは、砂色の竜だった。

「ヴァスっ……」

「応答」

厳のような声が響いて、マルカは百足の居る地面が大きく隆起するのを見た。

鋭く生える幾本もの岩の杭によって、蝕の魔物は串刺しとなり霧散する。

やっと息ができるようになったマルカが顔を上げれば、そっと身体を抱え上げられた。

大きな手は、お兄ちゃんともおじいちゃんとも違って、片手でマルカを支えてしまう。

黄砂色の髪を無造作に流し、理知的な黄金色の瞳で見下ろしている男性は、マルカに申し訳なさそうに口を開いた。

「謝罪、遅くなった」

「ヴァスぅぅぅっ！！！」

マルカは今までこらえていた感情が溢れるままに、その首にかじりついた。

「汝の声が、導《しるべ》になった」

大きな手がなだめるようにぎこちなく頭を滑り、かえって涙は止まらない。

けれど、知らせなければいけないことがあった。

「ヴァスッあの、あのね、アールがっ」

涙をこらえながらも言い募れば、ヴァスは分かっているとでも言うように頷いた。

「我の本体と我が友が向かっている」

我が友、彼がそう表すのが誰かマルカは知っている。

それがどれだけ安心なことかも。

マルカは胸が沸き立つのを感じながらも、そっと問いかけた。

「ヴァス、まだ動ける？　つらくない？」

「救出の弊害により本体には多少の手傷はあるものの、この端末の魔力量は良好。望みがあるか」

そう、問うてくれる表情が少し柔らかくなるのが、無性に嬉しくなる。

ヴァスはすごく変わった。

けれど浸るのはあとだ、とマルカは涙を拭いて、力を込めてその端整な顔を見上げる。

「ヴァス、炊き出しの人たちを助けに行こうっ」

「諾」

応じる声と同時に男性の姿がほどけ、マルカが乗るのにちょうど良い竜の姿になる。

そうしてマルカは、疾風のように空中を駆けるヴァスの首に摑まったのだった。

◇　◇

あと少し、と考え始めてからどれくらい経っただろう。

おびただしく流れてくるあまたの人々の思念を感じながら、アールは精霊樹の頂点でぎりぎりの魔力操作を続けていた。

意気軒高に蝕へと立ち向かうもの、逃げ遅れた人々を誘導するもの、また一つ反応が消えて、アールは唇をかみしめた。

分かっていたはずだった。そうなる人が居るかもしれないことを。

全員が無事に帰ることはできない。けれどこの世界がなくなってしまえば、お仕舞いなのだから。

おじいちゃんが、はじめすべてを一人で成し遂げると言ったのを、アールが半分引き受けることにしたのは万全を期すために必要だったからだ。

アールだって、みんなを助けたかったから。

けれど、とてもつらい。さっきまで元気だった人々が傷ついて消えてしまうのが苦しかった。

それでもアールは星を降らせる。まだ戦っている人たちはもちろん、消えかけている人たちにも、ありったけの祝福を授ける。

それがアールに任されたことで、アールにしかできないことだったから。

ラーワとネクターの反応はすでにない。

アールが探知できるのは、この〝目覚めの祈り〟の有効範囲内、つまりアールの降らせる流星が届く場所だけだ。濃霧の中に入れば、蝕に阻まれて見えなくなる。

二人が生きていることすら分からないのが初めてで、アールは急に世界にぽつんと一人残されたような心細さに襲われていた。

《アールや、制御が不安定になっておる》

祖父であるフィセルの声が聞こえて、アールははっと魔力の流れを整え直した。彼の声音に活力がなくなり始めている気がしたが、問い返す余裕はなかった。

フィセルと、テンと、何よりラーワに教えてもらった技術がある。

やり遂げなきゃいけない。頑張らなきゃいけない。

アールが倒れたら、すべてが水の泡になってしまうのだから。

そう自分を励まし、魔力不足でくらりと来るのをこらえながら、下から聞こえてくるエルフの歌に耳を澄ませた。

一人じゃない。自分だけでやっているわけではない。

こうしてエルフも、フィセルも全力で術式を維持している。だからこの孤独感は気のせいだ。

言い聞かせて、消えかける土地へと星々を振らせ。

ふと眼下に降らせた星のかけらから、騒がしい気配が伝わってきた。

視線を降ろすまえに、遠くの空から現れるモノに気づく。

それは空すら覆い尽くしてしまうほどの、おびただしい数の白の魔物だった。

一つ一つ姿が違い、群れることなどないはずの様々な幻獣の姿をした蝕が、なにより真っ直ぐアールの下へ駆けてくる。

アールにはうすうす分かっていた。この蝕の魔物は、この止まった世界で活動している者、特にラーワの影響が強いものに引き寄せられてくることを。

とはいえ、アールはたとえあの濃霧に包まれようと影響はない。

けれどあれだけの実体化した蝕の魔物に呑まれれば、確実に術式を乱され、星の魔法は崩れるだろう。

一度崩壊すれば、構築し直すのに膨大な時間がかかり、何より加護を失った沢山の人々が蝕に呑まれることになる。

迎撃しなければならない。そこまで分かっていても、アールは動けなかった。

術式に大半の演算能力を取られている今、新たな魔術を構築する余裕なんてなかったからだ。

「っ……！」

アールは苦肉の策として、術式の一部である流星を蝕へと向けた。

黄金の星の魔力は、蝕への耐性をつけると同時に、蝕を消滅させることができる。

何十体かの蝕の魔物は消滅したが、それでも勢いは衰えない。

これ以上そちらに割けば、今蝕のまっただ中で戦っている人たちに届かなくなってしまう。

考える時間が命取りだった。

呑まれる覚悟を決めた。

「アールッ!!」

居るはずのない人の声が響いて、一筋の光芒が目の前をよぎる。

そして、今まさに襲いかかろうとしていた蝕の魔物を貫いた。

アールが驚いている間にも、視界が黄砂色の巨体で覆い尽くされる。

重厚な翼を羽ばたいた黄砂色のドラゴンは、砂塵を生じさせ、一斉に蝕の魔物へ襲いかからせ一掃した。

「……まじかよ、どうりで魔力をごっそり取られるわけだ。なんてもんを作りやがるんだイエーオリ」

その背中で、顔を引きつらせながらも魔術銃を構えているのは、ゴーグルを付けていても分かる、焦げ茶色の髪の少年だった。

アールの心をあれほど凝り固まらせていた暗い孤独感が、あっという間にほどけていった。

「える、せんぱい」

呆然と呼べば、エルヴィーは励ますように矢継ぎ早に言った。

「もう大丈夫だぞ、アールッ。ヴァスは戻った！　こっちはどうにかするから、頑張れっ」

「感謝する、アール。全体の四割ほど機能が低下しているが、眼前の敵性勢力を迎撃することは可能」

よく見ればエルヴィーはほこりと砂にまみれていたし、ヴァスに至っては全身傷だらけだった。

何より額に大きな傷とエルヴィーの魔力の名残が残っている。

それでも黄金の瞳には理知的な意思が宿り、蝕の影響は一掃されていた。

アールが流星をヴァスへ落とせば、感謝の意思と共に声が響いた。

「これより迎撃を開始するため、エルを地上へ避難させる」

「じゃ、じゃあっエル先輩。ぼくの背中にっ」

なぜそんなことを言い出してしまったか、アールにはよく分からない。

その間も、術式制御は乱さなかったものの、落ち着かないでそわそわとしてしまう。

面食らっていたエルヴィーだったが、ヴァスの身体を軽く叩いて降りてくると、アールの背中に重みがかかった。

「なんか知らねえけど、居てやるから。魔術銃でも効くみたいだし、魔力もまだあっからお前に近づかせねえよ」

そっと首筋を撫でられて、ぬくもりが全身に広がるのが分かるが、次いでエルヴィーの声に苦笑が混じった。

「ただ、ヴァスだけでなんとかなりそうだけど」

エルヴィーの視線の先には、蝕の群れを掃討するヴァスの姿があった。

確かにその姿は頼もしい。エルヴィーが魔術銃を使う必要はないかも知れない。けれど。

「いいんです」

魔力の譲渡などはない。けれど、枯れかけていた活力が戻ってくるのをアールは感じていた。

その重みが嬉しくて。アールが危ないときにも、困ったときにも、飛び込んできてくれる。迷いなく、こんなところにまで来てくれた。

心の奥に、ぽうっと明るいぬくもりが灯る。

「先輩が、居てくれることがぼくの力になります」

「お、おう」

心の底からそう言えば、エルヴィーの動揺する気配がしたが、すでにアールは流星を通じて意識の手を伸ばしていた。

また一つ竜の気配が戻った。

続々と、命の輝きが灯っていく。

こっちはきっと大丈夫だと、ラーワとネクターに胸を張って言える。

「せんぱい。ぼく、頑張りますねっ」

「ああ、頑張れ、アール」

エルヴィーに勇気づけるように首筋を叩かれたアールは、よりいっそうの輝きを以て、星を降らせ始めたのだった。

第11話　ドラゴンさんとはじまりの竜

アールの応援が聞こえた気がした。

《アールの声が聞こえましたね》

背中からネクターのそんな思念話が聞こえて、私は確信してほっこりしていたら、呆れた声が響いた。

《何言ってんだよ、ここは晦冥の封印の中だぞ、聞こえるわけないじゃないか》

《なんとなくってやつだよ》

横やりを入れるリュートの言うとおりなんだけれども、本当にそんな気がしたのだ。

まあ、言いたいこともわかると、下を眺めてみれば、そこは一面真っ白な蝕の海だ。

私達が転移してきたのは、真っ先に蝕に呑まれて消失した海域付近だった。

かろうじて星の降る空が見えるものの、伸ばした手がすぐに見えなくなってしまいそうなほどの蝕の濃霧で、私の対蝕結界でなんとか呑まれないですんでいる。

だから、

『巡り祈るは　万象の理』

ネクターの詠唱が響いたとたん、側面から現れた牙を持った海獣型の蝕が木の枝に包まれ霧散した。

さらに眼前に現れた大きな魚型の蝕は、私のブレスで焼き払う。

こうして蝕の魔物が現れても寸前まで気づけないにもかかわらず、入れ替わり立ち替わり現れる蝕の魔物を蹴散らしながらすでに数時間、私達はこの蝕の海を突き進んでいた。

レイラインはおろか魔力なんてほとんどない。ただ清冽で純粋な虚無だけがたゆたう場にぞわぞわとした気味悪さが先に立つ。

蝕の密度は恐ろしく高く、霧のはずなのに水の中をかき分けているような気分だった。

上か下かも分からなくなりそうだ。

けれど本番はこれからだと、思念話を飛ばした。

《リュート、あとどれくらい！》

《距離感がつかめないから全然わかんないけど、たぶんここら辺！　もーいいやここでやろうっ》

《そんないい加減なことをしないでください！》

ずっとあたりを見渡していたリュートがうんざりした調子で言うのを、ネクターが咎めたけど、彼はまったく意に介した風はなかった。

《だってしょうがないじゃないか。あの野郎に教えられた座標が役に立たなかったんだから。アドヴェルサを封じた海域を呼び覚ますことで、異空間を特定するなんて力業、元々無謀なんだからこんなもんで良いんだって》

《だからこそきっちりやらねばっ、って話を聞きなさい!!》

ネクターの抗議を意に介した風もなく、リュートが私の背で何かをばらまく。

正体は知っている。私の涙の結晶だ。高密度に魔力の凝った、魔石よりも純度の高いその粒を惜しげもなく使ってやるのは、彼にしかできない魔法だ。

《もっと大事に扱ってくださいっ》

《うるさいなあ！　僕だってこんなの使うのやなんだからお互い様だろ》

……こんなの扱いは、さすがにちょっと傷つくぞ？

うんざりとした調子でネクターに言い返したリュートは、私がしんねりしていることにも気づいているのかいないのか、じゃらんと、楽器の弦を鳴らした。

「さあっ、全力の僕の歌を聴くが良い！」

複雑な重音を響かせて、リュートの演奏が始まった。

すると私の涙の結晶から、魔力が立ち上り増幅し、練り上げられていく。

それはドラゴンの竜気から生じた精霊であるリュートにしかできない、土地や物に宿った記憶を目覚めさせ実体化させる夢見の魔法だった。

『**さあ、過ぎ去った時よ　つかの間の目覚めを　あるべき姿へ　あるべき機能へ**』

リュートが歌い上げたとたん、音が奔流となって辺り一面に広がった。

蝕を押しのけた空間に、おぼろげに列柱が見え隠れするが、音にまとった魔力の光が弱い。

あれだけの魔力結晶でも足りないか。消耗するのを避けるために温存していたけれど、第一段階すら突破できないのは本末転倒だ。

私が魔力を分け与えようとしかけたとき、蝕の濃霧を祓うように、黄金の星が降ってきた。

蝕を切り裂き、光を散らして、真っ直ぐリュートへ落ちてきたのは、アールが振りまいている星の魔力だった。

「……大きなお世話だっての」

黄金に包まれたリュートは忌々しそうに呟くけれど、険は少なくて。

陽気さと哀愁が同居した音色が、よりいっそう力強く響き渡った。

奏でることで紡がれる魔法は、蝕ですら押しのけるように広がっていき、豊かにたゆたう海面が戻る。

そうしてわずかに戻った海を割るように現れたのは、古びた建造物群だった。

所々壁が崩れ落ちたり、風化していたりするけど、整然と並ぶなめらかな石造りの街には、今以上に高度な文明を築いていた名残が見て取れる。

《むかし、ここにあった、アドヴェルサが異空間へ封じられる直前の、古代の街だっ。僕も、外から見るのは、始めて、だけどっ切り離される前の封じの間もここにあるっ》

《十分だったよ、リュート休んでて》

彼の魔法である「夢見」で、アドヴェルサを封印した当時の環境を再現し、どこにあるか分からなくなっている晦冥の異空間と封印への道筋をつけることは、彼にしかできなかった。

けれど、街一つを呼び覚ますのは、限界以上の魔力行使だっただろう。

《誰が休めるかっ！　異空間に飛ぶ作業があるんだ、早くアドヴェルサの元へ行け！　あんまり持たないんだぞ！》

ぜいぜいと苦しそうに話すリュートをねぎらったら逆に怒鳴られた。

リュートの言葉も尤もだ。蝕は早くも古代の街を飲み込もうと浸蝕を始めている。

《建物の大きさからして、あの中心にある施設ですっ》

《了解、掴まっててくれよ！》

ネクターの言葉に応じて、力強く羽ばたいた瞬間、目指そうとしていた建物が盛大に壊れた。

そこから白銀の翼をはばたかせて飛び出してきたのは、雄々しく優美な体格に、頭部には荒々しい波しぶきを写し取ったかのような鋭い角をもつドラゴン。

あの晦冥の封印にいた白銀鱗の竜だった。

《アドヴェルサ……！》

リュートの思念ですらかき消すように、目の前のドラゴンは咆哮した。

とたんにあたり一帯に、大量の水流が湧き出し、嵐が巻き起こる。

濃密な磯の匂いがした。

まだ距離があるのに、暴風域にいるような強風にさらされて、私は飛行姿勢を崩しかけた。

弾丸のような雨でぐしょ濡れになったそばから風で乾くけど、どことなく鱗がべたべたとする気がする。

《海水!?》

《だってアドヴェルサは大洋から生じたドラゴンだよ！　彼が司るのは大洋と嵐！　こんなの序の口だっ》

リュートの若干自慢の混じった説明を聞きながらも、蝕すら吹き飛ばされている大嵐の中で体勢を整えようとした。

視界のはしに白銀の鱗がきらめく。

「うわぁ!?」

私は強烈な風圧と共に突っ込んでくる白銀竜を、紙一重で避けた。

けれど強靱な尻尾がしなり、私の身体に当たり、全身が揺さぶられるような衝撃が走る。

姿勢だけは大きく崩さなかったけれども、やっぱり殴られたら痛い。

それでも魔力で強化された一撃じゃなかったから、堪えられる。

《大丈夫ですかラーワ！》

《だい、じょうぶぅ》

ネクターにそう返しつつ、私は自分の表情が険しくなるのを感じた。

蝕が無事な土地へ積極的に送り込まれていることから、元凶を探知できるんじゃないかと考えていた。

いまアドヴェルサに攻撃されたのは、やっぱり蝕への耐性をつけさせている私を排除しようとしているからだろうか。

ともあれ次の攻撃に備えなければと、白銀の鱗を見失わないように旋回すれば、近くにいるはずのドラゴンの姿がなかった。

えっ？

《アドヴェルサの様子が妙です》

ネクターの困惑の通り、白銀の竜は私の側にいなくて、錐もみしながら眼下の街へと突っ込んでいた。

墜落した？　でも何で、と唖然としているさなかにも、がれきから身を起こしたアドヴェルサの身体から蝕が噴き出してくる。

けれど、また咆哮すると翼をはばたかせて舞い上がり、海水混じりの大嵐を巻き起こして蝕を洗い流した。

がれきの中でのたうち回る、一貫性のない行動は、まるで苦悶しているみたいで。

黄金の瞳に宿る葛藤に気づいて、まさかと思った。

《アドヴェルサは乗っ取られてない!?》

リュートの歓喜の混じった思念が響く。

《自分の意思と、神の干渉が衝突して、身のうちに蝕を封じ続けようとするアドヴェルサが暴れ回っているのかもしれません。蝕の拡大が不規則だったのは今まであの竜が抵抗していたからではないでしょうか》

ネクターの感情を押し殺した指摘に、私はぐっと思いを飲み込んだ。

ここにたどり着くまでに、すでに一週間ほどが経過している。

その間中アドヴェルサはあの暗く冷たい空間で、のたうち回っていたのだろう。

自分が自分でなくなる感じは、私もテンを乗り移らせて経験している。

あれは私の意思でやったことだけれど、それでも怖かった。

アドヴェルサにとっては意に染まぬ干渉のはずだ。百パーセント負けると分かっている戦いの中でもなお、抵抗している意思の強固さには、感嘆するしかない。

《僕が呼び覚ましたことで、アドヴェルサの努力を無駄にしたのか……》

顔を紙のように白くしているのが分かるリュートの思念を、私は強く否定した。

《違う、必要なことだったんだ。今回私達がやろうとしていることを思い出してくれ》

私達がこれからやるのは、晦冥の封印の譲渡だ。

おじいちゃんは、神の干渉はアドヴェルサが封じている根源の蝕を通じてだろうと考えた。

５００年前に断ち切ったはずの干渉が、蝕という神の物を内包していたせいで再開されてしまったのは悲しいことだ。

けど晦冥の封印ごと蝕を私に移せば、そのまま神にコンタクトが取れるということでもあるのだ。

やめてもらうために、話しに行ける。

アドヴェルサに助力を頼もうにも意識はないし、半ば失敗している。おじいちゃんがやれば、元は同じ物だから、なすすべなく取り込まれてしまう可能性が高い。

ドラゴンであり異界の魂をもつ私なら、神に乗っ取られることなく会えるだろうと、ネクターたちと何度も意見を交わして結論したのだ。

だから、ネクターはおじいちゃんが準備していた晦冥の封印の譲渡術式を、丸三日かけて覚え込み、私もあらかじめ準備できる術式を自らに施して、さらに魔力を用意できるように奔走した。
なぜなら、どうしたってあらかじめ設置はできなかったから。
《アドヴェルサの意識が残っているのでしたら、術式の譲渡がやりやすくなったとも言えます。膨大な術式の大半が、抵抗する対象者への拘束と強制の術式でしたから。ただ……》
《これでどうやって、近づくかだよね》
私たちの会話を遮るように、咆哮が響いた。自らを海水とがれきの混じった嵐で覆い尽くし、見えなくなるアドヴェルサを前に、私達は一旦距離をとる。
あれだけ暴れていたアドヴェルサは、大嵐の中に閉じこもることを選んだらしい。
自分を封じるように、一切の干渉を断ち切るみたいに。
その姿には悲壮感すら漂っているように思えて、見ている方がつらかった。
だが、彼が力尽きれば晦冥の封印という鍵がなくなり、深い蝕の氾濫が始まるだろう。
《ネクター、封印の準備はどれくらいかかるかい?》
《十分で終わらせます》
《おーけー。それまでに、あの竜巻の中からアドヴェルサをひっぱりだして、一時的にでも正気に叩き戻す》
アドヴェルサの海水は私の炎の属性を打ち消してしまうから、相性がめちゃくちゃ悪い。
けど真っ正面からやり合わなくてすむだけマシだと思おう！

言い聞かせることで気分を奮い立たせていると、ネクターから返事がこなかった。
なぜか、はなんとなく分かった。
《ネクター。その晦冥の封印は私を封印するためのものじゃない。送り出すものだ》
《それは、分かっております。ですが、あなたが万が一にでも目覚めさせられない状況になったらっ……》
《それでも、君にしか任せたくないよ》
ネクターが息を呑む気配を感じながら、私はこの気持ちをどうやって伝えたら良いか考えた。
《私の帰る場所はアールと君の所だ。だから君の声で送ってもらって、君の言葉で迎えてもらいたいんだよ》
こうして私が立ち向かっていられるのは、間違いなく後ろにネクターがいるとわかっているからだ。私の命を預けられる人だからこそ、ここに居られる。踏ん張れる。
ネクターの沈黙は、ほんのひと時だった。
《ええ、分かりました。あなたの好きなマドレーヌを作りましょう》
《楽しみにしてる》
ようやく緊張を緩めてくれたネクターに私が嬉しくなっていると、リュートがいらだった調子で割り込んできた。
《あの封印の間が一番魔力的に安定してる！　さっさと行くぞ》
ネクターとリュートを半壊した講堂っぽい場所に降ろし、再び舞い上がる。

私は、今も暴威を振るう竜巻と対峙した。

この凝縮した台風のような暴風を突破するのは難関だ、こうやって飛んでいることすら難しいのだから。

けれど、彼を閉じ込めるのは、もう終わりなのだ。

「とおりゃあっ！」

私はぐんと、首を上へ向けて上昇した。

うがたれそうな大雨に体力を削られながらも、時々飛んでくるがれきを避けながら、暴風域の上へとたどり着くために飛んでいく。

見えない壁を押しのけているような下降気流によろけるのを尻尾でなんとかバランスを取るが、ぶっちゃけ翼がもげそうだ。

上りきった、と思った瞬間、私は蝕の濃霧の中にいた。

未だに大嵐の中にいる上、ぞわりとした削れるような不快感に襲われる。

けれどここの蝕には、私にはなじみ深いとも言える深い嘆きが混じっていた。

やっぱりこれは、アドヴェルサの悲哀だったんだ。

寂しさと、悲しみと、後悔にさいなまれながら眠り続けていた。それが長い年月をかけて、蝕へとしみ出していき、乗り移ったのだろう。神様に干渉されたことで薄まっているけれど、それがさらに悲しかった。

このままじゃアドヴェルサが浮かばれない。

壁のような暴風圏の中心に、白銀の竜がいるのが見えた。

首が上向く。その金の瞳には、苦しみといらだちが混じっている。

《邪魔をするなぁ!!》

晦冥の封印の間で聞いたのとは違う、苦しげな若い、青年の声だった。

だけどその声を飲み込むように、たちまち背後の蝕が凝り、いくつもの手を触手のように伸ばしてきた。

人間の五本指だったり、獣の前足だったり、虫のかぎ爪だったり、イソギンチャクみたいな吸盤だったり一定しないけど、うねうねと追いかけてくる姿は一貫してめっちゃ気持ち悪い！

ひいいと、顔を引きつらせながらも翼をたたんだ私は、台風の目へ飛び込んだ。

半回転して、追いかけてくるおびただしい蝕の手に向けて魔力を練り上げる。

この大雨の中、炎はアウトだ。ならっ。

『我侵スハ　虚無ノ暁暗《ギョウアン》!!』

私と蝕を隔てるように広がった光すら通さない虚無の闇は、蝕の手を飲み込んだ。

これで時間が稼げる。また蝕に阻まれる前に、本体であるアドヴェルサへ行く！

私は眼下へ視線を戻して翼を羽ばたき、加速しながら呼びかけた。

《私は、君を助けに来たっ！　アドヴェルサッ》

黄金の瞳が驚愕に見開かれたが、怒りのままに白銀の竜が咆哮し、水流の壁が襲いかかってくる。

彼は私を拒絶している。そうだ、当然だ。彼は一人で背負うしかなかった。それしかなかったのだから。

けど今は違う。私は沢山の人に助けられてここにいる。一人で背負わなくて良いと言える！

この暴風は拒絶だ。闇では払えない。

ならっ！

『我願ウハ　光華《コウカ》ノ焰《ホムラ》！』

巨大な水流と暴風の壁に、私は大量の炎の華をぶつけた。

彼には武器を向けたくなかった。結局は火だから意味ない気がするけど！

暴風雨と炎の華がぶつかったとたんおびただしい水蒸気が生まれ、爆発する。

すさまじい音と熱風の嵐を突き抜けて、私は白銀のドラゴンに突っ込んだ。

《はーなーしーを聞けーー！！！》

狙い違わず、アドヴェルサの脇腹に激突し、そのまま一緒にごろごろと地面を転がる。

すんごい痛いけど、彼の引き起こしていた暴風雨が霧散した。

私は直ぐさま身を起こして、うずくまっている白銀竜の翼の付け根を後ろ足で握り込む。

そうして、思いっきり翼を羽ばたいて彼ごと空へと飛び立った。

んぐぐ、体格的には向こうのほうがちょっと大きいから、やっぱめちゃくちゃ重いけど、アドヴェルサを確保できたぞ！

あとはネクターの所へ行くだけ、と思っていると、アドヴェルサからいらだち気味の思念が伝わってきた。

まともに言葉が交わせるんなら、逃すべからず！
《そなたは、なんだ。離れるが良い、俺にはなすべきことが……》
《私はラーワ！　神様と話がしたい、私に晦冥の封印を移してくれ！》
思念話の利点を存分に生かして、私達のやろうとしていることをたたき付けるように伝えれば、深いあきらめと諦観の思念が返ってくる。
《話をしてどうする。これだけのことを平気で成す、神に今更》
《実際に話してみなきゃ分からないだろう！》
《わかりきって……ぐぅっ……》
またアドヴェルサの気配が揺らぐ、蝕の色が濃くなる。
意識が混濁しているのが嫌というほどよく分かった。私は彼にドラゴンネットワークをつないで引き留めようとするが、彼自身に拒絶された。
《もういい、俺は疲れたのだ。なかったことにする。意識があるうちに、これを道連れに消滅する》
生きようとする意思の感じられない、あきらめの思念が伝わってきて焦った。
消滅されてしまえば、神様へたどり着く道筋がなくなってしまう。今氾濫している蝕も、そのままだ。今回の作戦自体が破綻してしまうのに、私には止められる手段がない。
くそう、尻尾アタックで無理矢理気絶させるか……!?
そう考えた矢先、澄んだ声が響き渡った。

『**大洋創りし恵みの天災《オケアヌスギグネーレベネフイキエンテイアアドヴェルサ》！**』

暴風の代わりに、蝕の濃霧が忍び寄っている講堂の一角でリュートが叫んでいた。

『僕は来たよっ。あなたにまた弾いて欲しくて、あなたとまた話がしたくてっ』

懇願したリュートが、構えた楽器の弦を鳴らす。

蝕に浸蝕されかけている大地に響き渡り、蝕を押し流した。

『お願いだ、僕を側に置いてくれっ』

《っ……》

アドヴェルサが、決定的に変わった。

彼らの間に、どんな交流があったのかは知らない。どんな関係だったのかも推し量れない。

けれど、白銀の竜のかたくなだった気配が、ほどける、崩れる、消えて行く。

《俺は、》

《君はもう一人じゃないんだよ、アドヴェルサ。沢山の人が君の存在を知っている。世界を守ってきたことを知っている。もう閉じこもらなくていいんだ！》

《そう、か》

こみ上げる物を押さえ込むような、思念。

白銀竜の姿が、光に包まれた。

つかんでいた翼の付け根が消え失せ、代わりに白銀の髪と黄金の瞳をした、線の細い青年が現れた。私と同じ、ともすればもう少し下に思えるような少年ともいえる彼は、苦悩に満ち溢れた表情で言う。

《君が、なせるかは分からないが。頼む》

とたん、彼の眼前に複雑な魔法式が現れ、砕け散る。

そこからどろりとしたいっそう濃密な蝕があふれ出した。

あれが、アドヴェルサがずっと封じ続けてきたものだろう。

「ネクター！」

それだけで、眼下に大きく描かれた魔法陣の中央に、触媒の山に囲まれて立つネクターが杖をついた。

『我　この地に根を下ろし　我が故郷となさん』

とたん、杖から見る間に根が伸びて大地をうがち、あっという間に枝葉を伸ばして行く。

そしてネクターがまき散らすのは竜の涙晶《ドラゴンティア》。膨大な魔力を吸いながら、ぐんぐん伸びていく精霊樹に触れた彼は、亜麻色の髪の薄紅を揺らめかせながら、さらに詠唱を続けた。

『はぐくみしは豊穣なる大地　願いしは永久《とこしえ》なる微睡み　晦冥にして冥界のゆりかごを揺らす者』

広がりかけていた濃密な蝕が、術式から溢れるように伸びた魔力の糸に絡め取られて行く。

その渦巻く勢いに吸い寄せられるように、周辺の蝕も凝っていった。

『夢幻へ揺蕩《たゆた》い　世界の礎　安らぎと守護の要とならんことを！』

ネクターがあとは結びの一文を唱えるだけという所で、球体のように凝った蝕を捉えていた術式の帯が、パキンと、割れた。

「なっ」

今拡散したら、術式が不完全に終わってしまう！

もう一つの術式陣の上に下りた私は助けに入ろうと魔力の手を伸ばしかけたが、それをすれば魔法は完全に破綻するだろう。

そのとき、ネクターが杖に触れていない片手に小さな風を生み出すと、自分の髪を切り飛ばしたのだ。

髪にはかなり魔力が蓄積されているから、即席の触媒になるとはいえなんてことを！

さあっと、散っていった亜麻色の髪はすぐに魔力の粒子となってほどけていき、術式陣がさらに活性化する。

再び魔力の帯は蝕を絡め取り封じていくが、なぜかこぼれた蝕は私へ向かってきた。意思があるかのような動きは不気味だったけど、僥倖だ。

魔力の帯に絡め取られた蝕が眼前に迫る中、私は髪が短くなったネクターを振り返る。

「行ってくるね、ネクター」

〝行ってらっしゃい、ラーワ〟

脂汗をにじませるネクターの、唇だけがそう動いた。

私は精一杯の笑顔を浮かべて、白の濃霧を受け入れたのだった。

第12話　燃え盛りしドラゴンさん

いつの間にか、意識が飛んでいたらしい。気がつくと、真っ暗な何もない空間に浮かんでいた。

大きく口を開いて、蝕の濃霧をぱくんと食べた所までは覚えている。

……いや、受け入れるって言ったってどうしたら良いか分からなかったからさ。

とりあえず、蝕は甘くないわたあめを食《は》んでいるみたいに無味だった。

けれど、取り込んだとたん、すごい勢いで何かに引っ張られるような感覚があったのだ。

直ぐさま身体を確認すれば、黒い鱗に裏が赤い翼に、良い感じな尾っぽもちゃんとついていてどこにも異常はない。

ただこんなに真っ暗なのに、黒い鱗まで見えるのがおかしいと言えばおかしかった。

さて、予定ではちゃんと晦冥の封印を譲渡されて、蝕を取り込んだことで、神様とやらにもアクセスできるようになっているはずなんだけど、具体的にどうしよう。

「すみませーん。誰かいませんかー」

だから声を出したのも、とりあえず音が響くかなーとやってみただけのつもりだった。

だって何にもないし、何にも見えないし。

まさか、虚空が揺らいだかと思ったら、金髪褐色の美人が顔を涙と鼻水でぐっちゃぐちゃにしながら手を広げて現れるとは思わないじゃないか。

「君ぃっ！　やっと会えたよおおおおおおおおぶほっ！！！！？？？？」

だからさ、反射的に避けちゃうのもしょうがないと思うんだ。


彼だか彼女だかが素晴らしい大回転で地面を転がったあげく、べちゃっと顔面強打するさまを見送った私は、若干しまったと青ざめた。

勢いがめちゃくちゃ怖かったとはいえ、避けるのはまずかったかも知れない。

恐る恐る様子をうかがってみれば、彼だか彼女だかはむくりと顔を上げた。

「ひええ、痛い。久々に痛かった……」

あの涙と鼻水でぐちゃぐちゃだった顔でも美人だと思ったけど、改めて顔を合わせれば、絶世の美人だった。

黄金をより合わせたような金色の髪はゆるく波打ち、カフェオレのような褐色の肌は張りと艶を持っている。男性とも女性ともつかない繊細な面立ちは、熟練の人形師が何年も時間をかけて創り上げた最高傑作でもこうはいかないだろう。

細身の肢体に起伏はないものの、やわらかな曲線を描いているようにも見える。

そして深緑色の瞳は、深く吸い込まれそうな透明感ときらめきで私を捉えていた。

以前見た、若者バージョンのおじいちゃんにそっくりだ。

要するに語彙と思考が吹っ飛ぶ、顔面凶器な超絶美人なのだけど。

その人は、ゆったりとした膝丈のズボンにタイツをはき、同じくゆったりとしたジャケットを羽織っているという、とても現代ちっくでふぁっしょなぶるな服装をしていた。

ファッション雑誌で特集されている原宿で見つけたおしゃれな人って感じで、実際見てくれがすごく良いものだから、奇抜ともいえるそれがとてつもなくよく似合っている。

と、思っていたら気を取り直したように、大変友好的にその人は再び声をかけてきてくれた。

「はろーぼんじゅーこんにちは！　どの言語で話しかければ良いかな。いやあ、ほんとに見つかって良かったあ」

しみじみとした声は、子供のようにも大人のようにも、男性のようにも女性のようにも聞こえる。

それはあの封印の間で聞いた思念話と印象が一致していたし、何より地球の言語で話しかけられた。

日本語が記憶の彼方で、合っているか心配になるけれども。

もはや確信に近いけど、念のために確認だ。

「あなたが、あの世界を創った神様ですか」

「創った者を神と呼ぶんならその通りだよ。君には迷惑をかけたよー。ごめんねっ」

あっさりと肯定された私だったけど、ほんの少しだけ身体を引いた。

なんというか、軽い。とっても軽い。

とても友好的なのはほっとするんだけど、ぐいぐいとくるような感じがすんごく苦手だ。

ずいぶん前に忘れていたはずの、コミュ障コンプレックスが刺激される感じだけども。

ここで飲まれてはいけないと大きく息をついて、私は便宜上彼とよぼう、その人を見下ろした。

「迷惑をかけた、というのはどういう意味でしょう」

一応この世界の神様だからと、言葉を丁寧にして聞いてみれば、その人は表情豊かな顔を申し訳なさそうにゆがめた。

「うん。それなんだよ。僕が目を離した隙に、あの世界に残していた端末が別の世界の君を引き寄せてしまったみたいでね。あぁそうだ、君のその姿も本当にごめん。今、戻してあげるから」

「え、」

私が問い返す間もなく、その人が手を一閃したとたん、身体が変わった。

彼を見下ろしていた視線があっという間に逆転する。

目の前にかざした手は肌色の、細くて柔らかそうないつもの女性型に戻っていた。

なんの痛みも違和感もなく、変化させられてしまったことに驚く以上に愕然とする。

なぜなら視界で揺らめく髪はすべて黒で、何より、忘れようがない前世の全力でおしゃれをしたときの服装をしていたのだ。

とっさに胸元を触ってみれば、あるはずの竜珠の感触すらない。

つまり、今の私は、転生する前の女子大生の姿に戻っていた。

「地球の人間の女の子は、そんなにドラゴンが好きじゃないんだろう？　あっちゃあ影響が全然取れてないなあ。それも綺麗に洗い流さなきゃ」

「まって、待ってくれ。話が見えない」

憐憫の表情で再び手をかざそうとした彼を、私は動揺する心をなだめながら全力で止めた。

洗い流す、という言葉にもの凄く嫌な予感を覚えたからだ。

高めヒールも健在だったが、けん制しつつそっと足を引っこ抜いて裸足になる。

バナナの皮で滑ったことは若干トラウマなのだ。ついでにいざというとき動けない。

「君は、今の状況をどこまで知ってるんだい？」

動揺のせいで、私の言葉が崩れたにもかかわらず、彼は気にした風もなかった。

むしろはっとすると、いたわるような表情になる。

「そっか、そうだよね。混乱するよね。また僕は忘れたみたいだ。無神経すぎる、もっと他人の気持ちを考えろってほかの神《ひと》にもよく言われるんだよね」

それはほんとにそうだと思う、と口に出さなかった自制心を褒めてやりたいと思った。

でもさっきの変化で、私はおそらくドラゴンの力を奪われている。

身体が妙に重かったり、頼りなく感じたりするのはそのせいだろう。

それだけの力を有している相手には慎重にならざるを得ない。

もう、誰の助けも借りられない。私の力だけでなんとかしなければ。

「簡単に説明するとね。僕は僕の手伝いをしてくれる仲間を育てるためにこの世界を創ったけど、十分に手伝ってくれる子が育ったから、閉じたはずだったんだ。だけどなんでか閉じ切れてなかったらしくてね。別の世界で亡くなった君の魂を呼び寄せてしまっていたんだよ」

そのあたりは、おじいちゃんに聞いた話と変わらなかった。

それでもやっぱり向こうの世界で私は死んでいたのかとか、今更だけど突きつけられて軽くショックを受ける。

けど、だけど……。私はいまどんな表情をしているんだろう。

ふーっと息をついた彼は、やれやれとでもいうような気配で続けた。

「ほんともうびっくりしたんだよ。あっちの担当から怒鳴り込まれてさ、でも全然心当たりがないから、片っ端から担当している世界を探し回ってたんだよ。まさか閉じ切れてなかったこの世界に紛れてたなんてさ。残っているはずの端末も見つけられなかったし、仕方なくドラゴンたちを仮の端末にして手を伸ばしたんだけど。でもようやく見つけ出した」

朗らかに言った彼は、普通の人間ならうっとりとしてしまうようなほほえみを私に向けた。

「こんなことに巻き込んでしまって本当にすまない、だけどもう安心だ。僕が責任を持って洗い流して、君をきちんと元の世界に送るから」

「洗い流すってどういうこと」

自分でも声が震えているのが分かったけど、彼は目に入っていないみたいにごく当たり前のような調子で言った。

「君は一度、僕の世界の者に、しかもドラゴン……つまり調整者として半分僕の側の存在になってしまったから、完全な人には戻れなくなっている。だからここで過ごした、えーとそう５００年くらいの時間を消去するんだ」

この世界の記憶を全部なくして、あっちの世界に戻される。

どんどん自分で話を進めていってしまう彼は、軽すぎるかも知れないけど、彼の表情からも態度からも善意しか感じられない。

けれど、私は腹の底からわき上がるような衝動に、わなわなと震えていた。

でもちゃんと疑問をほどかなきゃ、その義務感だけで私は言葉を紡いだ。

「つまり、蝕は君が私を探していたせいで氾濫していたのかい？」

「しょく？　なるほど、そう呼ばれていたんだね。そうだよ、ついでにもう怒られないように片付けもきちんとしようと思ってさ。異世界の気配を頼りに探していたんだけど、すんごく沢山あって迷っちゃったよ。僕がかかわったものじゃないから、間違えて飲み込む心配はなかっただろうけど、君のほうから来てくれて助かったくらいだ」

ああつまり、あの蝕が私や、私が関わった土地や人へと入り込もうとしていたのは、この神が私を探していたせいだったんだ。

しかも、この神は、もしかして。

もう色々許容量がいっぱいになっていて、あふれる気持ちに何を言っていいのかわからなくなっているうちに、彼はどんどん続けていく。

「君の来歴を少し見せてもらったけど、人として、女の子として一歩踏み出そうとしていたんだろう？　やり直すにしても人間の方が良いよね。あの時期に戻すことはできないけど、似た境遇になるまで記憶を封じて思い出すようにしてもいい。あそこの担当の子、生き物がよく異世界に飛ばされるらしいから、きっと融通してもらえる」

彼は、心底落ち込んでいる風に肩を落とした。

「他の神《ひと》にもすごく怒られてしまったんだよ。計画が雑すぎるとか、うっかりが多すぎるとか。僕が育てた彼らをせっせとさくさく引き抜いてくれちゃったくせにさあ。僕だって寂しいのに……まあそれはともかく、さあ、早く行こうか！　お詫びに君には最高に幸福な人生をプレゼントするからっ」

いつの間にか私の目の前に立っていた彼の手が、とんと私の肩に乗る。

とたん、指先からほろほろと崩れて行くような感触を覚えた。

洗われているのだとすぐに気づいた。

「やっ……！」

「ごめんね。しんどいかも知れないけど、必要なことだから」

身を引こうとする私をあくまで優しく、やんわりと彼は押さえ込む。

それだけでまったく抵抗できなくなってしまう。

その間にもどんどんどんどん無くなっていく。

まるで汚れのように、いらないものとして。砂のようにほどけてこぼれていく。

〝私〟があっという間に削られていく。

あの世界で過ごした500年が古い記憶がどんどん思い起こされては消えていくのに、なぜかそれでいいような気がしてくる。

誰にも受け入れられない時間が長かった。嫌なことも沢山あった。

そうか、もう覚えてなくても、いいんだ。

もう、あきらめ、て……

「ん、ちょっとなにか、食い込んでるかい？」

最後に、わたしの一番、やわらかいところに、ふれられ、て。

胸にかっと熱いものが灯った。

薄い亜麻色の毛先に薄紅の乗った髪と、薄青の瞳が鮮明に浮かび上がる。

〝**溶岩より生まれし夜の化身！**《ラーワエナーセラムノクトゥルヌスフィグーラ》　私はここにいますっ〟

魂に刻んだ大事なヒトが、呼ぶ声がした。


「うわっふ!?」

鮮明な光に拒絶されたかのように、彼が飛び退いたことで私は解放された。

やっと呼吸が楽になったような気がして、あえぐように呼吸を繰り返す。

魔力を大量消費したような虚脱感の中でも、急速に崩れかけていた記憶が戻ってきた。

大丈夫、おじいちゃんもリグリラも、カイルもベルガも仙次郎もエルヴィーもマルカちゃんも美琴もイエーオリ君もバロウのみんなもヘザットで出会った人も、東和国の人々も、今まで出会った全員。何よりアールもネクターもちゃんと覚えている。

そのことにたまらなく安堵を覚えながらも、私は腹の底から湧き立つ衝動に突き動かされていた。

「び、びっくりしたあ。世界の理を擬似的に再現してたのかい？　これは取り除くのに時間がかかるぞ」

「……けるな」

「うん？」

身体が熱い。心が焼け焦げてしまいそうだ。

ふわりと揺らめく黒の髪に、炎のような赤が混じるのが見えた。

私が彼の吸い込まれそうな碧眼を睨み付け、右拳を握り込む。

驚いたように見開かれた碧色の瞳には、黄金の瞳を憤怒にきらめかせる私の姿が映っていた。

「ふぅざぁけるなぁぁあぁぁぁあっっ！！！！！！」

燃えさかる怒りのまま、私は彼の秀麗な顔面に渾身の右ストレートを叩き込んだのだった。

◇　◇

私の怒りの拳を食らった彼は、数十メートル以上吹っ飛んで、大地を転がっていった。

当然だ、腰のひねりを利かせた全力だもの。

それでも収まらない怒りに息を荒げながら、煮えたぎる衝動のままに叫んだ。

「ふざけるなよ！　私はこの世界でちゃんと幸せだった！　生まれ変わってがっかりしなかったと

言えば嘘になるけど、こっちの世界で精一杯努力して、知り合いも友達も大事なヒトもできて、ここが私の故郷になってるんだ！　それを何にも聞かずに元の世界に戻す？　しかもこの世界を片付ける!?　冗談じゃないよお断りだ!!」

「え、何で戻って……」

「そもそもドラゴンが嫌だなんて決めつけないでくれないかい!?　そりゃあ多少怖いかも知れないけど、黒光りする鱗とか炎みたいな赤いたてがみだとかリグリラとかネクターにめっちゃくちゃ褒められるしかなり美人な竜だと思うんだけど！　付き合い長いし、私も結構気に入ってるんだけど！」

「あ、あぁドラゴンの姿はちょっともったいないくらい綺麗だったと思うけ、どぁ!?」

私はずかずかと歩いていって、何が起こったかわからない様子で頬を押さえつつ身を起こした彼の、チャラい襟首をつかんで揺さぶった。

「というか君その格好ッ、地球のリア充的ファッション文化を謳歌してたんじゃないかい!?　全体的にわりかし似合ってるけどチャラいし、面白そうだと首を突っ込んだらはまり込んで、うっかり私とかこっちの世界のこと忘れたとか言わないよね!?」

「ぎくぎくっ」

何が言いたいかわかんなくなってきたけれど！

「しかもっ、なんだよその自分勝手な物言いはっ。この世界をちょっとでも覗いたことあるかい!?　ドラゴンがこの世界を残して欲しいって言った嘆願すら知らないなんてどういうことだよ!?　おじいちゃんもアドヴェルサもテンもみんな、どれだけこの世界を守ろうと躍起になっていたか、見て、聞いて、感じろこの馬鹿神ッ！！！」

「え、ひっふお!?」

がんっと頭突きをした勢いで、私が見て聞いた、おじいちゃんやアドヴェルサを始めとするドラゴンたちの願いを叩き付けた。

思念話に似た感覚で、私の記憶が彼へ一気に流れこめば、碧色の瞳が見開かれる。

「うっそ、こんなの、全然知らなかった……急に端末と通信が途絶えてびっくりしてたけど。というか、こんなに繁栄してるなんて……」

素直に漏らされた驚愕の声は、初耳であることを明確に示しているようで嘘はなさそうだ。

彼が、まったく知らなかったということに徒労感を覚えたけれど、私はほんのすこし冷静になった思考で襟首を離して言い募る。

……地味に頭突きが痛かったのは内緒だ。

「たとえ君にとって、この世界がただ手伝いの手を創るための世界でしかなかったのだとしても、私達にとってはここが大事なんだ。それは私も一緒だ」

「いや、でも君あんなに友達をほしがって」

「友達ならもういるんだよ、この世界に！　さらに言えば私伴侶もいるし子供もいるし、家を壊されるのには全力で抗議する！」

目をつぶらなくたって鮮やかだ。

沢山の人がいる。両手でも足の指を使っても数え切れないほどの大事なヒトがいる。

「というかもうあれから５００年もたってるし、人間で過ごした頃よりもドラゴンで過ごしてきた時のほうが断然長いんだよ。今更そんなことされても怒りしか感じないしむかつくしむかつく!!」

「う、で、でもあっちの担当に連れ戻せって言われてて……て、あれ？」

顔色悪く、しどろもどろになっていた彼だったけど、どこか虚空を見つめるような眼差しになる。

しかもまるで誰かに怒鳴られているかのように赤くなったり青くなったりを繰り返したあと、肩を落とした。

「その、僕はまた勘違いしていたみたいでして。君が望むのなら向こうの世界に戻すことで謝罪しろってことらしく……まずは君の意見を聞いてからだって言われましたごめん！！！」

さっきの間は、違う位相から誰かと話をしていたのだろう。

金の髪をばさばさと揺らしながら、すごい勢いで頭を下げられた。

つまり、彼の独断専行だったわけで。

すごく頭が痛い気分になりながら試しに感覚を研ぎ澄ませてみれば、真っ暗闇の中でも、なにかがいることに気がついた。

どうせだから文句を言ってやろうと意識を集中させたとたん、圧倒されるような気配に呑まれかけた。

「ああそれ以上やっちゃだめだよつぶれちゃうよ!?　君がこの位相にいることもだいぶ特例なんだからっ」

それを止めてくれたのは目の前の金髪イケメンチャラ男だ。

もうチャラ神で良いよ。なんか違う気がするけど。

こうして危ないときは止めてくれるし、これだけ私に散々に言われているのに、謝罪の意思だけは変わらないんだから、かえって人間味がない。

簡単にまとめると、話を聞かないお人好しだ。こんなに厄介だとは思わなかったけどね。

でもようやっと話を聞いてくれるような雰囲気になってくれたようだ。

チャラ神は私が頭突きをした額をさすりながら、おずおずと聞いてきた。

「で、その今更だけど、君はどうしたい、のかな」

「はっきり言っとくよ。私はこの世界にいたい」

もちろん、元の世界が気にならないわけじゃない。けれど、死んでしまったと明確に突きつけられた今では、もう私の中では終わってしまった話なのだ。

「はい」

神妙な顔で、自主的に正座をするチャラ神の前に私も正座して、さらに言い募った。

「だから私からの願いは一つだ。この世界を残して欲しい。できるならば蝕によって浸蝕されたものも元に戻してくれ」

今回のことで、この世界には甚大な被害が及んでいる。たぶん、多くのものがなくなり、多くの生き物が消えていった。このままにしておけば何にもしなくても消滅してしまうことだろう。

「たった、それだけ?」

きょとんとする彼の顔面にもう一発お見舞いしてやりたい衝動に駆られたけど、びくっと身を引かれたからやめることにした。まさかちょっと怖がられている？

「あのね、会話を成立させられるように今は君の位相になるべく近づいているけれど、本来なら僕に対して干渉できる訳がないんだよ。殴れるほどの力を持つなんて滅多にないんだ。世界の様々な者から存在を認知されて力を得ないとこうはいかない」

さっきからちょっとずつ考えを読まれているみたいだけど、まあつまりは？

「よほど君はあの世界で信仰されてたんだね」

「信仰じゃないよ、友達がいるんだ」

神様になるなんて冗談じゃない。

全力で怖がられてあがめられるポジションは、ぼっち万歳最強種族でもうこりごりだ。

「それにね、君にはたったそれだけなのかも知れないけど、私達にとっては、とても大事なんだ」

そこだけは強固に主張してみれば、チャラ神はすごく情けない顔になった。

艶やかな金髪も、どことなくくすんでいるように思える。

なんというか、うらやましそうなまぶしい物を見るような感じだ。

「大事なことじゃないだろうと思って、言わなかったけど。あの世界はそれほど長く保つようには設計してなかったんだよ。長くて数万年とかそれくらい。あくまで必要なドラゴンを育てるためだけの使い捨てのつもりだったから」

穏やかにいう彼の声音に、唇をかみしめる。

何度も何度も調整しても安定しない世界の感触で、そのことには薄々気づいていた。

彼がすういと手をさしのべると、真っ暗な闇の中に球体が浮かんだ。大半が白い濃霧に飲み込まれていたけれど、青い海と緑や茶色の大地があって、私達の世界だ、とすぐに分かる。

「でもね、でもどうでも良かったわけじゃないんだよ。彼らがちゃんと育つように、話ができる子になれるように、鍛えて、学べるように工夫したんだ。それでこうやって見てみたら、びっくりしたよ。あんなに不安定にしたのに、しっかり霊脈も整えちゃって。もう壊れていると思ったら、こんなに豊かな土地にしちゃってさ。こんなに好きでいてくれたなんて、なんだよもう。うちの子、超優秀すぎるだろうっ」

私は唐突に気づいた、彼が世界を見る目は、巣立っていく我が子を眺める眼差しだ。

愛おしくて、でもたまらなく寂しいような。

このチャラ神、もしかして……。

「自分で創ったもののはずなのに、全然自分の思うように見ることができないし、干渉するには僕の力は強すぎた。正直、僕のほうがポンコツだろう。僕自身から創り出した端末の思考でさえ、気づかなかったくらいだしね」

はあとため息をついた彼は、笑みを浮かべた。

「うん、分かったよ。あの世界は残そう。僕が手を付けなくとも大丈夫だったんだ。不完全だった世界をここまで維持できた君たちには、僕の干渉のほうが害悪になるだろう」

そういうと、チャラ神がゆっくりと力を使い始めた。

詠唱も何もなくさしのべられた褐色の手に、白い濃霧が集まっていく。

眼下の大地から見る間に白い濃霧が吸い上げられていくのを、私はあっけにとられて眺めた。

集まってきた白い霧の球体をしなやかな指が握りつぶせば、ぱっと散る。

けれど、消えたわけじゃなくて、花弁のように、あるいは雪のように変化した白いものは、ふわりふわりと優しく降りていき、世界中にしみわたっていき。

それで、おしまいだった。

私達の世界を見下ろしてみれば、えぐれた大地も、浸蝕された海洋も、なくなっていたはずの街もすべて何事もなかったようにたたずんでいて、白く雪化粧が施されていた。

「僕が本格的に干渉を始めてから、アドヴェルサを通じて飲み込んでいたものを元に戻したよ。もちろん生き物もだ。あと、負担にならない程度の謝罪と、僕の力をほんのちょっぴりだけ染み渡らせた。君たちドラゴンが調整すればより世界は安定して回っていくだろう。その、時間だけは戻せないんだけど」

そっと目をそらす彼に、私は首を横に振った。

神様とはいえ、まさか本当に戻せるとは思ってなかったから、十分だ。

「もう、僕はこの世界には干渉しない。顔も見せない。だから安心して欲しい」

胸の奥に感じる誓約のつながりの暖かさを感じて安堵していれば、彼がそう宣言した。

悄然としながらも確約してくれるんだけど、正直その。かなりもやっとする。

そりゃあ、思い込みとか、食い違いのせいでさんざんなことになったけどさ。

「そこまで、求めてはいないんだよ。ドラゴンだって、眠ることを選んだ同胞もいるんだ。そう言う子は、もしかしたら、あなたの手伝いをしたかったのかも知れない」

「え……」

正直、確かなことは言えないんだけど。

だって、私が教えられていた役割と、本来のドラゴンの役割は微妙に食い違っていたわけだから、この５０００年間に眠ったドラゴンたちの胸中までは分からないんだよね。

戸惑うようにこちらを見る彼に、私はどう説明したもんか迷っていると、さわりさわりと感じるものがあった。だから安心して続ける。

「君はどちらかというと、手伝って欲しいヒトより仲間が欲しかったんだろう。一方的にじゃなくて、頼んでみたらどうかな。ここで、話しかけるぐらいなら、大丈夫なんだろう」

私を通じてコンタクトを取ってきたのは、眠ったはずのあまたのドラゴン達だった。

どうやら世界の根幹と、この狭間の空間はとても近かったらしい。

だからこうして話しかけてくることができたのだろう。

「君たち……っ」

眠ったドラゴンたちの声が聞こえているんだろう。チャラ神は泣きそうな顔になりながら、何度も何度も頷いていた。

実際、ずびずびと鼻をすすっている。美人はちょっと得だ、そんな仕草でも絵になる。

「……うん。ちゃんと聞いてやれなくて、ごめんなあ。ありがとうなあ……」

私はそんなに肩入れできないけれど、眠っていたドラゴンたちにとっては大事な神様だったのだ。

ぼろぼろと涙をこぼしながら、頷いていた彼の周りに、ふんわりと色とりどりの光の玉が集まっていく。それは、眠っていた同胞達だった。

鼻をすすって落ち着いたチャラ神は、柔らかく光を放つ光球に囲まれながら、申し訳なさそうに苦笑した。

「ずっと、待ってたって言われたんだ。僕はこの世界を壊そうとしてたのに。あとすんごく怒られた。遅いって、ひどいって」

そりゃそうだろう。一番言いたいのは、おじいちゃんとアドヴェルサだと思う。

「ほんと、彼らにも謝りたいけど、もう完全につながりが切れちゃってるから、僕が顔をだしたら、今度こそ彼らを消滅させてしまうし、せっかく直した世界を壊してしまう」

しょんぼりとしつつも、彼はその光の玉を大事に大事に両腕に抱えた。

「とりあえず、彼らを連れて行くよ。残りの子は、また君たちの世界で生まれたいから残るって」

「うん」

私の先輩であるドラゴンたちが自ら選んだことなら、私に何にも言うことはない。

ふわりと、彼らから燐光が漂ってきて、謝罪と感謝の感情が伝わってくる。あの世界にいる人々が私にとって大事なように、先輩たちにはこのチャラ神が大事な人なのだ。

なんか変な気分だけれども、でもちょっとだけくすぐったかった。

彼らに別れの挨拶を返していれば、チャラ神が話しかけてくる。

「たぶん、これからも、君たちの世界ではドラゴンが生まれることだろう。僕が供給した力で、もっと必要になるだろうし。これから君たちの世界は、本当の意味で始まりを迎えるんだ」

それは、言祝《ことほ》ぎだった。神による先見と祝福の言葉。その通りになるのは、私でもわかる。いやそうするんだ。

「それでね、もし、もしだよ。沢山のドラゴンが生まれて、世界が安定して。僕ももっともっと力の制御がうまくなったら、また見に来ても良いかな」

おずおずと、彼に問いかけられて、私は返答に少し悩んだ。

「もう二度と、こんな騒動にならないんなら。謝りに来てよ。彼らに」

それでもここにはいない、世界を守った二人を思い浮かべて言えば。深緑色の瞳をそっと閉じて。

「ありがとう。それからさようなら。異世界で生まれて、僕の創った世界を故郷としてくれた子」

また目を開いた彼は、ふんわりと微笑んだ。

天女もかくやと言う慈愛の笑みは、神様と言うだけのことはある美しさで、思わず見とれた。

だけど、すぐに霧散して、さっきまでのちょっと情けなさの漂う残念美人に戻る。

「さあ、これから戻す訳なんだけど。身体に魂を戻す感じでいいかな」

「むしろそれ以外に何があるのかと」

「あ、いや、別に。じゃあ元の身体に送るねっ！」

彼のしなやかな手にとんと肩をおされたとたん、私は今まで感じていなかった重力に引かれるように、落下していくのを感じた。

というか、魂だけでここの場所に来ていたのか。まあそりゃそうだよね、ドラゴンネットワークの強化版みたいな所だから、肉体を使って会話していちゃ遅すぎて、まともに話すことすらできないだろう。

下からは、とてもなじみのある感覚がして、わくわくが止まらない。

そっか、やっとあそこに帰れるんだ。

だいぶ離れたところで、ふと、別れの挨拶をしていなかったと思いだした。

一応お世話になったようなならなかったような人なので、礼儀として私も手を振ろうと振り返ったのだが。

見送っていた彼が、こほんと咳払いをして、付け足した。

「……で、言い忘れてたんだけど。僕は時間をいじるみたいな繊細なことができなくてね、たぶんというか確実に時間がずれていると思うんだ。どれくらいかは分からないけど」

「……はぁ!?」

落ちていく私が愕然と遠くなっていく金髪チャラ神を見やれば、やつは乾いた笑いを漏らした。

「ここにいると時間の経過が曖昧でさあ。いやあ、まさかあれから５０００年たってると思わなかったし、君がその世界に落ちてから数百年も経過してると思わなかったのもそのせいな訳でして。君を元の世界に返すつもりだったから時間も止めてなかったんだよね。あ、でも君の身体は無事なのは保証する！　さっきの雪で状況説明はしたし、だってその世界ではドラゴンは最強だから!!」

「何で今のタイミングで言う!?」

「そ、その、言ったらまた怒られそうだったから。じゃあねー君に幸多からんことをっ」

この、神様はぁ……。

「やっぱり、もう一発殴らせろおおおぉおぉぉぉぉっ！！！！」

てへっ、と言わんばかり笑顔を残して去って行く彼へ、拳を振り上げても届くわけもなく。

私は、眼下の大好きな故郷へと落ちていったのだった。

第13話　小竜は竜となり

夜を彩る炎の華、アール・フィグーラが転移をすれば、そこはすでに懐かしい我が家の転移室だった。

設置されている窓を見れば日差しは高い、お昼時だろう。

転移前に人型になっていたが、一応身だしなみとして、その場でくるりと回って、自分の姿を確かめてみる。

今着ている丈の長い上着とズボンの組み合わせは、リグリラに仕立ててもらったものだ。

王都で今も婦人服飾店を営むリグリラが最近くれる物は、スカートもズボンを両方あるが、柔らかいデザインの物が多い気がする。

長く伸ばしている亜麻色の髪には、以前よりも炎のような赤の房が目立つようになった。

自分で綺麗に編み込めるようになったのは、いつの頃だったたか。

シグノス魔導学園をエルヴィー達と共に卒業して以降、必要のなくなった腕輪は付けていない。

身だしなみに不足がないことを確認して、扉を開けて室内に入れば、そこには麦穂色の髪の少女がいた。

「アール、お帰り」

「ただいま、マルカ」

この数年で少し身長の差がついて、目線が下になったマルカは、二つに結った麦穂色の髪を揺らして微笑んだ。

マルカは女性らしい曲線をえがく肢体を清潔な服に包み、白いエプロンも着けて綺麗に保っている。少女らしいあどけなさを残しつつも、碧色の瞳は大人びており、落ち着いた雰囲気を醸し出していた。

「マルカは薬屋の手伝い？」

「うん、やっとシグノスの高等科課程が終わったから、論文を提出すれば今年の秋には卒業できるもの。それなら学校に行くより、ネク……お師匠様の所で修業した方が時間の有効活用になるわ」

16歳になったマルカは、シグノス魔導学園を卒業後、医療魔術を学ぶために、王都への進学を決めていた。

軽い外傷ならば普通の魔術師でも治せるが、病はもちろん、外傷も複雑になれば専門の技術が必要だ。患者の魔力量によって治し方が千差万別に変わる。

ゆえに彼女は、より幅広い知識を身につけるため、ネクターへ弟子入りをしていた。

彼女の精霊に愛される気質は植物との相性も良く、薬学は天職だとアールは密かに思う。

正直、アールが神雪の処理に追われる中で、誰かに教えるという気の紛れる行為の種になってくれたことには感謝をしていた。

だが、

「そんなに根を詰めなくても良いのに。四年分も飛び級しちゃったんだろう?」

アールが思わず言えば、マルカは肩をすくめた。

「アールがお兄ちゃん達と一緒に卒業しちゃったから学園も寂しくて。勉強しかやることがなかったんだもの。むしろやっとって気分よ」

そう言われてしまえば、アールには立つ瀬もない。

「あれ以上は、学園に居づらかったからね。みんな僕のことをしらんふりしていてくれたけど、外から来る人たちは止めきれないもの。魔力循環の整備もやることは一杯あったから、潮時だったんだよ」

本当は、もう少しだけ、学校に通いたかったけど。

そう言えば、マルカがそっと手を伸ばして、頭を撫でてくれた。

「知ってる。レイラインの整備お疲れ様。お師匠様が、そろそろ帰ってくるだろうからってごはんを用意してくれてるわ」

「やったあ!」

そうして、アールはマルカと連れ立って室内へ戻る。

あの大災害、〝蝕の落日〟から、五年の月日がたっていた。

◇　◇

背にエルヴィーを乗せ、〝目覚めの祈り〟を発動し続けていたアールは、突如、白い濃霧が風に巻き上げられるかのように舞い上がるのを見上げた。

蝕は黄昏の空へと吸い込まれるように消えていき、刹那、ふわりと白い雪のような物が舞い降りてくる。

空から降ってきた蝕にも似た白いものに、背のエルヴィーが反射的に警戒するのを感じたが、アールはその冷たくない雪によって、消え果てていた空中のレイラインが蘇ることに気がついた。

そして何より、誰かの謝る声も。ラーワがすべてをやり遂げたこともするりと理解した。

冷たくない雪は大地に降りると溶け消え、世界を補強するように広がっていく。

蝕の霧に消えていた都市が、次々に蘇っているというフィセルの声を聞くやいなや、術式を終えたアールは、ネクターの元へと転移で駆けつけたのだ。

おめでとうと言うために、真っ先に祝福するために。

けれど。

たどり着いた古びた遺跡の中で見たのは、力尽きたように座り込むリュートと、白銀の髪の青年の姿をした知らない竜と。

「ねえ、ラーワ。起きてください……っ！」

夕焼けの橙に照らされながら、大きく枝葉を茂らせる精霊樹の木の下で、穏やかな表情で目をつぶる黒と赤の竜の姿をした母と、泣きながらその身体にすがりつく父の姿だったのだ。

あれから、各国家間は大混乱に陥った。

蝕の微睡みによって眠っていた国では、知らぬ間に一週間以上が経過していたことになるわけで、あの雪——のちに、神雪《しんせつ》と呼ばれるようになるそれにより、大まかな出来事は把握していたとはいえ、蝕を倒した三国に、怒濤の状況説明を求める文書や使節が差し向けられたという。

だが、すぐに激減した。

なぜなら、神の奇跡である雪が降り注いだ土地の余剰な魔力がゆがみ、魔物となって溢れ出したのだ。

各地の国家は怒濤の魔物討伐に追われることとなり、その騒ぎは約五年たった今でも続き、収まるところに収まろうとしている。

それぞれの人々が、それぞれの道を歩もうとしている中。

けれど、一番の功績者である、ラーワは今も目覚めない。

◇　　　◇

居間に入れば、料理の匂いで満たされていた。

アールが思いっきり息を吸い込んでおいしい匂いを味わっていると、台所のほうからエプロンを身につけたネクターが現れる。

「お帰りなさい、アール。お仕事の様子はいかがでしたか」

「あの雪が消えていないところがまだあってね。散らしてくるのが大変だったんだ」

未だに溶けきらずに各地に残る神雪を少しでもレイラインに戻すため、ドラゴン総出での循環整備に追われていた。

溢れんばかりの魔力のおかげで、すべて取り込めれば不安定だった世界が補強され、安定する目算が立っているものの、やり方が至極迷惑だというのが残ったドラゴンの共通の意見である。

決まった知行地をまだ持たないアールは、世界中を飛び回り、大量に溜まっている雪を発見することが仕事になっていた。

「お疲れ様です」

アールがわざとらしくため息をついてみせれば、ネクターは穏やかに微笑んでねぎらってくれた。

その様子に、ほんの少しだけアールは安堵する。

最初期には取り乱した父親は見ていられなかった。

けれど神雪からの情報によってラーワがやり遂げたことは間違いないし、ドラゴンは本当に消滅するときには、肉体を残さない。

『世界の位相が違えば時の流れが大幅に変わる。ゆえに魂がまだ帰ってきておらんだけじゃろう』

そう、木精の祖父が推察していた。アールもまだ、ラーワの気配を感じる。

だから周囲から、ラーワは死んだわけではなく、ただ眠っていると言い含められ、自身の誓約の糸が切れていないことを確認したことで、今のネクターは安定していた。

　そして、アールがシグノス魔道学園を卒業したことを期に、家をラーワの眠る孤島へと移し、いつでもむかえられるように準備をしていたのだった。

　アールが居間の窓から外を見れば、遠くの方に父の精霊樹が、柔らかい薄紅色の花を咲かせている姿が見えた。

　精霊樹の形は、決まってない。アールの祖父であるフィセルが始まりだからだ。

　木という形をした、魔力の循環機構であるから、彼は最も寿命が長い常緑樹を模しているだけで姿は自由なのだと教えてもらった。

　そして、父のネクターは母親の思い出深い花を選んだ。

　花の時期は短いが、花びらが散って行く様は雪のようで、いつまでも見ていたくなるような魅力がある。

　その下で母はまどろんでいるはずだ。

　今も。

「さあ、たっぷりお話をしてくださいね。と、おや」

　アールも配膳を手伝い、全員でテーブルに着こうとした矢先、りぃんと、玄関のベルが鳴った。

　その音には聞き覚えがあって、アールは落ち着きかけていた腰を直ぐさま上げる。

「僕、出てくるねっ」

　マルカのちょっとだけにやつく表情には気づかないふりをする。

　はやる気持ちを抑えて、玄関の扉を開ければ、日に焼けた肌をした焦げ茶色の髪と鳶色の瞳をした精悍な青年が立っている。

面食らったらしく目を見開くエルヴィーを、アールはとびっきりの笑顔で迎えた。

「エル先輩、久しぶりです」

「久しぶり……もう先輩じゃないんだけどな」

「エル先輩はやっぱりエル先輩なんですよ。それとも、名前で呼んだほうがいいですか？」

「あ、いやその」

からかうように見上げれば、エルヴィーは言葉を詰まらせる。

いつも通りの反応をくすくす笑いつつも、アールはほんのちょっぴり残念に思った。

「やっぱりお兄ちゃんだ。遅ーい！」

アールがさらに声をかける前に、後ろからやって来たマルカが仁王立ちになる。

「しょうがないだろ、ネクターさんやお前が頼む資材があるのは、軒並み秘境なんだからな。そこからヒベルニアの家にたどり着いてだと時間がかかるんだぞ」

エルヴィーが疲れたように言いつつも差し出してきた鞄を、マルカは嬉しそうに受け取った。

「けど、お兄ちゃんが一番確実に綺麗に取ってきてくれるから嬉しいわ。ありがとう」

「いつもごひいきに。今日は来なかったけど、センジローさんも腕がなまらずにすんでいるって喜んでるよ」

そんなエルヴィーの肩から顔を出したのは、いつもの小型竜姿のヴァスだった。

「マルカ、アール健勝か」

「ひさしぶりです」

「久しぶりー！　ヴァス。お兄ちゃんのこと、いつもありがとうねっ」

ヴァスが飛び立ったとたん、マルカは手を伸ばしてその身体を抱き留めた。

マルカに遠慮なく撫で繰り回され、いいようにされているヴァスだったが、どことなく機嫌が良いように思えるのはアールの気のせいではない。

アールは知っているのだ。ヴァスの気配が、マルカの前ではとても和らぐことを。

マルカも、ひときわ嬉しそうに笑うことを。

ただ、エルヴィーは気づいていないようだが。

だからアールは、マルカとヴァスが早々に廊下の奥へと去って行くのを、釈然としない面持ちで見送る大事な先輩に声をかけた。

「せっかくなので、先輩達もご飯食べて行きましょう？　お話たくさんしたいですから」

「今から飯なのか。ネクターさんが、いいって言うんならまあ」

「私がなぜ、良いと言わないと思うのです？」

「是非ご相伴にあずからせてください！」

言葉を遮るように届いた風精からの声に、勢いよく背筋を伸ばしたエルヴィーを、アールはおかしく思いながら中へと促したのだった。

「ほんと誓って偶然だったんだ。まさか第一級の魔物がほいほいいるとは思わねえじゃないか。センジローさんがいなけりゃやばかった」

「もーお兄ちゃん、センジローさんに頼ってばっかり！」

「そう言うなって、俺が採集、あの人が露払い。適材適所なんだからよ。……まあ多少は引け目もなくはないが」

和気藹々と食事を取りつつ、エルヴィーの話に耳を傾けていた。

だが、今回の武勇伝がお気に召さなかったらしいマルカに軽くなじられ、エルヴィーは旗色が悪い。見かねたアールは一応擁護してみた。

「マルカ、先輩と仙兄さまは完全にできることが違うんだよ。エル先輩が一級の魔物を相手にするのが難しいのと同じように、仙兄さまにはエル先輩みたいに、魔術資材になる薬草や鉱物を適切に収集することはできないんだから」

「準備さえできれば、二級までなら俺だってなんとかできるんだからな」

エルヴィーが言い訳がましく言っているものの、エルヴィーのハンターとしての実力は、若さを鑑みずとも十分すぎる域に達しているのだ。

「そうだ、言い忘れてました。エル先輩、第四階級《クワドラプル》昇級おめでとうございます」

「おう。ありがとな」

エルヴィーは面食らったようにしたものの、照れくさそうにはにかんだ。

増加した魔物の出現に各国周辺では、魔物被害の討伐が追いつかない状況が続いていた。

東和国は自国の戦い手を派遣することで、西大陸との交流に乗り出しているほどだったが、それでも足りないため、地域に密着した民間危険種討伐互助組織である、ハンターギルドの需要が拡大していた。

さらに、全体的に魔力濃度が上がった結果、貴重だった魔術資材となる薬草や幻獣が多く目撃されるようになったため、それらを適切に採集できる人間がもてはやされるようになる。

そのため、若いながらも幅広い知識と経験を持っていたエルヴィーは、素材に見合った収集を堅実にこなすと評価され、卒業を機に本格的にハンター稼業へと足を踏み入れた。

ヴァスの契約がなくとも、鍛えられた危険探知能力は残っている上、相手を適切に見極めて魔術銃と体術を操る姿は、ハンターのお手本と言われることもあるらしい。

「まあなあ、ヴァスやセンジローさんにおんぶにだっこな部分もなくはないからな。もうちょっとなんとかできるようにしてみせるよ」

「実は驚いているのですよ、あなたが仙次郎と組んだ事には」

ネクターが言えば、エルヴィーは少々困ったように頬を掻いていた。

「声かけられたときは、俺もめちゃくちゃ驚きましたけどね。あの人はまだ見ぬ相手と戦いたい。俺はまだ見ぬ土地にあるかも知れない資源と出会いたい。目的は違いますけど利害は一致してたんですよ。おかげで毎回死ぬ目に遭ってるけど、充実してます」

あっけらかんと言うエルヴィーの未知に対する好奇心は、アールにはまぶしく思えたが、マルカはまったく違ったらしい。呆れたように身を乗り出して言った。

「お兄ちゃんは危なっかしいのよ。今回だって半年も連絡つかなかったし！　ヴァスに定期的に連絡もらわなかったら、死んじゃってるんじゃないかって思うくらいだったんだからね」

「ヴァスそんなことしてたのか？」

初耳の話に驚いたエルヴィーが小竜を見やれば、ヴァスはそっと目をそらした。

「生存報告は約束の範囲外と判断。今回も汝の職務への逸脱した介入はなし」

「まあ、確かに戦闘時には影響の大きすぎる魔法の使用不可は出してたけど、通信くらいは許容範囲か。ついでに今回はお前がいてもぎりぎりだったしな……」

遠い目をするエルヴィーの様子で、話を聞いていた三人にも今回の探索が恐ろしく過酷だったことが察せられた。

ヴァスの分身はほぼ独自の個体として、エルヴィーの使い魔として活動していた。

エルヴィーが本体との交信が乱れる地へ赴くことが多くなったためであり、そのせいでワイバーン以下の能力しか行使できなくなっている。

それでも彼はエルヴィーを引き留めるのではなく、共に冒険をすることを選んでいた。

アールは彼が人の目線で世界を見ることに、新鮮な楽しさを見いだしているのだろうとひそかに思っている。

「そうだったわ、みこさんとイオ先輩から手紙が届いているのよ」

マルカ一旦別室へ行ったあと戻ってきたときには、西大陸とは風合いの違う、柔らかい紙の束を持っていた。

「よくここに届いたな?」

「ヒベルニアのドアは悪意のある者を退けるだけで、善良な郵便局員はきちんと分かるものなのですよ」

驚くエルヴィーに、ネクターが補足していた。

この家自体は、海上の島にあるが、ヒベルニアの元の家と、バロウの王都に新たに購入した隠れ家と扉をつなげている。そのため、向こう側にあるドアからの来客も受け入れることができるのだ。

ただし、多くの招かれざる客を拒絶するために、悪意ある者には扉すら見つけられない仕様になっている。

ヒベルニアに居づらくなったのも、招かれざる客が多数訪れたためで、ネクターはこの島にすら徹底的に隠匿の術式を張り巡らせていた。

〝ドラゴンさん〟が力を使い果たして深い眠りについた、と各国へ情報操作をしていても、眠りについたこの島は、聖地としての価値は高い。領有権を巡って争いが起こる可能性があると、当時の大人達が話し合った結果、魔導技術の粋を集めてこの島をないものにしたのだ。

ゆえに、海上からどれだけ探したとしても、人間にはこの島にたどり着けないほどになっている。

「はい、これ。もしかしたらお兄ちゃんには別口で届いているかも知れないけど」

エルヴィーが手紙を開く横に回って、アールも流麗な毛筆で書かれた西大陸語に目を通す。

だが、すぐに揃って息を呑んだ。

「……そうか、ミコトとイエーオリ、結婚するのか」

喜びと羨望と、少しの寂しさの混じった複雑な感情を渦巻かせながら、エルヴィーが呟いた。

アールもなんとも形容しがたい気持ちで、手紙を読み進めた。

手紙は美琴からで、東和国の現在と、イエーオリが東和に新設された技術開発局の指導員になったこと。実質研究開発員としての就職となったことも書かれていた。

東和国は鎖国状態を解除し、海向こうの国々と積極的に文化交流を試みていた。

美琴は外交官兼護衛兼通訳という立ち位置で、西大陸から招かれた使節団を出迎えているのだという。

イエーオリは、〝蝕の落日〟時の功績を認められ、卒業後は、国立の工房への就職も打診されていた。しかし各国の水面下での暗闘と、まだ見ぬ技術を学びたいという本人の希望により、出向という形で東和国へと渡っていたのだ。

だが、アール達はイエーオリがそれだけではなく、美琴と共にいることを選んだからだと知っていた。

「俺は、あいつらがいつから付き合ってたのか、今でもわからないんだけどな」

「お兄ちゃん、そう言うところ鈍いからねえ」

揶揄するマルカに、エルヴィーがやりにくそうに身を引いた。

アールもエルヴィーの鈍感さはしみじみ感じているから、擁護はできない。

それでも曖昧に笑って、別の話題を口にした。

「でも、親御さんが許してくれて良かったね。最後の手紙が二人でアマギの親御さんに挨拶しに行ったら、心証がすごく悪かったって話だったから」

なにせ、外国人が珍しいお国柄で、当時のイエーオリは言葉もろくにできなかったはずだ。

留学中に得体の知れない男に娘がたぶらかされていたと思ってもおかしくはない。

だが天城家は、良くも悪くも実力主義であり、なんであれ、一流と呼ばれる技術を持つものに敬意を表する気質であったため、イエーオリの術式彫刻を見た美琴の祖父に気に入られてからは早く結婚しろ、の嵐であったらしい。

「イエーオリ君が努力した、というのもありますが。美琴さんの家は東和でも屈指の名家ですから、婚期が伸びてしまうよりは、と考えたのかも知れません」

何気ないネクターの言葉の裏にある重みに、アール達の間に沈黙が降りた。

「みこ先輩、ラーワさんに見てもらいたいから、結婚式はラーワさんが起きてからにするって言ってたもんね」

しんみりと呟くマルカに、同じことを考えていたアールはとっさに父親を仰ぎ見た。

だが、ネクターは驚くほど平静で、少し困ったようではあるものの穏やかな表情でマルカに言った。

「仕方ありません。ラーワが寝坊しているのですから。若い彼らの良き旅立ちを、彼女の分も私達で祝って差し上げましょう」

ネクターがそう言ったものだから、アールは大丈夫？　と問いかけようとした言葉を、飲み込んだ。

寂しがるのはやめようと、ことあるごとに言い合っていた。

だってラーワは眠っているだけなのだから。

アールとネクターの生は長い。いつかはかならず会えるのだから、眠っている間のことを沢山話せるように、覚えているのだ。

だから、アールは代わりに笑って見せた。

「そうだね。かあさま、きっと悔しがるだろうね！　みこさんの花嫁姿はきっと綺麗だろうから」

「絶対東和国の衣装よね。うわあ、楽しみだなあ」

とたんにはしゃぎ始めるマルカも、少し気を遣っているのかも知れないとアールは思った。

「おいおいマルカ、当日は美琴達が主役なんだぞ。その勢いで騒いで迷惑かけるなよ」

「もうそんなに子供じゃありません。というかお兄ちゃん人ごとみたいに言ってるけど、ヴァスと一緒に来るのよ？」

「はっ？」

驚きに目を丸くするエルヴィーにマルカが呆れた眼差しを向けるのに、思わず吹き出してしまったのだった。

ギルドに顔を出さなければいけないからと帰る支度をするエルヴィーを、アールは玄関まで見送った。ヴァスは、今回の冒険を本体へ報告しに行くとのことで別行動だ。

「ったく、別に俺が出なくったって良いだろうに」

「いざとなれば、仙にいさまを引っ張って行く役目もあるんですよ？」

「あの人を俺が引き留められるかよ」

そんな軽口を交わしつつ、少し名残惜しく思っていると、エルヴィーが落ち着かなさそうに顔を背けつつ、言った。

「なあ、アールさっきのことだけどな」

「はい？」

とっさにどのことか分からなくてきょとんと見返せば、エルヴィーの鳶色の瞳と視線が合う。

「名前、呼んでくれて良いぞ。大丈夫に、するから」

それが、再会したときの、他愛ない問いかけへの返答だと理解して。

日に焼けた肌でも分かるほど、エルヴィーの顔が赤く染まっているのに気づいて。

アールの胸に熱があふれた。

「俺とお前じゃ、いつまで一緒にいられるかわからない。マルカよりも魔力の少ない俺じゃ、くたばるのは早いだろうし、ネクターさんみたいな選択も俺には無理だ。迷っているのに、気づいてたから距離を置いてくれてたんだろ」

「エル、先輩」

その通りだった。まさか気づかれているとは思わなかったが。

側にいてくれるだけで力になった。想うだけで満たされた。

両親に対するものとは少し違う、けれど特別なこの気持ちは、自分だけのものにしていれば十分だと思っていたから、アールはこの心地よい距離を保っていた。

「俺がお前に与える影響が怖いのは確かだ。だけどな、その。お前が男でも女でもないってことより、寿命で悩んでいる時点で、そもそも俺側《そっち》に選択肢がないってことに気づいたんだ」

エルヴィーは荷物の持ち手を握りしめ、赤らんだ顔でも真摯に引き締めて続けた。

「こんな稼業だけど、なるべく長生きする。お前がつらいときには側にいる。お前のためにできることなんて、たかが知れてるけど、きっと、あーもう、その、だな！」

がしがしと、焦げ茶色の髪をかき混ぜて、エルヴィーはアールを引きよせた。

「お前に名前を呼んで欲しい。帰ってきていい場所になってくれ」

アールは、エルヴィーの早鐘のように打つ心臓の音を聞いた。

エルヴィーに触れられている手のひらが熱い。

どうしよう、どうしよう。

けれど、先にこれだけは言わなきゃいけないと、アールは引き寄せられたままエルヴィーを見上げた。

「あの、ひとつ忘れているかも知れないことがあるんですけど」

「なんだよ」

「僕、ドラゴンですよ？　しかも割と大きいですよ？」

忘れていた、と言わんばかりにぽかんとする彼がおかしくて、アールはエルヴィーのしっかりとした胸に顔を埋めて笑いをこらえた。

アールの胸に埋まっている竜珠も熱い。きっと今見たら光を帯びていることだろう。こみ上げてくる喜びで、どうにかなってしまいそうだった。

そっか、これがとうさまとかあさまが味わった感情だったのだと、腑に落ちた。

「いや、その、だな。決して忘れていたわけじゃなくてな、お前といるのは人型の時のほうが長いからついそっちの基準で考えてしまうというか」

「はい、分かってます。じゃあ今度、本性でデートしましょうね。エルヴィー」

鳶色の瞳を限界まで見開くエルヴィーに、アールは気恥ずかしさをこらえて笑って見せた。

もう一つ、両親の気持ちが分かった気がする。

好きな人の名前を呼ぶだけで、こんなに幸せだ。

アールがにへにへとだらしなく緩んでいるだろう表情のまま見上げていれば、鳶色の瞳が見開かれる。

どうしたのかと戸惑えば、その瞳が熱を帯びていることに気が付いて。彼との距離が近づく。

「エルヴィー・スラッガート」

地を這うような父親の声が響いたのはそんなときだった。

エルヴィーにぐるんと立ち位置を入れ替えられたと思ったら、背にかばわれる。

わけがわからなくて面食らっていれば、廊下の奥から杖を構えたネクターが現れていた。

アールはその顔が、以前東和国で見た鬼面にそっくりだと思った。

「人の、家の、玄関先で、何をしようとしていました？」

「あ、あのそのです……うおう!?」

「言い訳はよろしい！　おとなしく殴られなさい！」

「無理です、それ俺じゃ死にますから！！！」

複数の水の弾丸を、扉を開けて避けたエルヴィーは、廃墟の残る中へ逃走をはかった。

その後ろ姿を、また別の攻撃魔術で追い回し始めるネクターに、アールはほっとしたような残念なような気分でその場にしゃがみ込む。

世の中はどんどん時が流れていき、否応なく変わっていくものも、変わっていかないものもある。

けれど、どちらもこんなにも楽しい。

ただ、ここに、かあさまがいてくれれば良いのにと。思ってしまうのはしょうがない。

「とりあえず、とうさまはあとで怒らなきゃ」

早く頬の熱が冷めることを願いつつ、アールはそう心に誓ったのだった。

第14話　万象の賢者は伴侶を想う

宵闇に沈む廃墟の中を、ネクターは星明かりを頼りに歩いていた。

ほどなくたどり着いたのは、半壊した講堂だ。抜けた屋根の代わりのように精霊樹の枝が伸び、今は魔力で闇におぼろに光る花が、ふわりふわりと舞い散っている。

その根元では、花びらに埋もれるように、愛しいドラゴンが安らかに目を閉じていた。

ゆったりと丸まった体は、黒瑪瑙《めのう》のような鱗に覆われ、艶を帯びている。炎のようなたてがみによって生じた熱で対流が生まれているのか、時折緩やかに花びらがゆらりと落ちるさまは、いつ見ても美しいと思う。

どこから種が忍び込んできたのか、廃墟の所々から蔦や草が生えてきて、賑やかな様相を呈してきていた。

ただ、日中にもアール達と手分けして花弁を落としたにもかかわらず、また身体に降り積もってしまっていた。

「自分で選んでおいてなんですが、楽しいのか大変なのか分からない木ですね」

秋に落ち葉を集めた時に似たようなことを言ったな、と思いつつ、ネクターは広間の隅に用意してある道具を取り出す。

彼女の身体は堅牢だ。風雨にも、寒暖にも一切影響を受けない。

十年単位で動かないこともよくあることだと話していたから、多少汚れていても問題ないのだろう。だがネクターは、彼女の鱗を磨くことを日課としていた。

彼女の身体から薄紅の花を落としてゆきながら、ネクターは薄青の瞳を細めていつものようにぽつりぽつりと話しかけた。

「アールは、エルヴィーを選びましたよ。ただ、人間で21と言えば十分な成人ですが、もう少しくらい待っても良いと思うのです。エルヴィーはおそらく、あなたたちの影響でカイルと比較にならない時を過ごすことになりそうですから」

エルヴィー自身はまだ気づいていないようだが、魔術師ではなく魔術銃使いとなっていても、魔力保有量は王宮に仕える宮廷魔術師にも劣らない。

自分で思っているより、恐ろしく長い時を過ごすことは想像に難くなかった。

だが、今は言わなくて良いだろう。

「彼の決断に私ですらこれだけ驚いているのですから、美琴さんとイエーオリ君が結婚する今、あなたが驚く要素は少ない方が良いでしょう？」

振り落とし終えた花びらを慣れた手つきで一カ所に集めつつ、ネクターは続けた。

「リシェラさんの結婚式はそれは華やかだったそうです。リリィさんが話していったのは聞かれましたか。あなたが気にかけてらっしゃいましたから、写真を撮ってきてくださっていますよ」

リシェラ・フォン・アヴァールとネクターは面識がない。

だが、ラーワを通じて彼女の困難な環境を知っていただけに、伝え聞こえた話には安堵したものだ。

彼女は〝蝕の落日〟の騒動の際、魔族の力を借りて多くの領民の命を守り、ヘザット国内では「茨の聖女」と呼ばれて、大変な人気なのだという。

その盛り上がりは、彼女の父親の汚名ですら悲劇として受け入れられるほどであり、彼女はヘザット内で唯一無二の地位を築いていた。

侯爵の青年との婚約がそのまま続いていたこともあり、とうとう正式に結婚となったのだった。

「彼女の領地経営も順調そうです。そういえば、カイルとベルガがこの間来ましたね。ベルガの呪いはもうずいぶんほどけていますから、申し訳なさそうなのがかえってかわいそうです。たっぷり謝られることを覚悟しておいた方が良いですよ」

カイル達はアール同様、魔力循環を整えるために方々を巡っていた。

彼らはより人里に近い場所を順に巡り、循環の魔族としてふさわしい活躍をしている。

「なんでも遅いハネムーンなのだそうです。カイルにもロマンチックなところもあったのですね」

アールの話では、この世界に残ったドラゴンたちも、過剰になった魔力を滞りないレベルにするためレイラインの整備に大わらわらしい。

色んなものが変わっている。

蝕の落日で多くの都市が救われたが、何も被害がなかったわけではない。

フィセルはあの日、精霊樹に蓄えていた大半の力を使い果たして眠りについていた。

本体としていた精霊樹も立ち枯れ、かろうじて残った挿し木の幼木の中で、今でも一年の大半を眠って過ごしている。

ほかにも一度蝕で断絶したレイラインは、大地が戻ってもそのままで、あちこちで魔力災害が起こっていた。だが、

「ドラゴンたちはカイルやアールの手助けもあって、魔族や精霊達に手伝いを願っているそうですよ。まだ限定的ですが、徐々に増やしていくことでしょう。フィセルも少しずつですが目覚めている時間が長くなっています。本体から出歩けるようになるまで回復するのは間違いありません」

元に戻らずとも、変化はある。

「あなたでしたらきっと嬉しがるでしょうね。それともようやくか、とため息をつくのでしょうか」

だが、神がこの世界を補強するために振り落としていった雪――神雪は、多くが未だに降り積もり、そこから影響を受けて新たな幻獣が生まれ、ゆがんだ魔力からは強力な魔物が生じていく。

その影響は環境だけでなく、人族にまで及んでいることを、魔術師長の座を譲ったイーシャからの報告でネクターは知っていた。

「実は精霊が見えるようになった子が増えているらしいのです。これからかつてなく魔術が身近になる時代が来るでしょう。ただ、神とやらがはた迷惑なことには変わらないですが。きっとあなたがこんなに遅いのは、その迷惑を一番に味わった結果なのでしょう？」

やれやれとため息をつきつつ、ネクターは慣れた手つきで、花びらを一カ所に集めていった。

「ああそうそう、リュートとパレット、そしてアドヴェルサの行方はまだ分かりません。ただ、カイルが噂を聞いてきましたよ」

リュートら精霊とアドヴェルサは、一連の騒動のあと、いつの間にか姿を消していた。

ただ、ベルガの呪いを少しだけ緩めていったらしい。

『自分にはこれが限界だ』とベルガに言い残して去って以来、行方知れずだったのだが。

「なんでも、神雪の残る地に、白銀の髪のリュート弾きが現れるのだそうです。一人とも、二人とも、三人組とも言われるのですが、彼らが街角で唄った土地では、レイラインが落ち着いているとか。律儀な方達ですね」

ネクターは、この場所でほんの少しだけ言葉を交わした白銀の竜を思い出す。

10代にしか見えないような、ずっと一人で世界を支えていたとは思えないほど繊細で、けれどだからこそ支え切れたのだろう、頑固で律儀な性格のドラゴンだった。

あとからフィセルやテンに聞いたが、こうなる以前も、自分に任せられた職務から一切逸脱せず、強固に守り続けていたのだという。

義務感ではなく、愛着からの行動だったと言うが、それでも唯一楽しんだ余暇が音楽と絵画だったから、封印具も弦楽器と筆にしたのだと言っていた。

やっと解放されたというのに、ドラゴンとしての職務を忘れないのは彼の気質のせいだろう。

それでも多少の葛藤はあれど、彼らがくびきを外れ守り抜いた世界を見て回れることは、喜ぶことができた。

リュートの想いが、今なら十分に分かってしまうだけになおさらだ。

花びらを集め終えたネクターは、薬草のたい肥として使うために決めてある場所へと片付ける。

そして、眠るラーワの首元に背を預けた。

夜風に潮が混じらないのは、建物や樹木の風化を抑えるために魔術で取り除いているからだ。

それでも、空気にほんの一月前まで混じっていた冷たさが和らぎ、春を迎えていることを教えてきていた。

こうして、室内を見渡してみれば、がれきは丁寧に取り除いた上で、友人達から贈られた様々なもので溢れている。

ネクターが今座っているのは、東和の者たちから贈られた畳であるし、この室内に施された術式はカイルやイーシャ、セラム達の傑作だ。

リグリラからは毎年必ず、新たな衣服が届くし、冬の寒い日には見る方が冷たいからと、ラーワの身体を覆うほどに大きいキルトの掛布がよこされた。さらにアールと自分が力を合わせて編んだ手編みのマフラーと帽子のおかげで、ここ数年の冬はずいぶん楽しい様相になっている。

蒸し暑いのは良くないかも知れないと、イエーオリとエルヴィーは風を送るためのプロペラがついた、扇風機という魔術機械を置いていった。

彼女が築いたつながりが、一目で分かる光景だと思う。

「愛されておりますね、ラーワ。もちろん私が一番ですが」

返事は五年間一度も返ってこないが、ネクターはありありと分かる。

きっと少し顔を赤らめたあと、同意を示してくれるだろう。何十年たとうと、照れが抜けない彼女は愛おしい。

連れ添った百年と少しで、おぼれそうなほどの幸せと共に多くのことを知ったつもりでいた。

けれど、こうして新たに知ることも、気づいてしまうこともある。

「ねえ、ラーワ。私は精霊になるために修行をしていた十年間。あなたにずっとこのような想いをさせていたのですね」

いや、自分は彼女にもっとひどいことをしていたのだろう。

あのときの自分は、別れすら告げずに姿を消したのだから。


ネクターは昔から、人の感情を読み取るのが苦手なことを自覚していた。

その代わり喜怒哀楽を、仕草や表情を記憶して蓄積することで人の要求を察せられるようになったが、それでも相手の側に立って物事を考えることはいつまでたっても上達しなかった。

悲しみも分かる、痛みも分かる、苦しみも知っている。怒りも、悪意も向けられた。

けれど、壁を隔てて観察しているような心地が抜けきらなかったのだ。

化け物とののしられもした。血も涙もない知識の亡者だと唾棄されもした。その通りだろうと冷静に自分を分析したが、彼らの望んでいた反応はついぞできなかった。

なぜカイルが、悲しい顔をしていたのかすら分からなかった。

そう、当時、自分がどれだけ心身共に摩耗し、疲れ果てていたのかすら気づかなかったのだ。

それがラーワと出会い、すべてが変わった。

自分よりも遙かに高みにいる彼女によって、相対的に自分がちっぽけな人間であると思い知って、自分がどれだけ悲しみと、怒りと孤独を抱えていたのかに気づき。あるはずがないとふたをしてきた感情が溢れ出してきた。

そして、自分の無力さを知るために、彼女を深く知りたくなった。

なにより、彼女が見る世界の鮮やかさに圧倒された。知れば知るほど、知識だけではなく、彼女に自身に近づきたくなった。

どんなときにどのような反応をするか、何を喜ぶのか、何を悲しむのか。

一度見ればたいていのことを覚えられるにもかかわらず、彼女の笑顔は何度も見たいと願った。

初めて、魔術以外で渇望を覚えた。自分にこれほどの熱があったのかと驚いたほど。

自分が彼女によって何度も壊されて、作り直されていくことが幸福だった。

薄々、彼女が元は人間なのではと気づいてもいた。

理論上でしかなかった異世界の者であることはネクターを以てしても驚愕だったが、また一つ新しい彼女を知れたという喜び以外はなかったものだ。

なにより、人間だったからこそ、己に人間らしさを教えられたのだろうと思うと、巡り会えた奇跡に感謝するしかない。

「それでも、理解がまったく足りませんでした。ええそうです、たとえ大好きなあなたでさえ、すべてを理解しきることはできない。そういうものだと分かっていても、どれだけ残酷なことをしていたのか、あのときに気づければ良かったと何度も後悔しています」

言葉だけでは足りない。この先何度言っても、ネクターの気が収まることはないだろう。

一生背負っていかねばならない咎だ。

どれだけ悲しませたのか、どれだけ苦しい思いをさせたのか。

我ながら彼女のおかげでずいぶん人間らしくなったと思ったのだが、こうして自分で経験しなければ分からなかった。

自分はまだ良い。少なくとも、ラーワは今ここにいる。誓約が切れていないことで生きていることが分かっている。

けれど当時の彼女は、己が生死不明の中で待ち続けていたのだ。

それがどれほどつらく苦しいことだったか、今なら痛いほどわかる。

「私はまだ五年です。たった五年。あなたの時ほど困難ではありません。私はいくらでも待ちましょう」

本心からそう思う。けれど。

黒曜石のような艶のある鱗を愛おしく撫でて、ラーワの顔に額を寄せた。

ひんやりとした鱗に、自分の熱が移ってゆく。

「ですが、やっぱり寂しいです」

アールもいる、カイルもいる。以前より、大事にしたいものがずっと増えた。

それでも、変わって行く世界を誰よりも愛おしんだ、彼女がいない寂しさを考えてしまうのだ。

共有したい出来事があって、反応が想像できたとしても、彼女自身ではないことが悲しい。

「ねえ、ラーワ。そろそろ起きてください」

そっと口付けて、誓約に呼びかけて寄り添って。それでも起きぬ彼女に、落胆することにも慣れてしまった。

アールとの約束で、きちんと家で眠ることになっている。

夜に抜け出していることに気づかぬふりをしてもらっているのだから、そこは守らなければ。

ほんの少し、にじんだ涙を拭うために額を離そうとして。

ふと手を添えていた鱗が、震えた気がした。

だが、そのように思ったことは何度もあった。自分の期待による錯覚だろうと、自分のあきらめの悪さに苦笑しつつひと撫でする。

しかし、今度は鱗の筋肉が隆起するのを感じて、ネクターの胸にまさかという想いがこみ上げた。

顔をのぞき込んだ瞬間、五年の間固く閉ざされていた黄金の瞳が、現れ。

「らー、」

「この馬鹿神めえええぇぇぇぇぇ！！！！」

歓喜に頭部へ抱きつこうとしたネクターは、ラーワの絶叫と共に跳ね上げられた首をもろに受け、見事に吹っ飛んだのだった。

第15話　ドラゴンさん達は大団円

落ちて、落ちて、落ちたと思ったらぐるぐる回ったり、なぜか上ったりして振り回されたけれども、叫んでいるうちに、唐突に身体の感覚が戻った。

瞬間、私はこの行き場のない怒りのままに跳ね起きた。

「この馬鹿神めえええええぇぇぇぇぇ！！！！」

「……――――わぶほっっっ！！！！？？？？」

辺りを見回せばあたりは夜で、あの封印を施した講堂の中だった。

がれきが綺麗に片付けられていて、広間の隅には色んな荷物が丁寧に積み重ねられている。

んだけど、ネクターがその荷物の山に突っ込んでいて青ざめた。

なんか吹っ飛ばした感覚があったと思ったら！

「うわああごめんネクター大丈夫かい!?」

「ラーワ、できればそのままでお願いしますっ！」

人型に姿を変えかけた私だったけど、ネクターに即座に制されて反射的に止まった。

代わりにぐっと首を伸ばして近づければ、痛そうなそぶりすら見せずに立ち上がったネクターに、確かめるようにじっとのぞき込まれた。

薄青の瞳が、潤んで揺れる。

「あなたの瞳です。ずっと見たかった、黄金の瞳です」

そうして、こみ上げる涙のまま私の顔に抱きついてきた。

「本当によかったっ……目覚め、ないかと、不安でっ」

「ごめん、ね」

視界がネクターの胸で埋まり、ぽたぽたと塩辛い雫がいくつも落ちてくるのに、私はあのチャラ神の言葉が本当だったことを思い知った。

せめてとそっと額をすりつければ、ますますかき抱かれる。

「私は、どれくらい眠っていたんだい」

「っ、あれから、五年がたちました」

嗚咽《おえつ》を漏らしながらも、ネクターは大まかにその直後から今に至るまでのことを話してくれた。

私の体感ではほんの数時間だったにもかかわらず、地上ではそれほどの時間が経過していたのかと絶句する。

廃墟とはいえ空間に漂う清潔感や、長い間過ごすことを考えて整えられた室内からして、ネクターはずっと、ずっと私のそばで待ち続けていたのだ。

やっぱりあのチャラ神、もう二、三発くらい殴っておけば良かった。

怒りをたぎらせつつ、私はネクターを……正確にはネクターの肩口までしかない髪を見つめた。

ない。

精霊であるネクターは体が魔力で構成されているので、人間の時と違い自然に髪が伸びたりはしない。

「精霊樹の安定に魔力を注いでおりましたから。伸ばす余裕がなくてそのままにしていたんです。頼りなかったのですが、今は気楽ですよ」

「短くなったままなんだね」

だから魔力でさえあれば髪くらいは元に戻せるのだが、それができないということは別のところで魔力を使い続けていたということだ。

ほんの少し体を離したネクターは気にした風もなく答えたけど、私の視線が気になったのか眉尻を下げて問いかけてきた。

「お気に召しませんか？」

「ちょっともったいないなかったなと思うけど。こうして見ると、出会った頃を思い出すから。似合っているよ」

ネクターがいきなり切ったときはショックだけど、あの場ではあれが最善だったと納得できる。それに複雑な気分になったのは、ネクターが髪が伸びないほどしんどい時期にそばに居られなかったせいもある。

だから安堵の表情に戻ったネクターが、再び私を撫ではじめるのも受け入れた。

やっぱり撫でるのうまいんだよなあ、つい浸ってしまうというか。

ネクターが頭や角を撫でていく手つきが微妙になるのも、甘んじて……。

「く、くすぐったいよネクター」

「ああ、久しぶりに動くラーワですね。鱗の手入れで堪能しておりましたが、やはりまったくちがいます」

うふふふ、と変に笑うネクターにちょっとあれになるのがさすがに気味悪かったから、私はさっさと人型に変わって、彼のそばに腰を落とす。

うん、赤の房混じりの黒髪もそのまんまだ。はーよかった。

これで大丈夫だろう。と思っていたのだがネクターは残念がるどころか、薄青の瞳がとろけた。

ひえっ。

「あなたをこの腕に納めることができるのも、久しぶりですね」

柔らかく頬を撫でられ、ごく自然にキスを落とされた。

なあネクター、色々なたががはずれてないかい!?

色気駄々洩れ暴走モードに恐れおののいていれば、ネクターの瞳から涙がまたこぼれ落ちた。

「本当に、ごめんなさいラーワ。あの時の苦しみの一端が、ようやく分かりました」

何をさして言っているのかが分からなくて戸惑ったが、連れ添う前、ネクターがいなくなった時のことだと気がついた。

確かに、今の状況は私が十年間待ち続けてきた時と似ている。五年間ずっとネクターはその悔恨と向き合い続けてきたのだ。

「もう良いよ、ネクター。それは終わったことだ」

まだ気に病んでいるいつもより情緒不安定なネクターの頭を、なだめるように撫でてやった。

「だいじょうぶ。私はここにいる。君がそうやって理解して、涙して、それでも投げやりにならず待っていてくれたことが嬉しい。ドラゴンたちみたいに感情を制限しちゃわないか心配だったから」

あのチャラ神に時間差があると言われて一番心配だったのは、ネクターが自暴自棄になって感情を無くそうとしてしまうことだった。

だって、今のネクターなら簡単にできちゃうし。

アールがいたものの、それくらいには愛されている自覚はあった。

そう言えば、ネクターは面食らった様子で瞬いた。

「それは、思いつきもしませんでした」

その反応がどれだけ嬉しいか、ネクターには分からないだろうなあ。

「君は本当に、変わったね」

「もしそう思ってくださるのなら、あなたのおかげです」

「だから、許すよ。だってちゃんと、君が迎えてくれた」

私が断固として言えば、目尻に涙をためたまま、ようやくネクターは微笑んでくれた。

ようやく、ようやく終わった気がして安堵のため息をついていれば、さあっと風が吹いて、はらはらとなにかが落ちてきた。

惹かれるように見上げてみれば、淡い薄紅を帯びた花の木が、枝を広げて咲き誇っていた。抜けた天井を覆いつくすように満開の花弁がいくつも広がり、降り注ぐ月の明かりが透けている。その花は、見覚えがある。ずっと古い記憶が、鮮やかによみがえる。

「桜……？」

「ええ、節目の季節に咲く花だとあなたが話してくださったので。樹木の花だとおっしゃっていましたから、あなたの見せてくださった記録から、この姿を選びました。この時期に目覚めてくださって嬉しいです」

呆然と呟けば、ネクターがちょっと誇らしげにそう話してくれた。

魔力の供給源になる、大事な自分の分身だっていうのに。私になじみ深いからってそれを選ぶのがネクターらしくて、嬉しいのかおかしいのかよく分からない気分だ。

けれど、前世ではなんの感慨も湧かなかったこの花なのに、また見られて嬉しいと胸が一杯になっていることだけは確かだった。

「あれから色んなことが起きましたが、陸も海も街も無事です。あなたのおかげで、世界は救われましたよ」

「ううん。みんなのおかげだ。私達全員で全部を守ったんだよ」

訂正すれば、ネクターは薄青の瞳を細めておかしそうにした。

「あなたなら、そう言うと思いました」

そっか、ネクターもお見通しか。

おかしくてくすくす笑っていれば、沈黙が降りて、見つめ合って。

「あとで、みんなに知らせに行かなきゃいけないね」

「そうですね。――ですが、その前に。良いですか？」

ネクターの主語のない、熱を帯びた問いかけに、私はあごを引いていた。

「いいよ」

声からかすかに混じる哀願の色もそうだけど、何よりそばに感じたかった。

どちらからともなく顔が近づく。

ひどく久々な気がする口付けは、甘くて。

拾った全力疾走の足音に、反射的にネクターを引きはがしていた。

その直後、赤い房の混じった亜麻色の髪を乱れさせながら駆け込んできたのは、10代後半の少女だった。

すらっとした肢体を寝間着に包み、男の子とも取れるだろう中性的な美貌を呆然とさせているその子は、見る間に黄金の瞳を涙で潤ませた。

「かあさま――――――っ！！！」

「アールッ!!」

あっという間に走ってきたアールを、私は抱き留めた。

幼げなところがほとんどなくなって成長していたけれど、見間違いようもない。

「すっごい大きなかあさまの声が聞こえたからねっ、まさかと、思っててっ」

「うん、心配かけてごめんねえ。大きくなったねえっ」

泣きじゃくるアールは覚えているままだったけど、抱く感触が全然違った。

今更ながら、五年の歳月の重みを感じつつ、アールの背中を撫でていれば、もう一人小走りで駆け寄ってくる女の子がいた。

麦穂色の髪をゆったりとまとめ、柔らかさの中にも意志の強さを感じさせる碧色の瞳をしたその女の子は。

「マルカちゃんかい？」

「はい。えと、ラーワさん、おはようございますっ」

寝間着にカーディガンを羽織ったマルカちゃんは、嬉しそうに微笑んでくれながらも、ほんのりと頬を赤らめていた。

うん、マルカちゃんは若干わかっていたな。触れないでいてくれる大人の対応が、とっても身に沁みるよ……。

「ところでマルカちゃん、会えて嬉しいんだけど、どうしてここに？」

「私、実は医療魔術師になるために今ネクターさんに弟子入りしていて。今はこの精霊樹の近くの家に住んでいるんです」

そうかあ、五年といえば、すでに彼女たちは将来を考える時期になっているんだ。

にしてもマルカちゃんがネクターに弟子入りとは、と驚きながらもその師匠になった人を横に見る。

「ええ、仕方ありませんよね。アールだって寂しい思いをしていたんですし……ですがこのあとはかならずっ」

私の微妙な女心的なものの犠牲になったネクターは、私に吹っ飛ばされた隅で、涙の海に沈みながら沈みながらもあきらめてなかった。

アールが大きくなっていたとしても、やっぱりアレな場面を見せつけるのは気恥ずかしいじゃないか。

ただ、ネクターのネバーギブアップ的な精神には感動する気がしないでもないけど、さらに沢山の懐かしい魔力波の気配がするぞ？

強風が吹きすさび、桜の花びらが舞い散った。

「ラーワ――――っ!!」

そんな叫び声と共に、空いた天井から舞い降りてきたのは、金色翅海月なリグリラだった。

触腕の一本に捕まって大きく手を振っているのは、灰色の狼耳の仙次郎だ。

その不自然な体勢はもしかして、リグリラに思いっきり巻き込まれた感じ？

とはいえ珍しいくらいに、灰色の尻尾が大きく振られているのがここからでもよく見える。

虚空で光に包まれたと思ったら、いつもの金砂の巻き髪の美女になったリグリラは、私に詰め寄ると指を突きつけた。

ちなみに仙次郎は、空中で器用に体勢を整えて地面に着地している。

「お・そ・い・で・す・わっ！！！」

精一杯顔を怒りにゆがめているけれど、目元や耳が真っ赤になって紫色の目がちょっぴりうるんでいるので、たいそう心配してくれていたのはよくわかった。

「ごめんよ、リグリラ」

「罰として、今の流行の服を全部試着しなさいましっ」

「うわあ、そりゃあ大変だ」

リグリラが本格的にやる着せ替えごっこは、丸一日がかりだから覚悟しておかないと。

「ラーワ殿、元気そうで何よりでござった」

彼女の横に並んだ仙次郎は、30に手が届く位になっていると思うんだけど、外見上はほとんど変化がなかった。

あくまで外見上は、だ。

「仙さん、もしかして」

「う、うむ」

照れたように笑う仙次郎の反応で、彼がとうとうリグリラの伴侶になったことを確信した。

そもそも、仙次郎に色濃く混じるリグリラの気配でもろわかりなのだけれども！

「うわー！　おめでとうっ！　とうとうだねっ」

「決定事項でしたし、それほど騒ぐことでもありませんわ」

ぷいと、顔を背けつつも、仙次郎の腕を抱き込むリグリラにますます笑みが深まる。

すると、私の胸に顔を埋めていたアールが離れて、ぱっとこちらを見上げた。

「そうなんだ！　お祝い事沢山あるんだよっ。みこさんとイオ先輩が結婚するんだっ」

「なんだって!?」

美琴とイエーオリ君が付き合っていたことすら初耳で、しかも結婚確定なんて、どこから驚いて良いのかわからないぞ!?

「ついでにいいますと、この間、リシェラの結婚式に行ってきましたわ。相手は婚約していた侯爵の青年ですの」

「えええ終わっちゃったの!?」

「あなたが眠っているのが悪いんですのよ」

なんてこったい。

リグリラに追い打ちをかけられて涙の海に沈みかけたけれども、リシェラがヘザットに受け入れられているのならそれ以上に良いことはない。

見たかったけど、見たかったけど!!

涙目になっていれば、また新たな転移の気配を感じた。

転移陣の中から現れたのは、焦げ茶色の髪を相変わらず短くしているカイルと、寄り添うようにいる麦穂色の髪のベルガの姿だ。

「ラーワ、相変わらず派手な帰還だったな」

「カイルにベルガ!?」

苦笑気味に顔をゆがめつつカイルはこちらに歩いてきた。

まさか彼らまで現れるとは思わずに面食らっていると、カイルの影に隠れるようにいたベルガは、そっと私を見る。

「ラーワ様、その、お会いできて良かったです」

えちょっと待って。今名前で……!?

驚きが追いつかずに絶句していれば、ベルガが気まずそうに、あるいは申し訳なさそうな表情で続けた。

「全部は思い出せてないんです。呪いの影響だけじゃなくて、精霊化の影響でこぼれ落ちたものもあるみたいで。でも、その、色々ご迷惑かけました!!」

勢いよく麦穂色の髪を揺らして頭を下げたベルガに、私は湧き立つ感情のまま立ち上がって、彼女の手を握った。

「また名前を呼んでくれて嬉しいよっ」

「あうっ、えと、そのっ」

目を白黒とさせるベルガの頭に、ぽんと大きな手が乗った。

もちろんその主は、カイルだ。

「杞憂だっただろう。そんな気構えなくても良いって言ったんだがな」

「しょうがないでしょうっ。気になってたんだから！」

呆れた風に言うカイルの腕を迷惑そうに振り払う感じや、昔と比べ格段に気安い言葉づかいは、以前との違いを感じさせた。けどそれが悲しいわけではなくて、ただただこうして二人がならんでいることが嬉しかった。

「うわあ、ということはまた女子会できるんだねえ」

「その、はい、また」

お祝いしなきゃいけないこと沢山ありすぎて、わくわくが止まらないんだけれども。ふと疑問が湧く。

「というか、なんでみんな私が起きたのがわかったんだい？」

近くの家にいたアールとマルカは、私の叫びが聞こえたのだと納得はできる。

けど、私が起きたのはついさっきな訳で、そこからほとんど時間がたっていないのに、方々にいたはずの彼らが気づける要因が見当たらなかった。

首をかしげて彼らを見やれば、みんなしてすごく妙な顔をしていた。

けん制していた彼らだったけど、代表するように、カイルが言った。

「……薄々気づいていたが、やっぱり無意識だったのか」

「なにがだい？」

「さっき、おそらく目覚めたときだろうが、思念話を通じてお前の魂の叫びがな」

「要するに寝言でたたき起こされたのですわ。おそらく一定の魔力を持った生物には聞こえているのではないかしら」

リグリラの追い打ちに、私はあんぐりと口を開けることしかできなかった。

つまり、私があの神様に罵詈雑言をぶつける声が世界中にまで及んでいたと？

「一応、お前のことは、各国に伏せておいたんだが、今ので完全にばれたな。……まあとりあえず、大変だったな」

カイルのいたわりの眼差しがとてつもなく痛くて、私は健康なはずなのにふらりとした。

「もう一回寝込みたい」

「や、やめてください！　眠られるのは困りますっ」

肩を支えてくれたネクターが慌てて言い募るのに、ほんのちょっぴりだけ癒やされた。

「冗談だよ、もう寝ない。だってもったいないもん」

方々に謝って回りたい衝動とか、うわあああと叫んで逃げたい気分とかになるけれども。

それ以上に楽しいことが多すぎるのだ。

「もーいいや、もうしょうがない！　こうなったら美琴とイオ君の結婚式に潜入するよ！　リシェラにもお祝いを言いに行かなきゃっ。そんでもって女子会しなきゃねっ」

「そう来なくっちゃかあさまっ」

私が拳を握って宣言すれば、アールは目を輝かせて乗ってくれる。

「それからベルガの復帰祝いと、リグリラと仙さんの結婚祝いとああもう祝い事多過ぎないかい!?」

「せっかく集まっているんですし、今から宴会でもしたらいかがですの？」

「わ、私ごちそう作りますよっ」

リグリラが気のない感じでも提案すればベルガが腕まくりして、そうしたらやっぱりネクターが乗ってきた。

「もちろん私も腕によりをかけますよ」

「やっほい！」

ベルガの手料理も何十年ぶりって感じで楽しみすぎるし、ネクターは言わずもがなだ。

正直な私のお腹がぐうっと鳴った。

「ではそれがしらは酒の調達でござろうか。うむ、皆飲んべえでござるからな。腕が鳴る」

「おいおい、俺を入れないでくれよ？」

かなりいける口の仙次郎がわくわくとするのに、カイルが顔を引きつらせた。

その横で、マルカちゃんとアールが話し合っていた。

「ねえねえ、バロウは今お昼よね。おじいちゃん誘っても良いかな」

「いいんじゃないかな！　ヒベルニアならドアが使えるからひとっ飛びだし」

「で、アールはお兄ちゃんを迎えに行くのよね？」

「ええと、うん」

アールがエルヴィーを話題に出されて顔を赤らめるのに、おやっと思ったけど、みんなが段取りを決めていくのに言い出しっぺの私が何もしないわけにはいかない。

「なら私は……」

「「「「おとなしくして」ろ」てね」なさい」ください」

「ふえっ」

一斉に言われてびくっとなっていれば、幾分和らいだ調子でネクターが続けた。

「とりあえず、ラーワは準備ができるまで家にいてくださいね」

「はあい」

いや、わかっているんだよ、たぶん今町中に出たら、大騒ぎになることぐらい。

でも、楽しそうな準備に加われないのがちょっと寂しいんだ。

しょんぼりとしつつ、連れ立ってみんなと大広間から外に出た。

ぱあっと広がった夜空を、何気なく見上げて驚く。

満天の星々と共に、絵画に描かれるような銀河の形をした、魔力になる前の世界の力が、まぶしいくらいに流れていた。

今まで気づかなかったけど、踏みしめている大地も、以前よりもずっと力強くなっていた。

この世界は、こんなに変わった。けれど、ここが私の故郷だ。

「そうだ、大事なことを言い忘れていました」

私が圧倒されて立ち尽くしていれば、そんな声が聞こえて。

視線を戻せば、かけがえのない友人達がこちらを振り返っていて、満面の笑みを浮かべるネクターとアールがいた。

「ラーワ、おかえりなさい」

「ただいまっネクター、みんなっ」

私はこみ上げてくる喜びのまま、とびっきりの笑顔で応えて、ネクターの手を握ったのだった。

地球は日本と呼ばれる異世界で、女子大生をやっておりました我が前世。
友達が欲しかったまま、バナナの皮ですっころがって死にまして。
ぼっちドラゴンになって数百年。
なんだかんだで世界を救ったりもしましたが。
願いに願った友達は、いつの間にやら出来まして。
さらには愛しい我が子と、最高の伴侶に恵まれて。
これからも賑やかな幸せが続くのでありました。

第16話　そしてドラゴンさん達はめでたしめでたし

近代史を語るに当たって、避けては通れない大災害である〝蝕の落日〟は、各国で見解の相違はあるものの、歴史の転換期となったのは間違いがない。

世界の九割が消滅した中、種族を超えた人々、魔族、精霊、古代神竜が肩を並べ、神より世界の存続を勝ち取った一大事件は、多くの英雄を生み出し、一日では語りきれないほどの様々な影響を及ぼした。

通称〝神雪〟を要因とする甚大な危険種被害や、異常気象によって各地域に甚大な被害が及んだ一方。魔術機構学の発達による産業革命をはじめとする様々な変化は、文明を一足飛びで進化させた。

また、この時期を境に、世界を支える古代神竜達がたびたび目撃されるようになったのも、欠かさず語らなければならないことであった。

東和を守りし白狐の巫女を支える嵐刻竜《らんこく》。緑の癒し手によりそう荒野竜。蝕の落日に人々を守る星の雨を降らせた星華竜《せいか》。

そして、神と邂逅し、蝕の落日を終わらせた黒熔竜《こくよう》。

役目をやり遂げた黒熔竜は、力を使い果たし長い眠りについたと言われるが、広い海洋のどこかで伴侶である万象の賢者と共に、穏やかな日々を過ごしていると噂されていた。

一時期、黒熔竜の眠る孤島を見つけるため、バロウ、ヘザット、東和からなる黎明の三国の警告にもかかわらず大々的な捜索が行われた。

かの竜の持つ英知と万象の賢者のはぐくむ精霊樹が、何よりも魅力的だったのは間違いない。

しかしながら現代の探知術式を以てしても孤島の痕跡すら見つけられず、噂は噂として収束していった。

なぜならば各地に残っていた古代遺跡が突如として蘇り、様々な形で稼働し始めたため、そちらの調査と対応に人員が割かれたためだ。

経年劣化によって完全に壊れて沈黙していたはずの古代遺跡――迷宮がなぜ今になって稼働し始めたのかについては諸説が論じられているが、神雪が要因であることは大多数の研究者の共通の認識である。

独自の体系を歩んだ古代魔術が、現代の進んだ魔導技術と比べても勝るとも劣らない高度な術式群であることは周知の事実であり、目覚めた迷宮は当時使われていた技術の宝庫であった。

しかしながら、迷宮はその大半がレイラインより魔力の供給を受けており、迷宮内やその周辺では過剰な魔力が変質して魔物が生じ強力な幻獣が闊歩していた。

迷宮を有する諸国が、目の前の実利や被害の収束を優先させるのは当然だった。

そして有益な迷宮には一攫千金を夢見て、迷宮専門のハンター……冒険者が押し寄せ活気づくのだった。

◇　◇

ゼクスは受付カウンター内の椅子に座り、ぼんやりとギルドの待合所を眺めていた。

朝のこれから上層に潜る冒険者達の依頼受注業務で、待合所はごった返しているが、ゼクスのいるカウンターには、壁があるかのように誰も並ばない。

30過ぎの顔に傷の走るむさいおっさんより、若くてかわいい女の子に手続きをしてもらいたいのは人情だろう。

何せ、迷宮に潜るのはだいたい定職にあぶれた荒くれ者と相場が決まっている。男女比も大幅に男性に偏る中では、受付員の女性は貴重な憩いだった。

隣でにこやかに応対する20代前半の女性職員にやに下がったハンターが、ゼクスを見て嘲弄の表情を浮かべた。

おそらく、明らかに元冒険者の雰囲気を漂わせるゼクスがギルド職員として働いているのを、迷宮に潜ることをあきらめた負け犬とでも思っていることだろう。

だが、腹も立たない。

ハンターの推論も半分は正しいうえ、彼らに見えない部分で、当の女性職員から受け取ったメモを読んでいるからだ。

『朱の剣、トリプル昇格見送り濃厚。補助依頼の準備求む。あと体くさい』

補助依頼とは、失敗する可能性の高い依頼を補填するためのもので、このタイミングで出されるということは、いま依頼を受けた朱の剣というパーティは自らの実力に見合わない依頼を受けたということだ。

むろん、迷宮の管理を一手に引き受けているギルドは、冒険者達の育成と生存に何より力を入れている。それでも、依頼の適正ランク範囲内なら、公平性を保つために依頼を受諾しなければならない。

そのため、ハンターの階級査定は厳格に設定されており、ハンター達の戦闘能力以外の部分も厳しく査定されていた。

とりあえず、女は怖い。

自分の加齢臭は大丈夫だろうかとゼクスは思いつつ、目顔で了承して書類作りを始めた。

ここは迷宮冒険者の聖地へザットにある、迷宮『万鋼《まんこう》の洞《ほら》』に設置されているギルド協会だ。

ゼクスはそこで仕事の受注業務のバイトをしている。

元々万鋼の洞へ潜る冒険者だったが、数年前に足を負傷して一線を退いて以降、ギルドマスターからギルドの事務へと誘われ働いていた。

ゼクスがそれなりに有用な技能を持っていたのが理由だろう。足が回復したあとも、ギルドに残らないかとも打診されていた。

体力勝負である冒険者は長く続けられる商売ではないし、ゼクスはすでに30歳を超えた。今後の身の振り方を決めるには良い時期だ。

ギルド職員は冒険者からすれば地味な職業に思えるだろうが、迷宮探索を円滑に進めるために必要不可欠な業務はやりがいがあり、なにより冒険者にはない安定した収入がある。

ゼクスはすでに数年、現役から離れてしまっている。初心者講習の教師は問題なくこなせているが、最下層での探索には少々覚悟が必要だ。

何より、以前よりも迷宮探索に魅力を覚えていない。それでも、正式にギルド職員になることは見送っていた。

ぼんやりと、ゼクスがそんなことを考えながら人の流れを見ていれば、火の玉が飛んできた。

「ゼクスさ――――んっ！　この依頼よろしく!!」

隣の優しげな女子職員にも面の良い若造にも目もくれず、まっすぐこちらへ走ってきたその少女は、どんっと、依頼書をゼクスのカウンターにたたきつける。

きらきらと瞳が輝き、炎のように赤い髪が、楽しげに散った。

その背には野営用の荷物と共に、小柄な彼女の背にはひどく不釣り合いな大剣が負われていた。柄の部分に精緻な装飾を施されたそれは、見るからに値打ちものであり、その細腕で振り回せるのか疑いたくなる代物だ。

だが、その剣が彼女にしか扱えないことをゼクスはすでに知っていた。

「ギルド内は走るんじゃねえって、言ってんだろカロル」

ゼクスが苦言を呈しても堪えた風もない少女だったが、その隣に並んだ少年にたしなめられる。

「カロル、ここは公共施設だから、行儀良くしなきゃだめだよ」

「シルトっ！」

それは黄砂色の髪の、どこかのんびりとした雰囲気の少年だった。

毛先が深緑色に染まっているのは、さすがはシグノス魔導学園の魔術科生徒、といったところか、とゼクスは迷宮探索許可証を発行したときの書類を思い起こす。

今時の子供にもかかわらず、魔術銃ではなく杖を選んでいるのが真面目さを表しているようだ。

カロルとシルトは、数十日前に、新たにこの迷宮へやってきた冒険者だった。

共に10代半ばの少女と少年、特にカロルの方は13、4にしか見えないが、身分証の提示で就労許可が下りる年齢に達しているのは確認済みだ。

それでも観光向けの迷宮ではなく、万鋼の洞のような実利優先の採掘迷宮へやってくるのは珍しい。そもそもシグノス魔導学園は国をまたいでいる。夏休みとはいえ、国内に手近な迷宮があるにもかかわらず、なぜこんなへんぴな迷宮に彼女たちが潜っているのかは……。

「だって、早く潜りたいんだもの！　最下層までっ！」

カロルの期待と活力があふれる言葉がカウンターに響いた。

それが、彼女の初日からの決まり文句だ。

最下層、それは万鋼の洞で語られる噂話だった。

そこには神の至宝が安置されている、万金の宝物庫がある。いやいや賢者の英知が保管されているなど、噂は千差万別だ。

万鋼の洞は魔力によって生成される鉱物資源と、鉱物に含まれる魔力を目当てに現れる魔物の巣窟である。

発見からすでに二十年経っていてもなお、地下5階層までしか確認されていない中、そのような部屋は一切ない。故に、一度はあこがれたとしても5階層まで行った冒険者達は、隅々まで探したあと、与太話だと納得するのが常だった。

だから初日にそう乗り込んできた彼女たちを、ほかのハンター達は嘲笑した。

ゼクスでさえ表情には出さなかったものの、あきれかえったものだ。

身の丈に合わない大剣を背負った、迷宮の恐ろしさも現実の厳しさも知らない子供が現れたと。

だが、先人ハンター達に笑われてもなお、カロルの強い意志は揺らがなかった。

そして彼女たちは周囲の予想を真っ向から裏切り、たった5日で地下5階層まで踏破したのだ。

下層へゆくためには階層ごとに実力試験を受ける必要があり、たいていはその階層に出現する魔物を一定数倒すことである。

むろん、下層へ行くごとに魔力が濃くなりより強力な魔物が出現するため、普通のハンターははやくとも三年に一層下るのが精一杯、引退までに5階層へたどり着けるのが三割程度だ。

そして彼女たちの記録はゼクスの知る限り、踏破最短記録だった。

その上、第5階層にたどり着いて一週間後、彼女たちが見つけたのは、あり得ないと言われていた6階層への道である。

数日前から万鋼の洞はかつてないほど活気づき、我先にと腕自慢の冒険者達が押し寄せていた。

すでに、彼女たちの言葉を笑う者はいない。

ゼクスは、強い意志と快活さで夢をもぎ取った彼女たちを、密かにまぶしく思いつつ、渋面を保ちながら依頼を処理していった。

「いいか、お前達が行くのは未踏の地だっていうことを忘れるな。安全マージンは必ず取ることだ。競争相手が多くて焦るだろうが、安全第一にいけよ。二人組《ツーマンセル》はそれだけでリスクが高いんだ。いつもの倍気をつけろ」

「わかってますもんっ、ゼクスさんの講習でたたき込まれたことはちゃんと実践してますー！」

おおざっぱに勢いだけで突き進むように見えるカロルだったが、ゼクスが担当した初心者講習を最も熱心に受けていたのが彼女であった。

愛らしい顔立ちに似合わず苛烈な冒険者の魂を有している。

己の腕である大剣を預けるのはシルトだけであり、気軽に人前で抜くこともない。大剣に興味を示した者は、軒並み拒絶された。

一度、ムキになったハンターの一人が、彼女の大剣を勝手に抜いたことがある。

だがとたん、そのハンターは大剣からあふれるまがまがしい魔力に飲まれて暴れ出したのだ。

『戻れっ〝オリーウス〟!!』

気づいたカロルが叫び、ハンターの手から剣をもぎ取ったことで周囲の被害は軽微ですんだが。

その大剣が魔剣と呼ばれるたぐいの古代魔道具であり、彼女が人一人を簡単に乗っ取れる魔剣を平然と扱える実力者であると周知された一件だった。

以来カロルはギルドではゼクスに剣を預けるようになったため、毎度冷や汗をかいているのだが。鞘から抜きさえしなければ、問題ないとはわかっていても、怖いものは怖い。

ともあれ、ゼクスは彼女たちの実力を信用していないわけではないが、それ相応の実力者があっけなく命を落とすことを知っているため、つい忠告してしまう。

「なら、ゼクスさんが、きてくれれば良いのに」

そう、つぶやいたのはシルトであった。

カロルの陰に隠れがちで、表情のあまり動かないこの少年だったが、ゼクスはその茫洋とした態度の中で沈着冷静に周囲の状況把握をし、的確に対処していることを知っていた。

カロルも、だだをこねようと彼の判断には従う。

お互いがお互いを補い合っていたからこそ、この快進撃につながったのだろう。

だが、広く視野を持っているからこそ、シルトはわかったようだ。

「これからは、僕たちじゃ足りないから。ゼクスさんみたいな人が必要だ」

地図もなく、先人のしるべもない。わかるのは、5階層よりもずっと強力な魔物と罠が待ち受けていることだけ。そこを突き進むには、武力だけでは足りない。膨大な経験から来る知識と、的確な采配ができる判断力が何よりも必要で、どちらも若い彼らには圧倒的に足りないものだ。

今までのようなハイペースで進めないのは想像に難くない。

二人とも今まで持っていなかった、野営のバッグパックを持っているのがその証だった。

カロルも身を乗り出して、唇をとがらせた。

「そうよ、ゼクスさんがいてくれたら良いのに。あたしたちはなるべく早く最下層にたどり着かなきゃいけないんだからっ」

シルトとカロルの黄金のような黄色い瞳にまっすぐ見つめられたゼクスは、胸のざわつきを努めて無視して、だが黄色の瞳から視線をそらす。

「なんでそんなに急ぐんだよ。夏休みはまだあるだろ?」

違和を口にすれば、珍しくカロルは口ごもった。

「あ、えーとその……見つかったらやばいというか何というか」

彼女達の自分の夢だけではない強い信念に常々違和を覚えていたゼクスは、話をそらせたことにほっとしつつ、興味をそそられる。

代わりとでも言うようにシルトが口を開いた。

「おじいちゃんに見せてあげたいんです、僕たちの手で。急がなきゃ間に合わないから」

彼らの年齢に見合わない実力は、親の教育の結果だろうと思っていたが。

なるほど、祖父だったか。とゼクスは納得した。

冒険者だった祖父の寿命が近いかなにかで、自分たちで祖父の夢を叶えてやろうと考えたのか。

カロルのほっとした表情からして、おおかた両親には無断で来ているのだろう。

迷宮探索はごろつき同然の商売だ、それも当然だった。

人の家庭の事情ほど突っ込んでろくなことはないため、ゼクスは話を切り上げると、判を押した依頼書の控えを渡した。

「夢破れたおっさんをからかうんじゃねえよ。俺はただのギルド職員だっての。てめえらなら、いくらでも誘ってくれるパーティがいるだろう。そっちを当たれ」

「いや！　ゼクスさんじゃなきゃいけないの！」

「僕たちはあなたが良いんです」

茶化して追い払おうとしたのだが、二人の予想以上の反発に面食らう。

同じ色合いをしたまなざしは、そろって本気を宿していた。

「オリーウスを持っても影響を受けない。僕たちと一緒に冒険をしてくれそうな、あなたが良いんです」

シルトに言いつのられたゼクスが言葉を失っている間に、カロルのそれは燃えさかるような怒りに変わる。

「でもわかってくれないんならもう良い！　ゼクスさんの馬鹿っ。あたしたちが6階層を踏破して悔しがっても遅いんだから。行こっシルト！」

そうして、嵐のように身を翻して去って行く二人を、ゼクスは見送ったのだった。


昼食休憩を終えて、ゼクスは再び受付に座った。

今日は初心者講習希望者もいなかったため、そのまま受付業務を続行だ。

大方の冒険者達が出て行き、代わりに一般人や商人たちの依頼受注業務が始まる中、ゼクスの役目はクレーマーににらみを利かせることだ。

だが、本日は行儀の良い客ばかりだったため、自然と朝方に出て行った二人の若き冒険者の後ろ姿が脳裏に浮かぶ。

ちょうど、あれくらいだ。自分が夢を持ってこの世界に入ったのは。

まだ見ぬ場所を、まだ知らぬ資材を求めて迷宮へ潜っていく。

うまいことと成果があがらないことの方が多かった。それでも毎日が充実していたはずだ。あの二人のように。

だがパーティを助けるために足を負傷してすべてが変わった。

負傷した足のリハビリも終え、前線に復帰できる頃には、ゼクスのいたパーティは後任を決めており居場所はなかった。

仕方がないと、納得する部分もある。冒険者は迷宮に潜り続けなければ暮らしていけない。

それでも形容しがたい感情と虚無感が襲いかかってきて、以前と同じ熱意をもてなくなったのだ。

パーティはその後空中分解し、メンバーもこの街にはいない。

人の入れ替わりが激しい迷宮には、すでにゼクスが第一線で探索をしていたことを覚えている冒険者はいなかった。

それならなぜギルドの正式な職員にならないのか。

一線で活躍していた頃と変わらぬ鍛錬を続けているのはなぜなのか。

あの若い二人に羨望と同時に、胸に熱がこみ上げてくるのはなんなのか。

ゼクスは深く深く息をつくことで、その思考を振り払う。

考えても仕方がないのだ。

気を紛らわせるために事務仕事をしようと手をつけたとたん、待合所の空気が一瞬で変わった。

圧倒的なプレッシャーに、反射的に体がこわばる。

原因は、たった今入ってきた三人だった。

たまたま手が空いていた隣の女性が、小さく黄色い悲鳴を上げた。

それも無理もない。三者三様に魅力的な青年達だったのだから。

一人目は黒が印象的な青年だった。ジャケットやブーツまで黒、襟足ほどで無造作に切られた黒髪に彩られるのは、白皙の美貌だ。怜悧に整った面立ちは神秘的で超然としており、役者でも通りそうなほどに整っていたが、腰に佩《は》かれた長剣と足の運びは本物である。

その隣にいるのが亜麻色の髪を緩くまとめた青年だ。柔らかな顔立ちは優男といった雰囲気で、取っつきやすい印象がある。細身の体つきをゆったりとした服装で包み、杖を携えていることからして魔術師だろう。

さらに一歩遅れて二人の後ろについているのは、焦げ茶色の髪をした青年だった。

彼らの中では一番体格が良く、まさに歴戦のハンターといった風情で、使い込まれたバッグパックや、腰に下げられた魔術銃からして、遊撃手といったところだろうか。

ゼクスは外見のきらびやかさに反し、非常にバランスのとれた恐ろしく手強いパーティだと感じた。

新たな階層が発見された情報を耳にして、違う迷宮から移ってきた冒険者達だろう。

彼らから、特に焦げ茶髪の青年に覚える既視感からして、ゼクスもどこかで噂を聞いたことがあるのかもしれない。

同じように現れたハンター達の許可証を発行していたゼクスがごくりと密かにつばを飲んでいれば、黒髪の青年はまっすぐ空いている受付、つまりこちらへやってきた。

「ハンター登録をお願いできるか、三人分」

「……は？」

低く、聞き惚れたくなるような声音で紡がれた言葉に、ゼクスが間抜けな声を出したのも無理ないと思うのだ。

なぜならこの三人、物腰からにじみ出る魔力に至るまで、すべてが玄人の空気を醸し出しているにもかかわらず、ハンター登録すること自体が初めてだと言っているのだから。

「迷宮探索許可証の間違いじゃなく？　ハンター登録は初めてなのか」

「初めてだよ、ずっと片田舎で幻獣退治してたけどね」

「これを機に、自分の実力を試してみようと出てきたんですよ」

黒髪の青年と焦げ茶髪の青年に口々に言われた理由は、いちおうあり得る話だったが、ゼクスはこの三人に限ってはまったく信じていなかった。

こんな新人いてたまるか！　と心の中で絶叫していたが、ゼクスに染みついていた職員根性は、定められた用紙を渡して決まり文句を繰り返した。

「この用紙に記入して持ってきてくれ。パーティ登録をするんならこっちの用紙に記入だ」

「ありがと」

なぜならば素性がなんであれ、実力のあるハンターが迷宮探索に加わるのは、ギルドとしては歓迎すべきことだからだ。

間を置かず三人分の記入がされた用紙を受け取ったゼクスは、三人を別室へ招く。

万が一迷宮内で死亡した場合に、身元がわかるよう魔力波を読み取ってドッグタグを作成するのが目的だ。

さらに一度登録したことがあるのなら確実に身元が明るみに出る上、犯罪歴まで照合できる優れものである。照合結果は職員だけにわかる仕様だ。

本来であれば捕縛要員として、ギルドが抱えている提携ハンター立ち会いの下やるのだが、ゼクスがいるから問題ないだろう。

多少、偽りが混じっているとはいえ、彼らからは犯罪者特有の匂いがしない。

ゼクスが重用されているのは、特殊技能とまで言われるほどの嘘を見抜く観察力と判断能力を持っているからだった。

規定で一人ずつとなっているため、ゼクスは手始めに黒髪の青年を中に入れた。

「そこに手をおいてくれ」

指示をすれば、青年が機器の上に手を伸ばす。

その手首にはまっている腕輪に既視感を覚えた。

確か、カロルとシルトの腕にはまっていたのと同じものだと思いだし、無造作に機器をいじって計測にかけて。

ゼクスの背中にぶわっと、嫌な汗が吹き出した。

「どうかしたかい？」

低く穏やかな声が響いて、ゼクスははっと我に返る。

怜悧な面立ちの、ふとした瞬間なまめかしさを覗かせる青年が、心配そうにこちらを見ている。

表情が和らぐとずいぶん人なつっこい印象になるが、ゼクスの頭は真っ白になっていた。

だが、とにかく何か言わなければ、気づいたことがばれてしまう。

手元の機器にはこう表示されていた。

「魔力波改変の可能性あり。近似魔力波……〝炎閃《えんせん》〟ノクト・ナーセ」

ゼクスでさえ、いやハンターを志すのであれば必ず知っている伝説的な人物だ。

その活動期間中一度も常設パーティを組まずソロで活躍し、第一級の魔物を専門的に狩った、第五階級《クインテイプル》のハンター。

それだけでもあこがれるにはあまりあるが、何よりその人物はあの蝕の落日を終わらせた、ドラゴンさんの仮の姿なのだ。

どう考えても、やばい案件である。

記入された名前は違ったが、間違いない。この機械の正確さは折り紙付きだ。

つまりあれ程親しくしていた連れが、見知らぬ人間な訳がないわけで。

そして、先ほどの既視感を信じれば……。

ゼクスは表情だけは変えずに、からからに渇いたのどを震わせて言葉を発した。

「いや、その腕輪を見たことがあるな、と」

「もしかして、男の子と女の子の二人組かい!?」

はたして、黒髪の青年は勢い込んで身を乗り出してきた。

ごまかせたことにほっとしつつ頷けば、青年は心底ほっとした顔になった。

「いやあ、うちのま……知り合いの子供なんだけどね、迷宮にもぐりに行くって飛び出していったもんで、慌てて追いかけてきたんだよ。そっかやっぱりここにいるんだ」

「連れ戻しに、きたのか」

思わず聞いてしまえば、青年はきょとんとする。

その瞳がカロルとシルトと同じ、黄金色をしていることに今更気がついた。

「いやあ、母親達からはそっとしておくように言われてるんだけどね。心配だからってついつい探しに来ちゃったって感じなんだよ」

「そうか。その二人組なら、この界隈ではかなり有名だ。聞き込んでみると良い。タグは明日できあがるから受付まで取りに来てくれ」

「了解、ありがとうね」

朗らかに笑う青年に作業の終了を告げたゼクスは、ほかの二人も同じように作業を進める。

なぜならば、ギルド職員裏規定として教えられたのだ。

「ドラゴンの関係者が来た場合、無条件で通すこと。犯罪にならない限り放置し、なるべく多くの仕事を任せること」と。

ドラゴンの化身や、その親類は即戦力になることが多い。そのため多少怪しくとも通した方が有益であるという判断らしい。

なによりうかつに騒ぎ立てたら、ゼクスまで面倒なことに巻き込まれる。

その証拠に亜麻色の髪の青年は、じっくりとゼクスの反応を探っていたのだから。

もしぼろを出せば、即座に記憶を消すぐらいはしてきたはずだ。相手にはそれができる実力がある。

だから、どれだけ気になろうと、ゼクスは保身のために全力で見なかったふりをしたのだった。


「それにしてもさあ、初恋の思い出があるなんて、おじいちゃんも水くさいよねえ」

「フィセルもまあ、まさかあの二人が本気にするとは思っていなかったようですし」

「俺は、カロルにシルトがついて行ったことの方が驚きなんですが」

「そうかい？　あの二人、双子みたいに仲が良いじゃないか。アールとマルカがめちゃくちゃ喜んでたし、私ももう一人孫ができたみたいで嬉しいけど」

手続きを終えた彼らを見送ったゼクスは、耳に飛び込んできた会話に卒倒しなかった己を褒めてやりたいと思った。

黒髪の青年は、ほかの二人を振り返るとまじめに表情を引き締めて続けた。

「良いかい、二人とも。あくまで背後で見守るんだからな？　危ないときに助けられるように」

「わかってますよ、アールとの約束ですからね。あの子にはもう怒られたくありません……」

「俺も、マルカには怒られたくねえ……」

「できれば、先におじいちゃんの思い出の場所まで行きたいんだけど、ばれないで行くのは無理そうだし。まずは5階層までたどり着くのが目標だね」

「ずいぶん、楽しそうですね？」

「あ、わかるかい。いやあいつかはやってみたかったんだよ迷宮探索！　昔はネクターと別行動だったから逃しちゃったからね。今度こそ満喫するぞっ」

「ラーワさん……」

あきれ顔の焦げ茶髪の青年も気にした風もなく、黒髪の青年はたいそう上機嫌で去って行った。

彼らが見えなくなったところで、ゼクスは深く息をついた。

何て爆弾を抱えていたんだあの二人は、と赤と砂色の二人に盛大に文句を言いたい。

冷や汗がまだ引かない。これは第5階層への扉を開いたときと同じ気分だ。

「まさか、孫だとは思わねえだろうが……」

もう二度と、こんな心臓に悪い思いはしたくなかった。

だが、密かにあこがれでもあった、魔術銃術の創始者であり、ハンターの鏡とも言わしめる〝魔弾〟本人に出会えたことは絶対に忘れないだろう。

東方からやってきた狼人のハンター〝黒突〟と共に世界各地を飛び回り、数々の冒険を成し遂げた話は、幼い時分にハンターにあこがれるには十分すぎる輝きを持っていた。

そこでふと、ゼクスは手元に残った資料を見る。

彼らのことを上に報告すべきか。

なにせしがない雇われの身である。規定通り彼らの存在を報告し、指示を仰ぐのが常道である。

しかしそうすれば、当然ギルドマスターは彼らを全力で陣営に引き込み、様々な特例措置をつかってでも攻略に当たらせようとするだろう。

目に浮かぶように想像できたゼクスは渋面になった。

あの黒髪の青年の迷宮へと挑む希望と楽しみに満ちた感情は、ゼクスも覚えがある。

なにより、彼らが探しているのが、現在6階層に挑んでいる二人であるとわかった以上、芋づる式に明るみに出てしまうだろう。

そもそも、あの三人組と鉢合わせたとたん、彼女たちの冒険は終わりを告げる。

だが。

彼女たちの冒険の結末があっけないものであることをよしとしない、冒険者の己がいるのだ。

「ああーくそっ。しょうがねえなあっ」

「どうしましたか？　ゼクスさん」

同僚の受付嬢に不思議そうに聞かれたので、端的に返した。

「俺職員辞めるわ」

「へ？」

「ちょっと迷宮潜ってくる」

「え、ゼクスさん!?」

驚きに戸惑う職員には目もくれず、ゼクスは目の前の書類に無造作に判を押す。

特記事項はなし。

あの機械に結果は記録されるが、特別なことがない限り過去の履歴が閲覧されることはまずない。

だからゼクスが記入しなければ、握りつぶせる。

第1階級《シングル》から始める彼らが第5階層までたどり着くには、最短で五日かかるはずだ。

つまり、猶予は最低でも五日。

カロル達がそれまでに何階層あとかもわからない最下層へとたどり着けるかといえば、不可能だ。

二人だけならば。

「面白いことになってきたじゃねえか」

ゼクスは、つぶやく口元が緩むのを抑えられなかった。

カロルとシルトが潜り始めたのは半日前。まだゼクスの探索許可証は失効していないため、5階層まではすぐに潜れる。

そこから三人で目指せば探索スピードは格段に上がるだろう。彼らを振り切ることもできるはず。

あこがれである最高位のハンター達と、迷宮攻略競争なんてものは、願ってもありえない状況だ。

己のありとあらゆる技術と運をつぎ込んで最下層踏破に挑む。

ふと古代神竜について、ささやかれる言葉を思い出した。

「『竜と出会った者は、運命が変わる』……はは、まさにそうだな」

あの緋色の少女と砂色と緑の少年との出会いが、くすぶっていたゼクスに再び火をつけたのだ。

追いついて事情を話せば、二人はどんな顔をするだろうか。

おそらく二人とも、目を丸くするだろう。カロルは今更とでも言うように怒り、シルトは案外あっさりと受け入れる。なにせ、ゼクスが迷宮探索をあきらめきれないことを見抜いていた節があるからだ。

迷宮探索でパーティを組むときは、この相手ならば命を預けてもいいという信頼が必要であり、下層を目指すならば、何よりどうしようもなく未知に魅せられていなければならない。

カロルとシルトはその冒険者気質をゼクスに感じたのだろう。そしてゼクスはあの二人とならば、何よりも楽しい探索になる確信があった。

だから感じるのは不安ではない、仲間と共に未知へと足を踏み入れる高揚感だ。

さあ、時間は限られている。ありとあらゆる準備を整えなければ。

「待ってろよカロル、シルト。楽しい冒険にしようぜ」

ゼクスは笑いをかみ殺しながら、報告書を職員に押しつけると、荷物をまとめに走ったのだった。


万鋼の洞の元トップパーティ所属、〝百眼〟のゼクスが数年ぶりに冒険者へ復帰したことは、瞬く間に迷宮都市へと広まった。

そして新たに組んだ仲間は、未だ10代の二人であること。

彼女たちと共に最下層へとたどり着き、万鋼の洞の至宝を目にしたことが語られるのは、間もなくのことである。

終わり

竜友学園だよ、ドラゴンさん!

Dragon wants to Friend!
Special Story
"DORATOMO"
High School!

私は芙倉《ふくら》ラーワ。

とある日本の地方都市にある竜友《ドラとも》学園の教師である。担当科目は古典だ。

名前が変なのは、いわゆるきらきらネームというやつだ気にするな。

どっかの異世界でドラゴンだったりするのと無縁のようなそうじゃないような感じだから。

ちなみにちょっと変だけど素敵な旦那と、超絶かわいい子供の三人暮らしだえっへん。

◇　◇

共働きである私の朝はそこそこ早い。

先生は生徒より早く出なきゃいけないからね。

「うーん？」

なのに朝起きたら、クイーンサイズのベッドの隣は空っぽだった。

もはやあきらめているとはいえ、奥様的なものにあこがれる身としては微妙に悔しい。

とりあえず身支度をして1階におりていけば、お味噌汁の良い匂いに包まれる。

そうして、かわいいフリルエプロン姿で台所に立つのは、亜麻色の髪を三つ編みに結った芙倉ネクターだ。

ちなみに外国の人である。日本の国籍を取ってこっちで一緒に暮らしてくれている。

実は、ネクターも同じ竜友学園につとめる養護教諭だ。

でも料理は彼の方がおいしいから、私はほかの家事をすることにしていた。分業大事。

「おはようございます、ラーワ。朝食ができましたよ。お弁当はそちらです」

「いつもありがと。持っていくね」

ぱかりと炊飯器を開けて、炊きたてのご飯ににまにましつつお茶碗によそい、お味噌汁も注いでせっせとはこんでいく。

そしたら、ネクターが卵焼きと焼き鮭に小鉢を並べてくれて、典型的な朝食風景ができあがった。

日本の朝ご飯って良いもんだ。もちろんパンにベーコンエッグな洋食も好きなんだけど。あっちではほとんど一緒に朝ご飯を食べるなんてできなかったからなあ……。

しみじみとしていれば、階段を降りてくる軽やかな足音が聞こえた。

「ふぁ～あ。かあさま、とうさま、おはよう」

眠そうな目をこすりつつ現れたのは11歳になる我が子であるアールだ。

寝癖で亜麻色の髪をぴょんぴょん跳ねさせているのがかわいい。

この子も竜友学園の学生で、高等部1年生だ。一家でお世話になっているというのがそんなに珍しくない我が校である。なにせ小中高とさらに大学部までそろっているマンモス校だからね。

……え？　11歳なら、高等部はおかしい？

アールは超優秀なハイスペックさであっという間に飛び級してしまったのである。

詳しいところは突っ込まないのがこのお話を楽しむこつだ。

「おはよう、アール。顔を洗っておいで。そしたら朝ご飯だ」

「はあい」

おとなしくぱたぱたと洗面所の方へ歩いて行って、戻ってきたら三人そろっての朝ご飯である。

ちなみに現在時刻は朝6時45分頃。

職員会議の関係で、私たちの方が少し早く登校しなきゃいけないから、三人で食べるにはこの時間がちょうど良い。

最後にエプロンを外したネクターが席に着いて声をかける。

「ではみなさん」

「「いただきます」」

朝と夜の貴重で楽しい一家団欒の時間だ。

「今日の午後の授業はかあさまだね。楽しみ！」

「ただし小テスト返すから覚悟しておくように。ネクターは」

「いつも通り保健室勤務です。お弁当は私が預かりますか？」

「よろしく！」

「今日ぼくは、マルカたちと食べる約束してるから持ってくね」

「了解です」

他愛のない情報交換をしながら食べ終えれば、ちょうど良い時間だ。

後片付けはアールの役目なので、アールはドラゴンのアップリケが施されたエプロンを身につけながら言った。

「行ってらっしゃいかあさま、とうさま」

「行ってきます、アール」

「じゃあ、またあとでね」

アールに見送られた私たちは、連れだって家を出たのだった。

◇　◇

県内有数のマンモス校である竜友学園は、家から歩いて15分ほどのところにある。

いつものとおり登校して、ネクターと別れて職員室に顔を出せば職場仲間がもう居た。

「カイル、おっはよー。朝練が終わったところかい?」

「ああ、おはようラーワ」

私より頭3つ分は高い大男は、巣羅賀《すらが》カイル。担当は社会科なのだが、野球部の顧問でもあるからいつも早い。

問題が多かった前の顧問を追い出して、ぼろぼろだった部員達を鼓舞して1年、甲子園を目指せるまでになったのはすごいと思う。

さらに言えば彼の授業は恐ろしいほどわかりやすく、適切に褒めて伸ばしてくれる、と生徒人気がもの凄く高い。

ただ、ついでに背も高いから、職員室の扉の枠に頭をぶつけないかいつも心配なんだけど、案外大丈夫だ。さすがカイル。

ちなみに高等部の校長先生は親戚の巣羅賀セラムなので、竜友学園は巣羅賀家の家族経営とも言えるのだ。

「リュートとパレットは」

「いつも通り創作活動に没頭しているぞ。連絡事項だけよこせと言われた」

「ですよねー」

リュートとパレットは芸術肌なのか何なのか気まぐれで、授業こそするものの、こういった会議はすっぽかしてばかりだ。

二人に関してはもうあきらめている。

「おはようにござる」

そう言って現れたのは、体育教師である鏑木《かぶらぎ》仙次郎《せんじろう》だ。

純粋な日本人である。灰色の髪に灰色の瞳をした青年でも日本人である。

頭頂部にある獣耳や尻尾は、なんでも故郷の村のしきたりとかでつけているらしい。

時々生きているように動くのは全力でスルーで。

うちの校則では制服をどれか1つ身につけていれば、それ以外は何を着ていても大丈夫なのだ。

ともあれ、仙次郎が身につけているのは紺の剣道着だが、そのほかにも柔道部、空手部、合気道部など武道系はすべて面倒を見ているので、たぶん今日も渡り歩いていたのだろう。

もう一人顧問が居るとは言え、全部手を抜かずに見ているというのだからすさまじい。

「おはよう仙さん。朝練お疲れ様。あれ、リグリラは」

「ああいやその」

仙次郎が言いよどんだ矢先、するりとその引き締まった太い腕に、白くて細い腕が絡んだ。

「まったく、シャワーを浴びる間くらい待てませんの?」

仙次郎に絡んだのは、金砂の髪のリグリラだった。

外国の人で、名前の発音が難しいからと、校内ではリリィさんで通っているけど、親しい人の間ではリグリラと呼んでいる。

金砂色の髪を巻き髪にして結い上げ、豊満な体をタイトなブラウスとスカートに包む姿は、まさに女教師という感じなのだが、彼女の担当は専門課程の被服科と教養科である。

にもかかわらず顧問になっている部活動は軒並み武道系なのだから、ギャップがありすぎる校内教師ランキング上位を常に争っていた。

そして、何より有名なのは……

「り、リグリラ殿、校内でござる」

仙次郎が困ったようにいさめると、リグリラのスイッチが入ったのが私からでもわかった。

「あら、わたくしが気にすると思いまして?　仙次郎?」

にんまりと紫の瞳を細めて笑んだリグリラが、ますます仙次郎の腕を抱き込み、豊かな胸を押しつける。

「べつに、減るものではないでしょう?」

そう、主にリグリラによる、目に毒なくらいの過剰なスキンシップであった。

これで本人達はまだ付き合っていないっていうんだから、びっくりだよね。

けれどもそれには理由があって、リグリラは「自分と付き合いたいんならわたくしに勝ちなさいまし」なんて宣言したからなのである。だから、武道部員の3分の1くらいは、リグリラと付き合いたい哀れな男子たちで占められていた。

リグリラの視界にあるのは仙次郎だけだし、それ以前に先生と生徒じゃアウトなんだけど全くって関係ないらしい。

ちなみに武道系の女子部員は仙次郎よりもリグリラを「お姉様」と慕っているから不思議なものだ。

仙次郎の耳の毛がぶわっと広がったところで、満足したらしいリグリラが、今度はこっちに来た。

「さて、ねえラーワ。部員達がもぎ試合を見せて欲しいと言いますの。放課後に付き合ってくださらない？」

「なあリグリラ、私はただの国語教師だよ。二人みたいにはできないって」

「あら、あなた、2年H組のリシェラを襲った通り魔を捕まえたって聞きましてよ？　それなりに動けるのは明白ですわ」

「うっどこでそれを」

「それは見事な跳び蹴りだったと聞いておる」

しみじみと言ったのはまさかの仙次郎だ。

「それがし、武人でござれば性別は頓着せぬが、ラーワ殿はそうではござらぬから無理強いはせぬ。ただ、そうでなければ手合わせしてはみたかったのも本心でござるよ」

「仙さん!?」

「とはいえ最近刺激が足りないと、リグリラ殿も気が立っておられるでな。少々相手をしてくださると助かる」

仙次郎にまでそんなことを言われて顔を引きつらせれば、リグリラは艶然と微笑んだ。

「では、午後、よろしくお願いいたしますわね?」

「いやいや冷静になろうよリグリラ」

そりゃあ多少日頃からトラブルに巻き込まれているからちょろっと荒事は得意だけど、私は一般人なんだよ!?

じりじりとリグリラに距離を詰められたのだが、救いの神は外からやってきた。

「あの……そろそろ始めても良いでしょうか」

少し白髪の交じった髪をまとめた校長先生のセラムが、疲れたように職員会議の開始を告げたことで、うやむやにできたのだった。

はーよかった。

◇　　◇

無事に終わった職員会議のあと、いよいよ授業の始まり……ではなくホームルームがある。

担任をしているクラスへ行けば、賑やかな生徒達に迎えられた。

「おはよう、みんな。今日もよろしくね」

私が担任をしている1年B組はきちんと返事をしてくれた。みんな素直で助かっている。

最前列に座るアールににっこりと笑った私だったが、さてと見回してみれば、頭数が足りないことに気づいた。

「なあ、あの三人は今どこに？」

「あのね、先輩達は、」

アールが言いかけたとたん、がらがらとけたたましく扉が開いた。

「すんません、遅刻しました！」

転がり込んできたのは、話題の三人だった。

焦げ茶色の髪のちょっと気の強そうな少年エルヴィーはカイルの親戚の子で、初等部から飛び級してきたアールとも仲良くしてくれている良い子である。

その隣にいる、淡い髪色のイエーオリくんは留学生で、繊細そうに見えるけど実は意外とざっくばらんな性格をしている。

最後に金色の髪に狐耳が特徴的な女の子は、天城美琴ちゃんだ。仙次郎の親戚の子で、高等部3年にはお姉さんが通っているんだ。

この三人は部活動が一緒で、アールも含めて機械研究会なんてものをしているのだけれど。

「とりあえず三人とも、何で食パンをくわえているのかな」

そう、三人が三人とも、大きさに違いはあれどもひもひと食パンをかじっていたのだ。

クラス中に注目される中、大慌てで食パンを飲み込んだエルヴィーは、勢いよく言った。

「そ、それには深いわけがありまして。食堂のおばさんが、ミキサーが壊れて困っていたから直していました！　食堂が滞るのは困るので」

「そんで、朝飯食べていないって言ったら、サンドイッチ用の食パンをくれたんすよ」

「もひもひもひ」

遅刻は良くないけど、三人の行動は褒めてしかるべきことだ。

彼らの技術力はかなりの域にまで達していて、そうやって校内の備品の修理を請け負うこともままあった。

「つまりみんなの胃袋を守ってきたんだね。よろしい。いちおうまだホームルーム始まってないから、食パンは口に入れて席に着くように」

「ありがとうございますっ」

「もひもひもひ」

「ただ天城、3斤の塊はさすがに大きいんじゃないかな……？」

「もひっ!?」

いや、何で突っ込まれたのかわからないって顔をされても、さすがに業務用の3斤サイズはインパクトがありすぎるよ。

とりあえず、全員がそろったところで、ホームルームを始めたのだった。

◇　◇

ホームルームを終えたあと、私は別のクラスでの授業だ。

私の教え方は言葉が頭に入ってきやすいとそこそこ評判らしい。嬉しいことだ。

1時限目2時限目と授業をこなしていたが、3時限目には授業が入っていなかったので、職員室に戻りがてら校内を散歩しに出かけた。

子供達の楽しげな声に惹かれて、ふと中庭の方の窓を見下ろしてみれば、初等部の授業が行われていたらしく、わらわらと子供が居た。

引率してきた先生の隣には、つなぎに麦わら帽子というのどかな格好をした大きな人が居る。

褐色の肌に砂色の髪をしたその人はヴァス先輩だ。

元は地理の先生で私の大学時代の先輩だったんだけど、教えるよりも庭の手入れがしたいからと用務員に転職した変わり者だ。

転職を嘆く声は多かったけど、でも彼のおかげで中庭や、学園の至る所で緑や花が見られるようになったから良いんじゃないかと思う。

「みなさん。今日は用務員さんが授業を手伝ってくれます、ちゃんと聞いてくださいね」

けれども、ヴァス先輩は見上げるような大男で、おまけに表情が巌《いわお》のように無表情だ。まだ小学生の子達にとってはめちゃくちゃ怖いだろう。

案の定、先生に言われた子達は、みんな固まっていた。

先輩、顔色変わらないけど、さすがに寂しそうだなあ。

と思っていたとき、子供達の中に大きく手を振る子が居た。

「ヴァスー!」

麦穂色の髪を2つに結んだ彼女は、エルヴィーの妹であるマルカちゃんだ。

アールと仲が良くて、よくうちにも遊びに来るのだが、彼女は以前お兄ちゃんであるエルヴィーとともに、ヴァス先輩に助けられたことがあるらしく、以来家族ぐるみの交流をしているのだという。

そうして、彼女に嬉しそうに手を振られたとたん、ヴァス先輩の硬質な表情が和らいだ。

すると一気に雰囲気が優しくなって、子供達も安心した感じになった。

おう、担任の女の先生がきゅんってなった顔をしているぞ。あらら流れ弾に当たっちゃったか。

ちなみにヴァス先輩はロリコンじゃないけど、女の人に全く興味を示さないから前途は多難だ、あきらめた方が良い。

はじめからできることはなかったとはいえ、大丈夫そうだなと思った私は、私に気づいたマルカちゃんに手を振りかえして、その場を離れたのだった。

◇　◇

職員室へ戻って仕事を片付けたら、昼休み前になっていた。

さてネクターのいる保健室に行くかと思ったのだが、ふとエルヴィー達の言葉が気になって、食堂へ寄ることにした。

1階にある食堂からは近づいていくたびに、良い匂いがする。

授業が終わったとたん、食いしん坊達が怒濤のように押し寄せてくるから今のうちに万全の準備をしておくのだ。

そしてカウンターの向こうにいたのは、きっちり前ボタンで留められる白衣に三角巾という今時の食堂のおばちゃんスタイルの女性だ。食堂のおばちゃんと言ってるけど、若いよ。若奥様だよ？

「やほー、ベルガ。調子はどう？」

「こんにちはラーワさん、ん」

食堂のカウンターから声をかければ、厨房にいた彼女がひょいと顔を出してくれた。

ちょっと呼び方がぎこちないのはご愛敬《あいきょう》だろう。

彼女は巣羅賀ベルガ。カイルの奥さんで、パートタイムでこの食堂の調理員をしている人だ。

彼女が作り出すご飯はひと味違うと大変評判で、当番の日はいつもの1・5倍くらい生徒の数が違う。この竜友学園の胃袋を支えるお袋さんである。

「ミキサーを直してもらえたので、今日もばっちりおいしいご飯を提供できます」

にっこりと明るい笑みを浮かべるベルガが、人気があるのもうなずける気がする。

ちなみに竜友学園には売店もあるのだが、そっちは近くの商店に委託されていた。

やたら渋いおじさんと、褐色眼鏡美人の店員ごとに屋台系のご飯と甘味が入れ替わるので、生徒達は全力で予定日を調べて突入するのだ。と言うかなんでこんなシステム。

「じゃあスープのテイクアウトをお願いしていいかい？　二つ」

「ひっとう……けふん。ネクターさんの分ですね。かまいませんよ。はい、二つで１００円です。容器は飲み終わったあとに返却でお願いしますね」

「わー助かる！」

お弁当はあるけれど、何かスープがあると嬉しいな、と思う子達も割と利用するテイクアウトシステムだ。今日はさっぱり野菜のコンソメスープだった。やったね。

ラップをかけてもらったお椀をお盆に載っけて、うきうきと保健室へ行こうとしたのだが。

「今日はぜってえスペシャルハンバーグカツカレー大盛り！」

「いや俺が先だっ」

「待ちやがれ！」

ばたばたがやがやと駆け込んでくるのは腹を空かせた生徒達だ。

彼らのお目当てらしいスペシャルハンバーグカツカレー（大盛り）は大盛りカレーにハンバーグとチキンカツが載って３８０円という、食いしん坊にはたまらない、食堂人気ナンバーワンメニューなのである。

ただし1日10食限定であり、マンモス校である竜友学園では大変に競争の激しい一品だ。

故にこうやってフライングでやってくる生徒も多い。

っと、あれ、このコースだとお盆で手がふさがっている私まずいんじゃ……

目の前に生徒達が駆け込んできて、あわやぶつかりかける瞬間、破砕音とともに彼らがその場にくずおれる。

「走らない、騒がない、まだ授業が終わっていない。フライングは排除する」

振り返ってみれば、案の定、ベルガがさっきとは打って変わった冷徹なまなざしで拳銃を構えていた。

いやあ、特製空気銃で気絶するだけ。ついでにベルガの射撃の腕はプロ並みとはいえ、頬をかすめるのは毎度怖い。

この子達、まだはいりたてだったから知らなかったんだろうなあ。

ちなみに先生はこの区分には入らない。なので私はセーフだ。

「すみません、ラーワさん。その子達、脇に寝かしていただけますか」

「わかったよー」

するりと、太ももにくくりつけているホルダーに拳銃を戻したベルガにそう返しつつ、食堂でベルガを怒らせるのはやめようと改めて誓ったのだった。

◇　◇

スープを入手した私はとってとってと、ネクターが当直する保健室に行ったのだが、残念ながらネクターは居なくて、代わりにおじいちゃんが居た。

私の祖父であるおじいちゃんはいつもは図書館司書をしているのだが、養護教諭の免許も取っていて、交代で当直に当たったっている。

マンモス校ならではの二人体制なのであった。

「じゃましておるぞ、黒竜や」

「あれ、どうしたの?」

「なんでも、大学部の教授が一人失踪したらしくての。代理の講義を頼まれたそうな」

「あー、ギルムかあ……」

のんびり本を読んでいるおじいちゃんの言葉で、すべての事情を把握してしまった。

ギルム・マグナスは竜友学園大学部の教授なのだが、彼には失踪癖があり、ちょくちょく居なくなってしまうのである。

居なくなる間の講義内容や、手順を事細かく記載したマニュアルを作るという用意周到さで押しつけるのだからたちが悪い。

たいてい、周囲に泣き付かれてネクターが犠牲者になっていた。

うちの旦那、大学でありとあらゆる博士号と教員免許を取ったものだから、たいていの学科は教えられるのだ。すごいだろう!

とはいえ、ネクターが大学部へ行ってしまっているんなら、ご飯は一緒に食べられないわけで、ちょっと当てが外れてしまった。

しょんぼりと自分のお弁当を取れば、そこには謝罪が書かれた付箋が添えてあってちょっぴりほっこりする。

「おじいちゃん、お昼はもう食べた？　スープ買ってきちゃったんだけど飲んでくれない？」

「わしはもう食したが、せっかくならもらおうかの」

というわけで、おじいちゃんにスープをおすそ分けし、ネクターお手製のお弁当を広げた。

今日はリクエストした和食である。鳥のゆず胡椒焼きが最強だ。ああ和食うまいもぐもぐ。

おじいちゃんがスープをすすっている隣で食べていると、がらがらと扉が開かれる。

現れたのは白い髪に白い狐耳が愛らしい、３年Ｔ組の天城真琴さんだ。

そのおっとりとした独特の物腰と、柔らかな表情が男子生徒に熱狂的に人気がある、３年生のマドンナだ。

その隣には、銀色の髪に金色の瞳をした遠藤アドヴェルサ君がいる。

王子様然とした王道美男子はこれまた女子生徒に大人気だけど、美術と音楽室の番人である、リュートとパレットの二人が近づけさせなかった。

大人げないと思うが、一応保護者で家族らしいのでしょうがない。

んで彼らにつれられているのはぶっかぶかの制服を着た深緑色の髪の女の子で、真琴が抱えているのは男物のシャツにくるまれた赤ん坊だった。

あうあうとぐずる赤ん坊をあやす真琴は結構手慣れていて、二人の大人びた雰囲気からして大変に新婚の仲むつまじい家族に見えたけれども、違うのはわかりきっている。

と言うか、赤ん坊はともかく、深緑色のぶっすりとした女の子は知っているぞ。

案の定、おじいちゃんが大変冷えたまなざしを向けた。

「テン、いったい何をやったんじゃ」

そう、彼女は天保テン。3年T組のトラブルメーカーである。

一見近よりがたいほどの美人のはずなのだが、ノリが完全に男子学生のそれなので、親しみやすさがあるのか男女ともに人気がある。おじいちゃんの昔なじみの友人の子供ということで、昔からよく知っているらしい。

だけど、彼女は高校3年生相応のすらっとした美人なので、こんな小学生になっているのはおかしい。

おじいちゃんににらまれたテンは、口笛を吹くまねをしてわかりやすくしらばっくれようとしたが、真琴が曖昧な笑みで答えた。

「その、本日は理科の実習だったのですが、片付けの最中テンが『これとこれを混ぜれば、なんか都合良く年齢とか性別とかいじれるようになる気がする！　サムシング的な！』と申しまして。薬品を混ぜたところに、先生がいらっしゃって巻き込まれてしまったのです」

「俺たちは煙に巻き込まれなかったので、無事だった」

アドヴェルサに補足されて、あんまりにもテンらしいトラブルにあきれかえった私である。

つまりその赤ん坊が理科の先生であるエズメさんなのか。もの凄く不憫である。

一応成功しているような感じなのがたちが悪い。

元凶であるテンは悔しそうにぶつぶつ言っていた。

「せっかく、せっかくあたし花の女子高生での登場のはずだったのにっ。イケてるおねーさんでじぇーけーにモテモテになろうと思ったのに！」

「自業自得です。ですが、あなたの外見もかわいいですよ？」

「俺は登場がシリアスだけだったから楽しいぞ」

「うるさい、アドヴェルサ！　君は美術室でいちゃいちゃしてろよ！」

盛大に嘆いたテンだったが、おじいちゃんにぐわしっと頭をわしづかみにされた。

「おぬしは、ちぃとは、反省せんか!!」

「え、まってフィセル今あたし人間設定だからそんなに力を込めたらいだだだっ！」

おじいちゃんはテンには大変容赦がない。

一通りお仕置きをした後、おじいちゃんは半死半生のテンに尋問しはじめた。

「テン、薬品の有効効果は何分じゃ」

「……最長で半日だと思って調合してたけど、適量にはほど遠かったからもっと短いと思いますはい」

とはいえ、もうすぐ昼休みが終わる時刻だ。午後の授業には間に合わないだろう。

「しょうがない、午後に入っている理科の授業は自習にしてもらうとして。おじいちゃん解毒剤調合できるかやってみてくれないかい？」

「現物か原材料のリストがないといかんともしがたいの」

難しそうな顔をするおじいちゃんに見られたテンは胸を張った。

「そんなもん目分量と勘だよ！」

「お前さんには期待しとらんわい」

「フィセル、一応試験管に残っていた薬剤を持ってきている」

「それは重畳じゃ」

試験管の中身は、水色と紫と黄色がまざったような、見るからに危ないものが渦巻いていた。

ダークマターとか言ってもおかしくなさそうなやつである。

アドヴェルサがポケットから取り出したそれを、おじいちゃんが受け取ろうと手を伸ばした。

のだが。

受け渡す寸前、タイミングがずれて、おじいちゃんの手から試験管が滑り落ちた。

彼らの間にいた私は、なんとか受け止めようと反射的に手を伸ばしたが間に合わず。

私の足下に落ちた。

「あ」

「あ」

「あら」

「あっ」

ぱりんっと試験管が割れたとたん。なんとも毒々しい煙が私を包んだのだった。

◇　　◇

昼休みが終わり、私は5時限目の授業のために、1年B組に舞い戻ってきた。

ちょいちょい憂鬱だけど仕方ない。

がらがらっと引き戸を開ければ、一斉に視線が集まる。

案の定わいわいがやがやしていたクラスの中が、一気に静まっていった。

男子生徒はあんぐりと、女子生徒はひそひそと熱い言葉を交わしている。

共通しているのは「誰こいつ」である。

全身に突き刺さる視線の痛さに耐えながら教壇に立てば、目の前の席に座っているアールがぱっと表情を輝かせて立ち上がった。

「かあさまっ!?」

「ああ、そのとおり」


「「「はあああ!!!???」」」


私がいつもより低くなった声で応じると、その場にいた全員に全力で叫ばれて首をすくめた。

そう、私はあの薬のせいで男になっていたのだった。

テンの薬で退行ではなく性別が変わった私は途方に暮れた。だが、身長伸びたり声が変わったり、ポジショニングができたり戸惑うものの、まあ授業はできる。

ということで先生方に事情説明をしたあと教室へやってきたのだった。

いやあ、保健室に男子用ジャージ一式があって良かったぁ。

「うわあ先生、男の人になるとあんな美人になるんだ」

「超イケメン、イケメン過ぎてまぶしい」

「なんだ、おかしいぞ。俺、どきどきしてる……?」

「あーまあ、なんやかんやあってうっかり性別変わってるけど、きにしないよーに。ほい、授業始めるぞー。まずは小テストの返却からだ。呼んだ順から取りに来い。まず天城」

ほかの興奮冷めやらぬ様子で騒ぐ生徒達をなだめながら、添削し終えた小テストを返していく。

おもに女子には赤くなられたり、挙動不審になられたりしたが、努めて無視をして渡した。

「巣羅賀」

「……はい」

教壇の前にやってきたエルヴィーにテスト用紙を返した。けど、少し気になって付け加えた。

「53点、ケアレスミスが目立ったよ。もしかして、バイトで疲れているんじゃないかい」

「すんません。その通りです」

悄然とするエルヴィーの頭に、私はぽんっと手を置いてやる。

「点数よりも、君が無理をしていないかが心配だ。打ち込めることがあるのは良いことだが、ほどほどにしておくんだよ」

エルヴィーは、部費は自分で稼ぐようにと親から言われていて、部活動の傍ら結構な量のバイトをしているのだ。

本当は勉強をおろそかにするのは本末転倒なのかも知れないが、彼は基礎がしっかりできているから、まあ大丈夫だろう。

「ちゃんと休む時間は取るように。次に期待しているよ」

安心させるように微笑んでみせると、エルヴィーが固まった。

あ、やば。ついアールと同じ感覚でやってしまったが、高校生の頭をなでるもんじゃなかったな。

エルヴィーも子供の頃から知っているから、ついつい親戚のお姉さん感覚になるんだよなあ。

しかも今私男だし、気持ち悪いだろう。

悪いことをしたとそそくさと離したのだが、エルヴィーの顔がどことなく赤くて？

「「「きゃあああああああ！！！！」」」

瞬間クラスの女子から黄色い悲鳴が上がった。

見れば恐ろしく顔をきらきらと輝かせた女子生徒達が、スマホのカメラを構えてカシャカシャ撮影しているっていったいどうした君たち!?

「何この萌え製造機っ！　無自覚天然かそこがいい!!」

「最高オブ最高」

「ああ私もなでて欲しいっ！」

「というかプリントになりたいあの尊い空間を間近で眺められるプリントにいいいい!」

「やべえ女子達の腐女子スイッチが入ったぞ! アールを避難させろ!」

「リリィ先生×ラーワ先生の百合だと思ってたのにこんな隠し球があったとは! さっそくファンクラブ速報に書かなければっ」

「そもそもうちの先生たち顔面偏差値高すぎない?」

「なんだ俺、どうしてこんな胸が高鳴ってるんだ。まさか恋」

「おいお前!? 正気に戻れ! でないとあの化け物が――――っ!!!」

男子まで騒然となり、たちまち大混乱に陥るクラス内だったが、何が原因だったかわからない。

「ちょっと落ち着こう君た」

と、ともかく落ち着かせなければとエルヴィーから離れた私だったが、すさまじい足音と共にけたたましく引き戸が開けられた。

「ラーワが惚れられた気配がしましたー!!! はっラーワが男性になってます!? なぜ!? いえかまいませんこれは全力で写真に収めなければ!!」

「どこから出てくるんだいネクター!? というか性別変わってるんだけど流すのかい!?」

「ラーワがラーワであることは一切変わりませんから! とりあえずどのような経緯でそのようになったのかあとで教えていただくとして、今はその姿を愛でさせていただきたく!」

「旦那の愛がちょっとわからないぞ!」

きらっきらと表情を輝かせるネクターに全力で引いていれば、こんどはがらがらと窓が開く気配がした。

「ラーワー！　大変面白いことになっているじゃありませんのー！」

「リグリラぁ!?」

後ろを振り返りかけた私は、本能に従って体を転がせる。

瞬間、すさまじい音をさせて教壇に亀裂が走った。

ぱっかりと、見事に教壇を真っ二つにしたリグリラは、ひゅんっと愛用のムチを巻き戻すと、背筋がぞくぞくするような笑みを浮かべた。

「ねえ、その体だったらとっても頑丈そうですわよね？　ぜひわたくしの遊びに付き合ってくださいましな？　ラーワ」

甘やかな声音は素晴らしく物騒だった。

「いや、そのまえに授業ちゅ――――ふおあっ!?」

「さあっ楽しく殺《や》り合いましてよっ」

私が止める前に、リグリラはかまわず襲いかかってきた。

黒板消しやらチョークやらを投げつけて応戦しつつ、助けを求めてネクターを見れば、薄青の瞳に強い意志を込める。

「待ってくださいリリィさん、私の用が先なんですからっ！」

だめだったー！　うちの旦那も思いっきり懐から謎薬剤を取り出して構えだしたー！

しんと静まりかえっていた教室だったが、二人が暴れ始めたとたん、生徒達は我先にと廊下へ逃げ出し始めた。

「リリィ先生のスイッチが入ったぞー！！！」

「急いで生け贄《鏑木先生》を呼んでくるんだっ」

「その前にカイル先生に報告ーっ」

ああもう、何度目かわからない展開だからね、慣れすぎな上に迅速すぎてさすがうちのクラスだよありがとう！

「かあさまもとうさまもお姉様も楽しそうだなー」

「お前のその大物感がうらやましいよ……」

アールとエルヴィーの声を聞きながら、私は掃除用具入れに入ってたモップでなんとか武装し。

カイルと仙次郎が現れてこってり絞られるまで、乱闘は続いたのだった。

◇　◇

めちゃくちゃにした教室を片付けていたら、すでに放課後も過ぎてとっぷり日が暮れていた。

その頃には薬品の効果時間も切れて女性に戻っていたけど、ネクターやらいろんな人に残念な顔をされたのが解せない。

「はーえらい目にあった」

私は机を運んで疲れた腕をぐるぐる回しつつ息をついた。

だがこれで終わりじゃない、カイルに命じられた反省文も書かなきゃいけないのだ。

情状酌量の余地があると言われたものの、旦那と友達を止めきれなかったことには少々責任があるので、おとなしく書くのである。

ちなみにリグリラは生け贄《仙次郎》を手に入れて校庭へと消えていった。仙次郎、君の尊い犠牲は忘れない。

とはいえ今、大事なのは今日の夜のことだ。

「夕ご飯どうしよっかあ。ちょっと遅くなっちゃったし」

「そうですねえ、家にある買い置きで、なんとかするしかありませんね……と、おや」

職員用通用口から校庭に出たところで、隣を歩いていたネクターがいぶかしそうな声を上げた。

同時に私も、楽しげなざわめきと、漂ってくる良い匂いに気づく。

間髪容れずに走ってきたのは、我が子であるアールだった。

「かあさま、とうさま。学園長先生がね、『僕の出番がないなんてひどすぎるから目立ってやるー！』って、バーベキューパーティを企画してくれたの！　ちょうど準備ができて焼き始めてるんだよ」

「あいつ、またチャラいことをやってるなあ」

金色の髪に、何歳かもわからない年齢不詳のチャラ男な学園長に苦笑する。

うちの学園長は本当に時々しか現れないけど、現れたときには決まっていろんな騒動を巻き起こすのだ。

けれど、まあ、良いだろう。こんなに楽しそうに黄金の瞳を輝かせるアールがいるのだから。

「売店のおじさんとカルラさんがお肉とかお野菜とかジュースとかお酒とかみんな仕入れてくれたんだよ。あのね、エル先輩達も、マルカもみんな準備して待ってるの!」

「おや、それでしたら、私も腕を振るわなければなりませんね」

「うんっ、食堂のお姉さんも料理部の人たちも張り切ってるから、沢山おいしいお料理が並ぶよ」

ネクターが腕まくりするのに、アールもますます嬉しそうにする。

「じゃあ、お邪魔しに行こうか」

「もちろんっ! ね、かあさま、とうさまはやくいこっ!」

たちまち笑顔になるアールは私たちの手をそれぞれ握って引っ張る。

ちょっとたたらをふみつつ、はしゃぐアールの手を握り返した私は、ネクターを見る。

なんだかんだでいつでも騒がしい学園だけれども。

「楽しいね、ネクター」

「ええ、そうですね」

アールに手を引かれつつ、私達は笑顔を交わしながら、友人達の待つ校庭へ歩きだしたのだった。

こんな感じで、今日も賑やかで楽しい日常が過ぎていったのでありました。

おしまいっ

あとがき

5度目まして、道草家守です。一冊一冊楽しみにしてくださった方……え、初めましての剛毅な方がいらっしゃると！　ありがとうございます。ありがとうございます。

あと少しばかりお付き合いくださいませ。


さて、この「原初の竜編」をもちまして、「ドラゴンさんは友達が欲しい！」は完結となりました。

副タイトルは「はじまりのりゅう」と読みまして、アドヴェルサのことであり、ラーワのことであり、アールのことでもあったりいたします。

書籍版の1巻発売から2年と少し、WEB版の連載開始から3年ちょっと。これほど長く同じ作品を書いたことがなかったので感慨深いものがあります。ご愛読、ありがとうございました。

……なんと。あとがきがめずらしく短く終わりかけています。

ふむ、こまった、大変困った。

書かなければならなかったことも、なにがあっても書きたかったことも、すべて本編の方に込めてしまったので、よくわからないのです。

ですがそれではあとがきの意味がないので、この原初の竜編の原稿を編集さんに送ったときのお話でもいたしましょうか。

かつてないほど頭をフル回転させて書き切り、編集さんにたたきつけて……もといメール添付をして数日。やってやったぜひゃっはー!! という開放感に浸りつつ、味噌を仕込んでいたときのことでした。え、ツッコミどころがありすぎる？ 気のせいです気のせい。

ぴりりっとかかってきた電話。珍しいことに編集さんからでありました。

だいたいメールでやりとりをするので、一冊を作り上げる間に来ないことも珍しくないのです。

豆をゆでる匂いに包まれながら、取った電話から伝わってくるのは「面白かった！」という興奮でありました。

全力で楽しんでくださったとわかるのは、面はゆくも嬉しいものでした。

だからかもしれません。私はほろりとこぼしておりました。

「長い番外編でした」と。

そう、私の中でラーワとネクターの物語は、一巻で一区切りついていて、あとはすべて彼らが彼らしくあるためのボーナスタイムだったのです。

だから、きっと彼らにはこんな子供が生まれるだろうな、こんなことで悩むだろうな、でもやっぱりみんなで楽しく過ごすんだろうな、をこれでもかと詰め込みました。

そう、本来なら私ですら知るはずのない、めでたしめでたしの先の物語を書いていたのです。

その先の物語を、自分の満足のゆく形で終わらせることができたのはいろんな方のおかげでありました。

まあ、こう説明いたしますと案の定編集さんには驚かれてしまいましたが。

ドラゴンさんとは数多くの経験をさせていただきました。

ずっとお付き合いしてきたこの作品の筆を置くことは寂しさを感じると共に、ラーワ達の物語を最後までお届けできた安堵を覚えております。

創作することの苦しさもつらさも、それを上回る喜びも幸せも教えていただきました。

ですから、支えてくださった方々に心から感謝を。

編集の稲垣さん、声をかけていただかなければここまで書くことはありませんでした。

白味噌先生、ラーワ達に形を与えてくださり、本当にありがとうございました。貴方のイラストのおかげで紡げた物語が沢山あります。

なにより、面白い！　楽しいと読んでくださった皆様。

ありがとうございました。

いただいたお手紙や年賀状は大事に保管して、時々眺めてはにやにやする変な生き物をしております。今回の巻だけの登場だったにもかかわらず、バレンタインのチョコレートをもらったんですよアドヴェルサ、おめでとう！　ネクターとおじいちゃんもてる男は違うね！（意訳：ありがとうございました）

とても、とても嬉しかったのです。まだ書いても良いんだ、と肯定していただけているようで。完結したＷＥＢ版の感想欄やひそひそとやっているTwitterでも、連載終了時には沢山のお祝いと名残を惜しむ声をいただけて、愛されていたんだとほんのちょっぴり泣いたのは内緒ですよ？思いっきり楽しんでもらえるよう、ＳＳ企画をしてみたり、ＷＥＢ版とは違うエンディングにしてみたりしましたが、楽しんでいただけたでしょうか？　もらえたら嬉しいなあ。

ドラゴンさん達の物語はこれで終わりますが、彼女たちはずっと続いていきます。めでたしめでたしの先の先は、ぜひあなたの心の中で楽しんでください。

そしてこの物語があなたの心の栄養になりましたら、大変嬉しく思います。

……ですがね。欲張りになった私は、これからも書き続けたいなあと考えておりまして。

なので一巻と同じく、この言葉で締めくくらせてください。

またいつか、あなたとお会いできることを願って。

ほころぶ桜に心を躍らせながら　　道草家守

EARTH STAR
NOVEL

ドラゴンさんは友達が欲しい！ V 原初《はじまり》の竜編

発行 ―――――― 2018年4月16日 初版第1刷発行

著者 ―――――― 道草家守

イラストレーター ―――― 白味噌

装丁デザイン ―――― 百足屋ユウコ＋石田 隆（ムシカゴグラフィクス）

発行者 ―――――― 幕内和博

編集 ―――――― 稲垣高広

発行所 ―――――― 株式会社 アース・スター エンターテイメント
〒107-0052 東京都港区赤坂 2-14-5
Daiwa 赤坂ビル 5F
TEL：03-5561-7630
FAX：03-5561-7632
http://www.es-novel.jp/

発売所 ―――――― 株式会社 泰文堂
〒108-0075 東京都港区港南 2-16-8
ストーリア品川
TEL：03-6712-0333

印刷・製本 ―――――― 中央精版印刷株式会社

ISBN 978-4-8030-1181-4